시원의 울림

문흥술(文興述)

1961년 경남 사천에서 태어나 부산에서 성장했으며 경희대 국어국문과를 졸업하고
서울대 대학원 국어국문과에서 석사와 박사 학위를 받았다.
1993년『조선일보』신춘문예 문학평론 부문에「인간 주체의 와해와 새로운 글쓰기」로
당선되어 평론 활동을 시작,『자멸과 회생의 소설문학』(1997),『작가와 탈근대성』(1997)
등의 평론집과『이상 문학에 나타난 주체 분열과 반담론에 관한 연구』,
『1930년대 한국 모더니즘 소설에 나타난 언술 주체의 분열 양태 연구』등의
논문을 펴냈다. 월간시지『심상』및 계간문예지『문학정신』과『무애』의
편집위원으로 활동중이다. 서울대 강사를 거쳐,
현재 서일대 문예창작과에서 비평을 가르치며, 성신여대에 출강하고 있다.

청동거울 문화점검 ⑤

시원의 울림

문흥술 시론집

인쇄일/1998년 12월 1일 1판 1쇄 인쇄
발행일/1998년 12월 9일 1판 1쇄 발행

지은이/문흥술
펴낸이/임은주
펴낸곳/도서출판 청동거울
출판등록/1998년 5월 14일 제13-532호
주소/(135-080)서울 강남구 역삼동 832-52 상봉빌딩 301호
전화/564-1091~2
팩스/569-9889

값 11,000원

ISBN 89-88286-06-5

청동거울 문화점검 ⑤

시원의 울림

문흥술 시론집

청동거울

아름다운 시원의 공간을 꿈꾸며

80년의 봄, 대학 초년 시절, 윤동주의 「사랑스런 추억」을 읽고, 그 어떤 충동을 느꼈던 것인지 나는 청량리역 플랫폼에 서서 담배를 피우면서 그 시를 읊조렸다.

봄이 오는 아침, 서울 어느 조그만 정거장에서
희망과 사랑처럼 기차를 기다려,

나는 플랫폼에 간신한 그림자를 떨어뜨리고,
담배를 피웠다.

그 후 윤동주의 시는 짧은 나의 문학청년 시절과 함께 망각의 저편으로 사라져버렸다.

길거리를 휘황찬란하게 장식하고 있는 건물의 반사 유리에 비친 내 모습을 본다. 유리 속의 '나'는 누구인가? 유리면에 비친 '나'의 허상에 반대편 건물, 현란한 광고판, 온갖 상품들, 무수한 군중들의 모습들이 실루엣처럼 겹쳐진다.

나는 무엇을 위해 문학을 하는가? 이론서를 읽고, 작품을 읽고, 비평을 하고, 논문을 쓰고, 책을 엮어내고 하는 이유는 무엇인가? 어쩌면 유리면에 비친 나의 허상을 다른 허상들보다 더 돋보이도록 치장하기 위해 문학을 수단화하고 상품화하는 것은 아닐까?

유리 속에 진열된 채 웃고 있는 마네킹의 영상이 내 허상에 겹쳐진다. 상품박제화된 저 허상이 가증스러운 미소로 자신의 실체를 감춘 채, 지금 나의 '타자(The Other)'인 것처럼 내 곁에 있다. 나는 나의 '진정한' 타자를 상실한 채, 마치 이가 물리지 않는 동그라미처럼 살아가면서 하나의 상품기호로 전락해가고 있다. 상품물신주의가 모든 것을 집어삼키는 이 '신격화'된 자본의 영토로부터 추방된, 아니 자본의 논리에 함몰되어 내 스스로 망각하고 있던 내 본래의 타자를 찾고 싶다. 문학 속에서 찾고 싶다.

문학은 언어를 표현매체로 한다. 문학언어는 비판적 상상력을 통해 언어와 실재 사물과의 불일치의 틈새를 파고들어 일상언어에 의해 은폐된 모순을 비판하고, 그 모순 비판을 통해 경험세계의 이면에 감추어져 있거나 경험세계 저 너머에 있는 가능세계(possible world)를 지향한다. 위대한 작품이 지향하는 이 가능세계야말로 한 시대의 모순을 극복하고 지향해야 할 새로운 이념적 좌표이다. 곧 문학작품은 경험세계와 이념의 경계선에 서서 경험세계가 은폐하고 있는 이념의 세계를 지향하면서, 이 이념을 개성적이고 독창적으로 '드러내고 개진한다'.

문학비평은 문학작품의 이 '드러냄 혹은 개진'의 방식을 문제삼는다. 이 때 가장 중요한 것이 비평가의 비평정신이다. 비평정신이 무엇이냐에 따라 작품에 대한 가치 평가는 달라질 수밖에 없다. 비평가는 자신의 비평정신에 입각하여 문학작품을 통해 세계를 해석하고 변혁시키는 자이다. 비평정신은 과학적 세계관을 핵심요소로 삼는다. 그것은 비평가가 자신이 소속된 사회에 대한 공시적·통시적 측면에서의 과학적 분석을 통해 동시대의 모순을 간파하고, 그 모순을 극복하고 나아갈 새로운 이념적 좌표를 설정할 때 성립된다.

내게 있어서 그 좌표는 신격화된 자본의 틀을 넘어서는 것이다. 우리 시대는 인간/자연, 이성/비이성, 남성/여성의 이항대립에 기초하여 전자가 후자를 폭력적으로 지배하는 체계에 기초하고 있다. 새로운 좌표는 그런 이항대립체계가 해체되고 양자가 조화롭게 공존하는 세계이다. 그런 좌표설정, 그리고 그 좌표로 나아가는 방법을 나는 리얼리즘, 모더니즘, 탈구조주의 등의 이론서를 통해 익혔다. 내게 있어서 이들 모두는 그 방법상에 있어서 차이는 있지만, 그 궁극적인 목적에서는 자본주의의 모순을 극복하려는 것이라는 점에서 동일한 사상적 체계로 받아들여졌다. 달리 말하자면, 30년대 리얼리즘과 모더니즘을 각각 대표하는 이기영과 이상의 작품들은 당대사회의 모순을 극복하려는 목적에서는 동일하며, 그 극복방법에서 차이를 지닐 뿐이라는 생각을 갖게 되었다. '공산사회, 황금시대, 존재의 집, 둥근 새의 집, 미끄러지는 기표' 등의 개념을 책을 통해 접하면서, 그것에 가슴 설레었고, 그런 세계를 지향하는 작품들에 시선을 집중시켜 왔다.

나는 문학에 대해 이중적 태도를 취해온 것 같다. 아니 나를 철저히 위장한 것 같다. 실상은 내 허상을 돋보이도록 치장하기 위한 수단으로 문학을 하면서, 겉으로는 문학을 통해 이 시대의 모순에 부딪치면서 그 너머의 새로운 세계를 지향하는 것처럼…….

지난 겨울 나는 문학을 포기하고자 했다. 오랜 지병으로 고생하시다 돌아가신 아버지를 차가운 땅 속에 묻어드리면서, 자식을 키우기 위해 일평생을 보내신 아버지를 위해 아무것도 해드리지 못했다는 자책감과 좌절감에 빠졌다. 문학이 도대체 무엇인가? 병마로 고통스러워하시는 아버지께 잠시나마 위로조차 드리지 못하는 문학이 과연 필요한가? 그 때 나는, 어리석게도, 내가 문학을 통해 아버지께 보답해드릴 수 있는 유일한 방법은 문학을 수단으로 하여 내 허상을 돋보이게 하는 것이라는 생각을 지니고 있었다.

쓸모 없는 문학, 그러면서 버릴 수 없는 문학, 그 이율배반 앞에서 나는 긴 어둠의 미로 속을 방황해야 했다. 이제 조금씩 깨닫는다. 아버지께서 바라신 것은 내가 문학을 수단화하는 것이 아니라는 것을. 그랬다면 차라리 내가 문학의 길로 들어섰을 때, 아버지께서는 미리 극구 말리셨을 것이다. 격동의 시대에 물질적 풍요를 위해 한평생을 살아오신 아버지께서는 아마도 내가 문학을 통해 당신을 비롯한 주위의 모든 이들의 삶의 고뇌와 번민과 사랑과 꿈을 이해하길 바라셨던 것이 아닐까? 문학만이 그런 힘을 가지고 있다는 것을 알고 계셨던 것은 아닐까?

상품기호로 전락한 내 삶의 진흙탕 속으로 끌여들여 만신창이로 만들어버린 문학을 본래의 자리로 되돌려야 한다. 한 편의 시를 읽고 잊고 있던 소중한 기억들을 되살릴 수 있는 문학을 하고 싶다. 문학을 통해 하늘나라에 계시는 아버지의 한 많은 삶과 그 삶의 이면에 감추어진 꿈과 희망과 교감하고 싶다. 그러기 위해서 나는 문학을 나의 진정한 타자로 사랑해야 할 것이다. 그 속에 아버지의 영혼이 있을 것이고, 아버지와 내가 꿈꾸는 아름다운 시원의 공간이 있을 것이니까.

꿈을 꾼다. 광물질의 유리벽 너머에 있는 그곳을 꿈꾼다. 아버지의 영혼이 평화롭게 쉬고 있다. 생명의 푸른빛을 발산하는 나뭇잎들, 고요히 흐르는 은빛 강물, 아름다운 나무의 정령들이 어우러져 있는 그

곳. 밤 하늘에 쏟아지는 무수한 별빛들이 영혼의 빛이 되는 그곳. 마치 어머니의 자궁 속처럼 아늑한 그곳. 그 시원(始原)의 공간에 아버지가 계시고 나의 진정한 타자가 있다. 내 진정한 타자는 내가 망각의 저편으로 내팽개쳤던, 유리면 속의 어지러운 허상들에 의해 상실되었던 '사랑스런 추억'의 세계에 있다. 시원으로부터 울려나오는 소리, 그 아름다운 원초적 생명의 울림이 있기에 나는 시를 읽고 문학을 사랑할 수 있을 것 같다. 시원의 울림이 들려오는 작품들을 읽으면서, 문득 정거장 플랫폼에 서서 담배를 한 대 피울 수 있다면, 그리고 그런 문학을 열정적으로 사랑할 수 있다면…….

부끄럽게도, 그 동안 발표했던 시비평들을 모아 세 번째 비평집을 펴낸다. 책을 발간하는 이유를 굳이 변명하자면, 그 동안의 비평을 반성해보고 보다 진전된 비평적 글쓰기를 하기 위함이다. 대학원에서 문학을 지도해주신 박동규 선생님, 항상 문학이 무엇이며 삶이 무엇인지를 깨우쳐 주시는 최동호 선생님과 여러 존경하는 선생님들, 그리고 나의 선배, 후배, 동료들에게 진심으로 감사를 드린다. 끝으로 부족한 글을 모아 정성껏 출간을 해주신 〈청동거울〉에 감사드린다.

이 책을 아버님의 영전에 바칩니다.

1998년이 다 가는 겨울에,
문흥술

제1부

거울 너머의 상상력

90년대의 시:해체시와 정신주의시

1. 90년대 시의 지형도

"절대악이 판을 치기에 절대선의 선택이 쉽게 가능한 시대"가 80년 대라면, 90년대는 절대선의 중심이 와해됨으로써 다원주의와 가치상 대주의로 표명되는 시기이다. 수많은 시 매체들이 등장하고 그에 따라 수많은 시인들이 등장하면서, '도시적 서정시', '환경시', '키취시', '해체시', '정신주의시', '전통서정시', '민중적 서정시' 등의 헤아릴 수 없을 정도의 시적 명명법이 태동한다. 따라서 이 시기의 시적 지형 도는 복잡한 미로의 형상으로 남아 있다. 그러나 이런 다양한 시들을 그 미학적 특질에 따라 보다 큰 범주로 묶는다면, 90년대의 시적 지형 도는 해체시 계열체와 정신주의 계열체의 양극단을 주축으로 하고 있 음을 알 수 있다.

80년대가 리얼리즘 시의 압도적인 목소리와 그것에 대한 반발의 형 세라면, 90년대는 해체시와 그 안티테제로서의 정신주의시로 정리될 수 있다. 이미 80년대의 황지우, 박남철 등에 의해 선을 보인 해체시는 90년대 들어 이른바 '신세대' 라 일컬어지는 30대 시인들에 의해 확산되면서 90년대의 시단을 강타한다. 이들은 이전의 시가 지니던 특수한 정치·사회적 관심에서 일탈하여 우리 시대의 보편적인 삶의 조건, 곧 후기산업사회라는 일상적인 현실에 밀착한다. 그 밀착을 바탕으로 다양한 형식실험과 시양식의 해체를 통해 우리 시대의 일상적인 욕망의 허구성과 비인간적인 물량 메커니즘을 비판한다.

그러나 그러한 비판적 모습에도 불구하고 이들은 '지적 귀족주의' 와 '시정신과 시의 소멸' 이라는 극단적인 비판을 받게 된다. 그 비판의 강도가 거세어지면서 이들의 판세도 크게 위축되어 최근 들어 성급하게 해체시의 종말을 운위할 정도이다. 그토록 강력한 세를 누리던 해체시가 그러한 비판에 대해 왜 한마디 항의도 하지 못하고 응전력을 상실한 채 사그러져 가는가?

2. 전망부재의 해체시

해체란 기존의 것의 해체를 전제로 한다. 기존의 것이란 단순히 시의 양식에만 한정되지 않고 사회적 문맥까지 포괄한다. 이 때의 사회란 후기산업사회의 병폐를 의미한다. 이 사회는 상품 이미지 시대로 특징지워진다. 사물의 실재는 상품 이미지로 포장되어 있고, 그 이미지는 눈에 보이지 않는 지배 이데올로기에 의해 조종된다. 정보 메커니즘을 비롯하여 우리가 일상에서 접하는 모든 것이 상품 이미지로 포장되어 있다. 그것은 마치 원형감옥(panoption)처럼, 눈에 보이지 않은 감시탑(지배체제의 이데올로기)이 있고, 그 감시탑은 각종 감시장치를 씨줄과 날줄로 형성하여 우리 사회의 구석구석을 지배·감시·조작하는 하나의 거대한 유폐망을 만든다. 그럼으로써 그것은 죄수로서의 우리를 길들인다. 그 길들여짐에 의해 우리는 더 이상 유기적 생명체가 아니라 조작된 하나의 상품 이미지이고 가상이자 기호로 전락한다. 살아 숨쉬는 것은 이미지일 뿐이고, 기존의 생명체는 박제품으로 화한다. 인간의 사물화 단계를 넘어 이미지와 가상화로 치닫는 이런 사회를 두고 보드리야르는 '시뮬레이션 사회'라 하지 않았는가? 더구나 그러한 유폐망은 이성적·합리적이라는 미명하에 그것에 반하는 모든 것, 꿈과 무의식적인 욕망 등의 비이성·비합리적인 것을 배제한다. 이 유폐망속에 개인의 욕망은 자리잡을 수 없게 되고, 다만 감시탑에 의해 조작된 욕망만 횡행할 따름이다. 이러한 유폐망을 찢고 개인의 진정한 욕망을 드러냄으로써 열린 사회로 나아가려는 것이 해체의 기본전략이다. 그 전략은 어떤 다른 이념이나 도덕성에 의해 수행되지 않는다. 그것은 탈이념을 전제로 하여 기존의 지배담론을 파괴한다. 지배담론에 대한 총체적 인식은 불가능하다. 눈에 보이지 않기 때문이다. 따라서 그물망을 찢는 방법은 그물망의 각 그물코에서 국지전으로 거행된다. 그것은 이미지 사회의 조작된 욕망의 덩어리를 대표하는 압구정동에 대해서

압구정동은 체제가 만들어 낸 욕망의 통조림 공장이다
국화빵 기계다 지하철 자동 개찰구다 어디 한번 그 투입구에
당신을 넣어 보라
[……]
그 국화빵 통과 제의를 거쳐야만 비로소 압구정동 통조림 속으로 풍덩 편입할 수 있게 되는 것이다
이곳 어디를 둘러보라 차림새의 빈부 격차가 있는지 압구정동 현대아파트는 욕망의 평등 사회이다 패션의 사회주의 낙원이다

〔……〕

　　　　　　　　—유하, 「바람부는 날이면 압구정동에 가야 한다·2」에서

또는 63빌딩에 대해서 감행된다.

　〔……〕 63빌딩은 거대한 남근숭배의 신앙이다 〔……〕 자본주의의 탄생
자체가 리비도적 충동의 산물이라면 저 황금빛의 연출은 충분히 암시적이
다 그것은 그대로 피로한 짐진 자들의 아이맥스 화면이고 여의도의 수위를
가시적으로 높여준 해발의, 금방, 쓰러지기 쉬운, 봉우리다
　〔……〕

　　　　　　　　　　　—함성호, 「63빌딩:건축 사회학·42」에서

　개인의 욕망은 거대한 지배체제에 의해 조작되고, 그리하여 욕망의
가짜 '평등화'가 이루어진 국적불명의 세상. 그러나 그 세상은 쓰러질
수 밖에 없는 봉우리와 같다. 해체시의 전략은 바로 이 덧칠된 시뮬레
이션 사회의 지배체제를 국지전으로 비판·전복시킴으로써 이미지의
포장을 벗기고 사물 본래의 모습을 인식하려 한다. 국지전이 행해지는
장소에 따라 해체시의 여러 가지들이 자리잡는다.
　이러한 다양한 게릴라전은, 유폐망의 구축에 주축이 되고 그러면서
개인주의와 이기주의라는 욕망의 덩어리에 빠져 그 유폐망의 존재를
인식하지 못하는 이성적 인간주체에 대한 비판, 그리고 이성에 의해
억압된 꿈과 무의식적 욕망의 분출, 남성우월주의에 대항한 여성의 해
방 등을 그 통일된 전략으로 삼는다. 그런 전략이 시행의 변화와 영상
적·시각적 이미지의 차용, '기호적인 것'(크리스테바) 등을 수반하면서
기존의 시적 담론의 해체로 나아간다.
　해체시는 유폐망의 해체를 통해 어떤 지배체제의 통제도 없는 사회,

나아가 인간과 인간·인간과 사물이 이미지로 단절·고립되는 사회가 아닌 그 본래의 모습으로 화해롭게 공존하는 사회를 지향점으로 한다. 그런데 현재의 우리 해체시의 대부분은 그러한 지향점을 몰각한 채 단순히 '해체를 위한 해체'에 머물고 있다. '전망의 부재' 혹은 '암중모색'이라고 외치면서 해체를 감행하는 경우가 그것이다. '중심상실과 적의 부재'는 대 사회적이고 현실적인 시각을 차단시킨 채 개인의 내면세계로의 응축을 가져온다. 그러한 응축은 전망 결여로 인해 지적 허무주의를 동반하면서 일상의 덧없음을 읊조리게 되고, 결국 어둡고 침울한 병적 자의식을 드러낸다. 설령 그것이 대사회적 문맥으로 나아간다 하더라도 그것은 냉소주의의 형태를 띨 뿐이다.

[……]
여의도란 섬에서는 법을 폭행하는지 삼겹살과 단식이
투닥투닥 투닥거리는
분단국가에 살으리럿다

고요한 동방의 태권도 나라
위증즐가 태평성대!!

　　　　　　　　　　　　　—함민복, 「고요한 동방의」에서

또한 '긴장감 해소'는 찰나적이며 일회적인 배설주의로 나타나 언어유희로 치닫는다. 가령,

[……]
영국나라에서 국가 웬수 아니 국니 국가 원수 대처 스님이
아니 대처 수상이 온 날야 임마

〔……〕

가 그 예인데, '마음껏 욕을 하자'라는 부제로 감행되는 육두문자의 사용 앞에서 이러한 말장난은 점잖은 것이다. 비록 이러한 것들이 기존의 이미지 사회의 모순을 폭로함으로써 그것을 비판하는 것이라 할지라도, 그것은 전망부재로 인해 다분히 그 타락한 사회에 자신도 모르게 오염된 것으로 비칠 뿐이다. 해체시의 본질을 망각한 채 해체를 위한 해체를 감행할 때, 전망부재의 대가는 바로 이 시대의 퇴폐적이고 향락적인 상품소비문화에 함몰되었다는 뼈아픈 비판으로 귀착된다.

이 지경에 이르게 되면서 해체시는 나락의 길을 걸을 수 밖에 없다. 그것은 직접적이고 감각적인 일상의 현실을 수용하여 그것을 시화하든 어떻든, 출발에서는 기존 사회의 모순을 비판하려던 의도가 전망부재로 인해 어느새 그 비판대상에 함몰되어간 과정에 해당된다. 그럴 때 해체시에 대해 쏟아지는 비판, 즉 우리의 삶에 대한 치열한 천착 없이 고통을 가볍게 무화시켜버렸다거나, 혹은 형식실험 자체가 아무런 의미도 갖지 못하고 단지 유희적으로 진행된다든가, 또는 그로 인해 해체의 극단이 시의 소멸과 시정신의 죽음을 초래한다든가, 나아가 그것은 우리의 삶의 현실과는 동떨어진 외계의 파충류에 불과하기에 타매되어야 할 대상이라든가 하는 비판 앞에서 해체시는 그 어떤 대안도 제시하지 못하게 된다.

3. 시원을 지향하는 정신주의시

21세기를 앞둔 지금, 해체시가 나아갈 자리는 무엇인가? 외계의 파

20 제1부 거울 너머의 상상력

충류로서 외래추수주의적인 한 양태로 막을 내릴 것인가? 그리하여 우리의 시사에서 흔적도 없이 사라져야 할 한 시대의 불쾌한 배설물로 머물 것인가? 그 해답은 '압구정동'이라는 조작된 욕망의 공간을 날카롭게 비판하던 유하가 나아간 '환멸'의 자리를 통해 드러날 것이다.

[……]
문득, 살아온 날의 상처가
돌이킬 수 없이 엎질러진 어둠처럼
허허롭게 만져질 때,
강은 어느새 저문 날의 끝에서
하늘의 목젖을 젖히며 새 살인 듯 일어선다
증오는 그리움의 은비늘이 되어 주고
죽음이 생의 아가미에 깃들어,
막장으로 치달아도
마침내 처음인 강이여
오래오래 강만큼 흘러가 본 자만이
말할 수 있으리라
새의 날개 위에 드리워진 창공의 그물망을
멸절의 끝자리에 움튼
눈물 한 방울의 온기를
　　　　　　　　　　　　　—유하, 「환멸을 찾아서·7」에서

　살아온 날이 허허로울 때, 시적 자아는 "새살처럼 일어나는 강"으로 나아간다. 그 강은 "처음의 강"이다. 그 처음의 강은 바로 시적 자아의 원형이며, 그 원형은 "오래오래 강만큼 흘러가 본 자", 곧 원형에서 멀리 떨어져 나왔던 자만이 말할 수 있는 것이다. 그 강이 새처럼 날고 싶지만 그물망에 뒤덮여 있다는 것, 그러나 그러한 암담한 순간에서도 눈물의 온기를 찾고 싶다는 것. 압구정동의 욕망을 풍자적으로 비판하던 이 시인이 도달한 '처음의 강'이라는 원형은 무엇인가? 그것은 이미지 사회로 들어서기 전의 시적 자아의 원형에 해당된다. 그러니까 어머니의 자궁에 안주하던 시적 자아의 모습이랄까. 그 자아가 사회 · 문화적 규범체계에 내팽개쳐진 자리가 '압구정동'이다. 흔히 요나 콤플렉스에 비유되듯, 어머니 자궁 속 같이 아늑한 공간에서 모든 존재가 화해롭게 공존하면서 새처럼 자유롭게 비상하던 기억을 안고 있던 시적 자아가 유폐적인 사회체계 속으로 편입될 때, 그 사회는 이미지와 가상이 판을 치면서 욕망을 조작한다. 그것을 알아차릴 때, 원형질의 자아의 욕망이 분출되면서 그러한 체계를 비판한다. 그러나 그 비판이 일정한 한계에 부딪칠 때, 모성회귀본능에 의해 다시 그 원형으로 응축된다. 그 원형이 다름아닌 '처음의 강물'이며, 그 상태에서 새처럼 비상하고 싶은 것이 바로「환멸을 찾아서」이다.

유하가 상품 이미지 사회로 진입하여 그 추악한 모습을 인식하고 그러한 사회를 비판한 후 도달한 원초적 상상력의 자리, 그 자리를 향해 우회하지 않고 곧장 처음부터 밀고 들어간 것이 정신주의 계열체의 시이다. 90년대의 해체시 계열에 대해 '시정신과 시의 소멸'이라 비판하면서 대두된 정신주의 계열체는 '기계보다는 인간을 강조하면서 궁극적으로는 인간과 자연과 문명이 하나의 전체로서 조화되는 생성적 세계관에 근거'하고 있다. 다음 시는 정신주의 계열체의 궁극적 지향점이 무엇인지를 잘 보여주고 있는 시이다.

〔……〕
푸른 숲을 바라보며 나는 왜 그가
미소짓는가를 물어보지 않았다.

흰 구름이 두어 송이 하늘꽃처럼 피어

무심하게 지상을 굽어보고

숲과 바위와 능선들이

둥글고 큰 하늘의 눈동자 열어

모든 것이 제 모양으로 비치는

명징한 세계 안에 내가 있었다.

한낮의 태양이 머물다 간 바위에 기대어

더 높은 곳을 향해 눈을 들었다.

그리고, 나는 소리쳐 보았다. 진정

지고한 영혼이여, 그대는 지금 어디에 있는가.

〔······〕

— 최동호, 「여름 도봉에서 : 달마는 왜 동쪽으로 왔는가 9」에서

세속도시에 찌든 화자는 여름 도봉산에 올라 세속도시를 굽어보면서 "둥글고 큰 하늘의 눈동자"를 열어 본다. 그곳은 모든 것이 오염되지 않은 채 제 모양으로 있는 "명징한 세계"이다. 도시에 찌든 화자는 그 명징한 세계 속에 들어간다. 아니 그 명징한 세계를 자신의 영혼 속에 일체화시킨다. 그 순간 "더 높은 곳", 곧 세속도시에 의해 훼손된 우리가 반드시 되찾아야 할 "지고한 영혼"의 존재를 깨닫게 되고, 그 영혼과의 합일을 강렬히 지향한다. "명징한 세계"와 "지고한 영혼"은 상품 물신주의에 함몰되어, 우리가 잊고 있는 지고지순한 정신적 가치이며, 화자는 그러한 "가장 높은 정신"을 자신의 영혼 속에 품고, 그 정신을 최대치로 상승시켜 나아감으로써 상품물신주의 시대를 견디고, 또 그 병든 시대를 정신적 가치로 치유하려 하는 것이다.

정신주의의 이 지고한 영혼이 궁극적으로 지향하는 곳은, 유하가 도달한 '최후의 강물'처럼, 인간과 인간, 인간과 사물, 정신과 육체, 도시

와 농촌의 구분없이 모든 것이 조화롭게 동일성을 이루는 공간이다. 그 공간은 하늘과 땅, 대우주와 소우주가 원환을 이루면서 서로에게 길잡이 역할을 하는 곳으로, 근대 이후 상실된 공간이자, 인류가 반드시 회복해야 할 시원(始原)의 공간이다. 그 공간은 가공할 위력으로 모든 것을 잠식해 들어가는 후기산업사회의 상품 이미지의 탐욕 앞에서 더 이상 객관적 실재로 존재하는 현실태가 아니라, 비현실태이다. 그러나 그 공간은 오늘 우리의 삶에 내재되어 있으며 우리가 그것에 대한 강렬한 지향성을 내포할 때, 그래서 상품 이미지 사회에 대하여 치열한 비판을 가할 때, 언제든지 현현할 수 있는 현실적 가능태이다.

우리에게 있어서 그런 공산은 동양의 노장사상 내지 주자학적 질서의 세계와 같은 것이 아닐까? 천입합일을 내세우면서 이(理)와 기(氣)가 일치되는 곳, 그러면서 인간이 자연과 대립관계에 있지 않고 자연의 일부로서 공존하는 곳, 물질보다는 영혼의 삶이 추구되는 곳. 일상적 삶과는 일정한 거리를 유지하면서 그 근원적인 공간을 향해 곧바로 나아가려는 시가 "얼음처럼 빛나고/얼어붙은 폭포의 단호한 침묵"과 '가장 높은 정신'이 등가로 자리잡는 정신주의시 세계이다.

4. 이미지 사회 넘어서기

해체시와 정신주의라는 양 극단의 중간선상에, '전통 및 신서정시', '민중적 서정시'가 자리잡고 있으며, 그것이 90년대 시의 지형도이다. 이미지 시대의 삶과 일정한 거리를 둔 채 사라진 시원의 공간을 '자연'이나 '초월적 정신'에서 찾는 시편들, 한편 이미지 문화에 깊이 절망하면서 시형식의 과감한 해체를 통해 상품 이미지 사회를 비판하는 시편들. 이들 양 극단은 그 방법론의 차이로 인해 지형도의 양 기둥을 형성하고 있지만, 실상 그것이 추구하는 세계는 이미지 사회의 극복이라는 점에서 볼 때 동전의 양면과 같다. 그러기에 90년대의 시적 지형도는 이러한 양 극단의 버팀과 상호간의 긍정적인 비판을 통한 자양분 흡수를 통해 더욱 풍부해질 것이다. 그럼에도 불구하고 해체시가 그러한 지형도의 한쪽 기둥의 역할을 제대로 수행하지 못하는 이유는 무엇일까? 앞에서 제시한 전망의 부재도 문제이지만, 설령 그것을 지닌다 하더라도, 유하에서 보듯 '압구정동'과 '환멸' 사이가 너무 붕 떠 있기 때문이다. 곧 환멸로 넘어가는 처절한 과정을 보여주는 해체시가 없다는 점이다. 이미지 사회에 처절히 부딪쳐 그 절망의 끝자리에 도달하지 않은 자리바꿈은 또 다른 가벼운 행보로 비칠 수 있다. 처절한 부딪침을 동반할 때 외계의 파충류는 한국산으로 자리잡을 것이고, 우리 삶과 긴장감을 유지하면서 하나의 새로운 문학사적 계열체를 형성할 수 있을 것이다. 그럴 때, 우리 문학은 두 계열체의 상호작용을 통해 그 풍성함을 더하면서 새로운 세기를 광명의 세기로 맞이할 수 있는 단초를 마련할 수 있을 것이다.

자연성의 세 층위와 그 미학적 깊이

1. 자연 서정시의 세 층위

　상품기호로 덧칠된 우중충한 회색도시의 이미지에 지친 우리의 심신에 자연의 푸른 이미지와 대지의 건강한 숨결을 환기시켜주는 시들이 있다. '자연 서정시'[1]라 명명할 수 있는 이들 시들이 발산하고 있는 생명의 초록빛 향기를 통해 우리는 우리가 잃어버리고 있던 어떤 것을 떠올린다. 그 어떤 것을 '자연성'이라 할 수 있다.

　본래 인간은 자연과 조화롭게 공존하던 동일성의 상태에 있었다. 그러나 인간 이성에 대한 절대적 믿음과 자연의 과학화, 진보에의 믿음으로 무장한 근대 이후 동일성의 세계는 역사의 무대 저편으로 사라진다. 인간은 자연을 재가공하여 급속한 산업화를 이루면서 물적 풍요로움을 향유한다. 처음에 그런 물적 풍요로움에 도취되어 있던 인간은 도구화된 이성과 훼손된 자연의 복수에 의해 점차 인간으로부터 소외

---

1) 흔히 사용되는 농촌서정시, 도시서정시, 민중서정시, 신서정시를 포괄하는 용어로 사용한다.

되고 자연으로부터 소외된다. 모든 것이 사물화되고 무기질화되어 가는 각박한 삶 속에서 인간은 자신이 기계의 한 부속품으로 전락해가고 있음을 뼈저리게 깨닫는다. 그러면서 인간은 그 동안 자신이 망각하고 있던 동일성의 세계를 그리워한다. 이 동일성의 세계를 '자연성'이라 한다면, 자연 서정시가 궁극적으로 우리에게 환기시키려는 어떤 것은 근대 이후 상실된 자연성일 것이다.

자연성 회복을 미학적 근거로 삼는 자연 서정시들은 상실된 자연성을 어디에서 찾느냐에 따라 세 가지 층위로 나뉘어진다. 먼저 자연성에 대한 갈망을 경험적 시지각에 포착되는 구체물로서의 자연에서 충족시키는 경우이다. 이것은 산업화에 의해 아직 오염되지 않았다고 생각되는 외부대상(농촌이나 산, 강 등의 자연)에서 상실된 자연성의 흔적을 찾는다. 여기서 자연의 구체적 사물의 표층만을 이미지화하여 도시 이미지와 자연 이미지를 단순하게 병치시키는 시(A층위)가 있는데, 이것은 자연 서정시의 가장 저급한 단계에 해당된다.

자연에 있는 사물의 표층적 이미지화의 단계를 넘어, 나무의 '뿌리', 강물의 '속'을 투시함으로써 사물의 심층에 내재해 있는, 때묻지 않은 순수영혼의 숨결을 환기시키는 시(B층위)가 있다. 이들은 서정적 자아의 태도면에서 다시 두 가지로 분류될 수 있다. 순수영혼의 이미지를 자아의 내면에 육화하고 그 이미지를 일상의 이미지에 '중첩'시킴으로써 일상의 이미지를 정화시키는 경우와, 내면화의 단계에까지는 나아가지 못하고 순수영혼의 이미지와 일상의 이미지를 '병치'시키는 경우가 그것이다.

(A)층위와 (B)층위가 구체물로서의 자연에서 자연성을 찾는 데 반해, (C)층위는 자연을 포함한 현실에는 자연성의 흔적을 간직한 것이 전무하다고 보고, 경험의 영역을 초월한 자리에서 자연성을 찾는다. 이것은 이성과 의식을 넘어서 비이성과 꿈의 영역으로, 그리고 경험적

시지각의 경계를 넘어 보이지 않고 들리지 않는 사물의 근원으로 인식의 지평을 심화한다.[2] 이것은 인간의 순수영혼을 넘어 인간의 원초적인 고향으로, 혹은 나무의 '뿌리', 강물의 '속'보다 더 깊은, 모든 사물을 있게 하는 근원적인 공간으로 인식을 지향시킨다. 그리하여 이것은 시원(始原)의 공간[3]—부재하는 현존, 그러나 '이것' 없으면 살아갈 수 없는 인간의 원초적인 고향, 모든 인간과 자연을 태동시킨 생명의 근원—이라 함직한 것을 자연성이 추구해야 할 최종지향점으로 설정한다.

이 글에서 논의하고자 하는, 황인숙, 이진명, 천양희, 나희덕의 시들은 90년대 중반 자연 서정시가 추구하는 '자연성'의 세 가지 미학적 층위를 압축적으로 보여주고 있다. 이들에 대한 검토를 통해, 오늘 우리 시단에서 큰 물줄기를 이루고 있는 자연 서정시의 현재적 위상을 점검함으로써, 오늘의 우리 삶에서 자연 서정시가 갖는 본질적인 의미와 그것이 궁극적으로 지향해야 할 방향성이 무엇인지를 살펴보고자 한다.

2. 시원의 공간 꿈꾸기:황인숙

황인숙의 시는 순수영혼을 추구하는 B층위에서부터 출발하면서, 순수 영혼을 구체물로서의 자연에서 구하지 않고, 경험적 시지각을 넘어

---

2) 근대의 기본 이념은 데카르트의 코기토(Cogito), 칸트의 선험적 이성, 뉴턴의 물리학에 그 뿌리를 두고 있다. 이에 기초하여 근대 이후의 삶은 인간의 명증한 의식과 이성에 기초한 경험적이고 과학적인 시지각이 지배한다. 측량 불가능하고 계량화될 수 없는 것, 혹은 3차원의 절대적 시—공간을 넘어선 것은 비이성적이고 비합리적인 것으로 배척된다. 그러나 이 배척된 영역에 근대 이후 상실된 자연성이 내재되어 있다.

3) 도달하는 방법상의 차이를 무시한다면, 하이데거의 '존재의 집', 바슐라르의 '둥근 새의 집', 혹은 탈구조주의에서의 '끝없이 미끄러지는 근원적인 기표(signifiant)', '어머니의 자궁' 속 등의 개념은 모두 이 시원의 공간으로 환원될 수 있다.

선 꿈의 영역에서 구한다. 첫번째 시집 『새는 하늘을 자유롭게 풀어놓고』에서, 그는 '별짓'을 통해 황량한 현실에 대한 반란을 꾀한다. 그 반란은 깜찍하다. '별짓'이 '꿈꾸기'로 나타나기 때문이다. 그 꿈은 새처럼 하늘을 자유롭게 비상하면서 순수한 영혼의 나래를 펼치는 '천진난만한 요정'의 꿈이다. 황인숙에게서 요정의 꿈은 꿈이면서 현실이다. 그는 요정의 꿈으로 삭막한 현실을 채색하려 한다. 그러나 요정의 꿈은 현실의 강력한 저항 앞에서 좌절된다. 두 번째 시집 『슬픔이 나를 깨운다』에서,

> [……]
> 나는 봉쇄당했다.
> 땅으로부터 나무로부터 하늘로부터
> 나는 아무에게도 갈 수 없고
> 누구도 내게 올 수 없다.
> 나는 봉쇄당했다.
> [……][4]

라고 외치던 요정은 이번 세 번째 시집 『우리는 철새처럼 만났다』에서 "이제는 더 이상 추억을 지어내지 못할/죽은 새의 둥지"[5]에서 '바람속에 던져진 뼈다귀'처럼 형해화되어 가는 절망적인 모습으로 나타난다. 꿈이 좌절될 때에는 그 꿈을 버려야 한다. 그래야 생명을 유지할 수 있다. 그러나 황인숙의 요정에게 있어서 꿈을 버리는 것은 죽음을 의미한다.

---

4) 황인숙, 『슬픔이 나를 깨운다』(문학과 지성사, 1990) 18쪽.
5) 황인숙, 『우리는 철새처럼 만났다』(문학과 지성사, 1994) 41쪽.

[······]
죽은 몸에는
눈먼 꿈도 깃들이지 않는다네.
[······][6]

   죽기보다는, 현실로 나오기보다는 "추락하는 꿈, 따분한 꿈, 처량한 꿈"[7]이지만 "눈먼 꿈"을 꾸는 것이 낫다. 이처럼 좌절된 꿈을 계속 꾸는 것은 황인숙의 시정신의 치열성과 관련이 있다. 요정의 꿈이라는 하나의 시정신을 설정해두고 좌절의 아픔을 겪으면서도 계속 그 꿈을 꿈으로써, 그는 좌설된 요정의 꿈을 질적으로 비약시킬 빌판을 마련하게 된다.

   우리는 철새처럼 만났다.
   무관심의 빵조각이 퉁퉁 불어 떠다니는
   어딘지 알 수 없는 음습한 호수에서.
   자기 자신이 누군지도 모르고,
   우리는 철새처럼.

   플라타너스야, 너도 때로 구역질을 하니?
   가령 너는 무슨 추억을 갖고 있니?
   나는 내가 추억을 구걸했던 추억밖에 갖고 있지 않다.

   그래서
   굴욕스런 꿈속에 깨어 있다 잠이 들고

---

6) 위의 책, 65쪽.
7) 위의 책, 64쪽.

자면서도 나는 졸리웠다.[8]

하늘을 자유롭게 날아다니던 새는 이제 무관심의 빵조각이 떠다니는 음습한 호수의 철새로 변했다. 비상을 통해 현실을 천진난만한 동화적 세계로 채색하려던 꿈이 좌절되고, 역으로 현실에 의해 둥지마저 잃어버린 철새로 전락한 자아는 추억을 잃어버린 새로 변질된다. 꿈 속에서 탄생하고 성장한 요정의, 새가 되어 하늘을 비상하던 추억을 가지고 있던 요정의 꿈이 좌절될 때 그 꿈은 더 이상 추억이 될 수 없다. 추억을 잃어버린 요정은 부패해가는 꿈의 공간(음습한 호수)에서 "구역질"을 한다. 구역질을 하지 않기 위해서는 꿈을 폐기해야 하지만 그것은 죽음을 의미한다. 죽기보다는, 구역질나고 굴욕스러운 꿈이지만 계속 꿈을 꿀 수밖에 없다. 꿈 속에서 "깨어 있어야" 한다. 깨어 있으면서 서서히 박제화되어 간다. 그러나 살아야 한다는, 다시 비상해야 한다는 일념을 지닐 때 또 다른 꿈이 찾아온다.

기억 없이도 그리움은 찾아오고
기억 없이도 목이 마르다.
[⋯⋯][9]

절망을 딛고 새로운 비상을 위해 꿈 속에서 새로운 꿈을 꾸어야 한다. 꿈 속에 "깨어 있으면서도 졸리워야" 한다. 새로운 꿈은 좌절된 꿈(순수영혼을 추구하는 B층위)을 극복할 수 있는 꿈이라야 한다.

[⋯⋯]

8) 위의 책, 56쪽.
9) 위의 책, 16쪽.

땅 가까이는 말하자면
바다의 수면이다.
세간살이의 잔해가 파도에 휩쓸린다.
그보다 높이, 새의 높이쯤에서
바람은 저희들끼리 불어가며
저의 **순수함을 즐기고 있다.**
그리고 구름 너머 까마득한 높이에
깊은 바람이 고여 있는 것이다.
그곳에는 지느러미도 눈도 없이
해와 달과 별들이 떠다닌다.
〔……〕 (강조:인용자)[10]

세 층위가 있다. (A) 바다의 수면, (B) 새의 높이, (C) 구름 너머 까마득한 높이가 그것이다. 각 층위는 앞서 살펴본 자연성의 세 층위에 각각 대응한다. 자아는 "새 높이쯤의 바람소리를 듣는다". 그러면서 그보다 위층으로 "뛰어들어볼까나" 한다. (B)층위에서 순수영혼을 추구하던 꿈을 꾸었고, 그 꿈이 좌절되었지만, 좌절하지 않고 그것에 치열하게 부딪친 결과 그보다 한 차원 질적으로 비약된 꿈을 꾼다. 자아는 (C)층위에서 불어는 바람 소리를 들으면서 "가슴이 설레어/돛처럼 부푼다".[11] 박제화된 자아의 가슴을 설레게 하는 바람이 불어오는 (C)층위가 어떤 곳인지는 「모든 꿈은 성적이다」라는 시를 통해 유추될 수 있다.

〔……〕

---

10) 위의 책, 78쪽.
11) 위의 책, 79쪽.

그 아름 고목 밑둥은

이 빠진 항아리처럼 덤불 속에 던져져 있었다.

무엇이 움직이는 듯해서 나는 다가갔다.

고목 밑둥에서 잔가지가 자라났다.

갈색 사슴이 고개를 내밀었다.

그 사슴의 한쪽 눈은 나무 옹이로 되어 있었다.

반은 나무인 사슴이 비비적거리며 나무 구멍 속에서 몸을 일으켰다.

가슴이 드러나자 나는 그것이 올빼미인 것을 알아챘다.

푸드덕거리며 올빼미는 날아올랐다

날아가는 것을 보면서

나는 그것이 사슴이라는 것을 깨달았다.

나무 옹이 눈을 가진 사슴은 나를 한번 힐끗 돌아보고

절뚝거리듯이 날아, 뛰어 달아났다.

사방이 찌르듯 조용했다.

[……]12)

　이 시에서 자아는 썩은 고목에 핀 잔가지를 본다. 그 잔가지가 "나무
옹이 눈을 가진 사슴"을 거쳐 "올빼미"로 충격적인 이미지 전환을 이
룬다. 이러한 충격적인 전환은 꿈의 영역에서 일어나는 것이기에 가능
하다. 여기서 중요한 것은 이 꿈이 이전의 순수영혼에 대한 꿈과 어떤
질적 차이를 지니는가이다. 앞서 인용된 시에서, (C)층위의 "구름 너
머 까마득한 높이"의 공간에는 "지느러미"도 "눈"도 필요없음을 보았
다. "나무 옹이 눈"은 눈의 본래의 기능과는 거리가 멀다. 그리고 올빼
미의 날개란 물고기의 지느러미와 동일한 기능을 하며, 그 올빼미의
날개가 "뛰어 달아나는" 기능을 함으로써 날개(지느러미)의 기능 역시

<hr>

12) 위의 책, 84쪽.

무화된다.[13]

  눈과 날개의 기능이 무화된 곳, 경험적 시지각과 객관적 시—공간을 넘어선 곳이 (C)층위이다. 무중력의 상태, 해와 별과 달과 깊은 바람이 어우러져 있고 올빼미와 사슴이 분화되기 전의 상태는 자연성의 가장 본질적인 모습일 것이다. 인간과 인간, 인간과 사물이 동일성을 이루는 이 원초적인 공간이야말로, '지금 이곳'에는 부재하지만 인간이 반드시 회복해야 할 시원의 공간이다. 따라서 이 층위의 미학적 깊이는 자연 서정시가 도달할 수 있는 가장 깊은 영역이라 할 수 있다.[14]

> [……]
> 아무것에도 닿지 않는 바람이
> 하늘에서 곧장 흘러 떨어진다
> 끝없이 뱃전에 와 부딪는 물결처럼
> 바람은 내 몸에 와 부서진다
> 바람은 달에 가 부서진다
> 무성한 바람의 이파리들이
> 층층이 켜켜이 부딪친다.
> [……]

   달려라 바람아!

---

13) 눈과 이동 수단인 날개에 대한 부정은 근대적 인식관에 대한 전면적인 부정에 해당된다. "내 안구를 통해 보이지 않는 것은 안구뿐이다"는, 근대의 인식론적 정초를 마련한 칸트의 인식론에 주목할 때, 눈의 부정은 근대의 경험적 시지각에 대한 부정에 해당된다. 또한 날개의 부정은 3차원 절대 시—공간의 부정을 의미한다. 이곳과 저곳, 과거와 현재와 미래의 시—공간 단위가 이동수단의 부정으로 인해 무화된다. 이러한 부정을 통해 황인숙의 인식은 눈에 보이지 않고 귀에 들리지 않는 영역으로 심화된다. 그것이 꿈(꿈 속의 꿈)꾸기이다. 이처럼 꿈꾸는 시어가 경험적 시지각이 지배하는 이성적 담론을 꿰뚫고 분출되기에 황인숙의 시는 난해하다.

14) 황인숙이 꿈을 포기했다면 이 영역에 도달하지 못했을 것이다. 경험적 시지각을 넘어선 꿈의 자리에서 현실과의 긴장 관계를 통하여 좌절의 아픔을 겪으면서도 그 꿈을 심화시켜왔기에, 자연성의 가장 깊은 영역에까지 그 촉수를 뻗칠 수 있는 것이다. 시원의 공간은 현실에는 부재하지만, 우리가 기존의 인식관을 버릴 때, 얼마든지 볼 수 있고 들을 수 있는 것이다.

저 친근하고 서늘한
노래하는 머릿속으로
나를 몰아가주려무나.

이 순간 나는
자랑스럽게 씻겨져 있노라.[15]

　자아는 아득한 시원의 공간에서 불어오는 바람을 온몸으로 감지하면
서 새롭게 비상하고자 한다. 그곳을 향해 새롭게 "막 한 발을/햇빛 속
에 쳐든다".[16] 이 질적 비약을 위해 자아는 깊은 절망의 늪에서 박제화
되어 가는 아픔을 겪었던 것이다. 새로운 비상은 절망의 종결을 의미
하지 않는다. 그것은 지금보다 더한 절망을 동반할 것이다. 시원에서
불어오는 바람을 느낀 자아가 다음과 같이 외칠 때, 그 외침이 공허한
외침이 되지 않기 위해서, 자아는 다가올 보다 큰 절망에 대비해야 한
다. 그 절망에 더욱 처절하게 부딪칠 때, 비현실태인 시원의 공간도 현
실적 가능태로 우리에게 다가올 것이다.

　[……]
　꺼져라, 소멸의 시간이여
　이제 다시 지구는
　나를 중심으로 돌고
　태양이 덩굴손을 뻗어
　내 피 속에 담그고
　미친 듯 장미꽃을 토하게 한다

---

15) 위의 책, 108~109쪽.
16) 위의 책, 89쪽.

꺼져라, 꺼져라, 소멸의 시간이여

[······][17]

3. 순수영혼을 지향하는 두 모습:이진명, 천양희

이진명의 두 번째 시집 『집에 돌아갈 날짜를 세어보다』와 천양희의
네 번째 시집 『마음의 수수밭』에서 읽을 수 있는 자연성은 순수 영혼의
공간인 (B)층위에 해당된다. 그러면서 두 시집은 자아의 태도면에서
차이가 난다. 이진명의 시집은 집에 대한 그리움으로 가득 차 있다.

나를 낳아준 집
그 죽음을 떠나 벌써 학교 생활 서른아홉 해
[······]
집에 대한 그리움 남아 있을 때
집에 대한 기다림 남아 있을 때
이젠 됐으니 그만 돌아와도 좋다
연락왔음 좋겠다
[······][18]

현실의 삶이 학교라면 집은 자아가 태어난 곳이다. 그 집은 「꽃잔치
하시는 디오게네스 할아버지」가 있는 축제의 공간이면서, "작고 단단
한 것이 매끄러운 것이/예쁜 색깔 흠 하나 없는",[19] 우리가 어릴 적 늘
차고 다니던 구슬과 같은 것이다. 또한 그것은 어른이 된 지금에도 우

---

17) 위의 책, 37쪽.
18) 이진명, 『집에 돌아갈 날짜를 세어보다』(문학과 지성사, 1994) 29쪽.
19) 위의 책, 15쪽.

리가 항상 마음속에 품고 있는, "나중에 내 영혼이 하얀 발 디뎌 올라 새색시처럼 앉아가는 곳"인 "연(輦)"[20]과 같은 것이다. 시적 자아는 잃어버린 유년기의 추억 어린 마음의 왕국을 갈망하면서 그것을 자아의 외부가 아닌 내부에서 찾으려 한다.

> [······]
> 구슬이 다행히 몸 속 마음에 빠져 울고 있었다면
> 어렵지만 쉽지요 그래요
> 마음을 뒤집으면 마음을 뒤집으면요
> 아, 그럼, 옆구리에 구슬을 달고
> 벌써 들로 나가지요 보무 당당히
> 들세상 친구들 짤랑거리는 진짜 놀이에 참석하지요[21]

마음을 뒤집는다는 것은 일상에 오염된 마음속 깊은 곳에 숨어 있는 순수영혼을 드러낸다는 의미이다. 일상에 오염된 마음이 의식이라면 순수영혼은 꿈의 영역이다. 이진명은 황인숙처럼 꿈을 꿈으로써, '집'을 유년기의 추억 어린 순수영혼의 단계인 (B)층위에서 어머니의 자궁 속('어머니의 몸안')이라는 (C)층위로 심화시킬 근거를 마련해두고 있다. 그러나 이진명의 자아는 꿈꾸기를 통해 (C)층위에 도달할 수 있음을 간파하고도, 꿈꾸기보다는 순수영혼의 양태가 아직 남아 있는 외부 대상물을 찾아 나선다. 마음 뒤집기는 외부대상의 상징을 통해 간접적으로 표출됨으로써 이진명의 '집'은 (B)층위에 머물게 된다. 외부대상에서 순수영혼의 상징물 찾기는 '푸른색의 이미지 찾기'로 명명된다.

---

20) 위의 책, 19쪽.
21) 위의 책, 17쪽.

[……]

한여름 내내 쉬는 날의 산책은 그 집을 향했습니다

동네의 막다른 길 끝

그러나 뒤터 한쪽은 하늘까지라도 뚫렸지요

푸른 것들의 이름을 읽으려

담장에 붙어 까치발하곤 하던 나날

[……]

여름 햇빛은 그 집의 뒤터에서 언제까지나

언제까지나 쏟아지는 이미지처럼

담장에 메달린 내 얼굴은 그 여름 내내

사과알로 발갛게 만들어져갔습니다[22]

　푸른색의 이미지 찾기는 유년기의 색채를 간직하고 있는 "절"과 "마전터라는 장국밥집" 등으로의 산책으로, 때로는 먼 곳으로의 길떠남으로 나타난다. 정녀(貞女)의 집 영산선원으로, 두타초암으로, 만세루로, 이름 모를 계곡으로 떠난다. 산책과 길떠남을 통해 자아는 이미 사라진 "드넓은 푸르름 속에서 흰옷 입고 점점이 흩어져 마전하는 사람들/산기슭을 온통 덮은 광목들의 펄럭거림"[23]을 본다. 그것들은 이미 사라진 옛적 우리들의 삶의 무늬가 아로새겨져 있으면서 유년기의 추억이 서려 있는 것이다. 자아는 이들을 통해,

　　[……]

　　숲에 들어

　　그 둥그런 생명계

22) 위의 책, 13~14쪽.
23) 위의 책, 129쪽.

백화난만의 세상을 눈으로 보고

맛으로 느끼고 귀로 들었습니다.

[……]24)

눈으로 보고 귀로 듣는 둥그런 생명계가 푸른색의 이미지가 표상하
는 것이다. 따라서 이진명이 지향하는 자연성은 세 층위 중 눈과 귀의
기능이 강조되는 (B)층위의 순수영혼의 세계임을 알 수 있다. 그곳은
어머니의 자궁 속이 아니라, "학교 입학하기 전의 일곱 살짜리 어린아
이의 명랑한 말씨"25)가 있는 곳이다. 또한 그곳은 문화 발생 이전의 상
태인 시원의 공간이 아니라 "천년 금귀고리"26)로 세공된 "꽃사과"가 있
는 곳이다.27)

순수영혼의 공간을 지향하는 자아는 푸른색의 이미지를 찾아 산책과
여행을 반복한다. 그러면서 자아는 푸른색의 이미지를 자신의 내면에
육화하여 그것을 삭막한 현실생활의 버팀목으로 삼는다.

[……]

無憂樹

그 아래서 먹고 자고 깨어났지요

[……]

때로 그 나무 이름

흐리고 어두운 웃음 짓게 하지 않는 건 아니지만

---

24) 위의 책, 110쪽.
25) 위의 책, 32쪽.
26) 위의 책, 132쪽.
27) 역사적 시간 개념이 근대의 산물이라면, 근대적 인식관을 부정하는 자리인 꿈의 영역에서 그 개념은
무의미하다. 이진명이 꿈을 통해 그의 집을 탐구했다면, 그 집은 역사적 시간을 초월한 시원의 공간을
지향했을 것이다. 그러나 이진명은 꿈 대신에 경험적 시지각에 포착되는 자연으로 나아감으로써, 그
의 집은 근대의 역사적 시간 개념을 벗어나지 못한다. 그 결과 그의 집은 역사적 시간 내에서 먼 과거
의 공간을 지향점으로 설정한다. 그의 시에서 유년 시절이나 혹은 사라진 고대의 유물이 자주 등장하
는 것은 이 때문이다.

그 두 팔 아래 눕거나 앉아 있는다 생각하면
마음의 잘못 편 팔다리 곧게 내려질 때 많고
마음의 잘못 치뜬 눈 반 내리감게 될 때 많았지요
[……] [28)

순수영혼의 이미지를 자아의 내면에 육화한 채 그 육화된 이미지를 통해 속화된 일상의 이미지들을 정화시킨다. "자루걸레질하는 여자의 시름 없는 생애가 밀고 간/복도가 조용하고 길게 빛나고 있습니다"[29) 처럼 그는 푸른색의 이미지로 그의 내면과 주변의 일상을 꼼꼼히 닦고 또 닦고 있다. 이 삶과 육화된 이미지들을 통해 산문투의 장광설로 인한 시적 긴장감의 결여라는 단점을 어느 정도 극복하면서, 그의 시는 각박한 우리의 삶에서 청정한 빛을 발하고 있다.

천양희의 시집에 나타나는 자연성은 이진명의 시처럼 순수영혼의 공간이라는 (B)층위에 자리잡고 있으면서 자아의 태도 면에서 이진명의 그것과 구분된다. 이진명의 시가 순수영혼의 이미지를 내면에 육화한 반면에 천양희의 시는 순수영혼의 이미지와 도시 이미지를 병치시키고 있다.

[……]
여기서 眞路 너무 아득해 빌딩숲 헤쳐 닿을 길 없고
이 길 한켠에서 생각나는 것은 사람마다
가지 않은 길 하나씩 품고 있는 한줌 기대와 기대 속에 묻힌 한 그루 추억의 푸른 나무.
기대는 자주 우릴 설레게 한다

---

28) 위의 책, 40~41쪽.
29) 위의 책, 81쪽.

[……]30)

도심의 "眞露도매센터 빌딩"에서 자아는 "가지 않은 길"인 "진로(眞路)"를 찾아 설레임 속에서 길을 떠난다. 그 길은

[……]
강의 끝으로, 무한대로 무시무종으로 무조건으로.
가다 보면 공중에 鵬 뜬 나의 眞空!
무색계로 가네
이것이 혹 무릉도원인가 무량수전인가
[……]31)

에 이르는 길이다. 자아는 그런 세계를 "저 환한 화엄계" 혹은 "피안, 백색 淨土, 환한 水宮"으로 명명하는데, 그곳은 이진명의 시처럼 푸른 색의 이미지로 가득한 "초록세상"이다. 그 세상을 찾아 자아는 여행을 떠난다. 동해로, 소리봉길로, 우이령으로, 무주로, 직소포로, 무심천으로 여행을 떠나거나 혹은 산행을 떠난다. 여행을 통해 자아는 도심에 찌든 마음을 정화시킨다. 마음의 수수밭 찾기가 그것이다.

[……]
정신이 들 때마다 우짖는 내 속의 목탁새들
나를 깨운다. 이 세상에 없는 길을
만들 수가 없다. 산 옆구리를 끼고
절벽을 오르니, 千佛님이

---

30) 천양희, 『마음의 수수밭』(창작과 비평사, 1994) 13쪽.
31) 위의 책, 95쪽.

몸속에 들어와 앉는다.

내 맘속 수수밭이 환해진다.[32]

마음의 수수밭을 찾아 떠나는 노정에서 자아는 "나는/알 수 없는 신명에 젖는다. 生이 다시/울창해지고 길들이 수런거린다"[33]고 외친다. 그러나 그러한 신명이 생활의 공간으로 돌아왔을 때에는 드러나지 않는데, 그 이유는 여행을 통해 획득된 '마음의 수수밭'을 내면에 육화시켜 생활의 버팀목으로 삼지 않기 때문이다. 그러니까 천양희의 길떠남은 일시적인 여행으로서의 길떠남이라 할 수 있다. 마음의 수수밭의 이미지와 도시 이미지가 병치되어 있는 이러한 상태는 "참을 수 없이 가볍게 날고 싶지만/삶이 덜컥, 새장을 열어젖히는 것 같아/솔직히 겁이 난다"[34]는 심적 구조에 기인한다. 이 심적 구조가 '도시:자연, 삶:여행'의 병치를 낳게 되고, 그 병치로 인해 자아는 "아파트 공사장에/까치 한 마리가 새끼를 낳아/다른 곳으로 날아갈 때까지/공사를 중단했다는 이야기"[35]에 감동하는 것이다.

암수 한몸인 민달팽이를 보니

일심동체를 보니

아하! 그동안의 행적이 무색하구나

암수 다른 몸이

그 행세를 했으니 반인반수로다

제 몸 허물기라도 하면

저 모습될까

---

32) 위의 책, 8~9쪽.
33) 위의 책, 18쪽.
34) 위의 책, 28쪽.
35) 위의 책, 20쪽.

달팽이집 한채 짓고 싶다
그 집에서 살고 싶다.[36)]

암수 한몸인 민달팽이는 순수영혼의 이미지를 내면에 육화한 상태에 해당되며, 그것을 흉내낸 반인반수는 이미지를 육화하지 못하고 '도시:자연'을 병치시킨 상태에 해당된다. 따라서 달팽이집을 짓고 '싶다'라는 소망이 실현되기 위해서는 자연에의 여행이 여행에만 그치지 않고, 여행을 통해 획득된 이미지를 자아의 내면으로 육화시키는 일이 무엇보다 필요할 것이다.

4. 문지방 너머의 흙 속:나희덕

나희덕의 두 번째 시집 『그말이 잎을 물들였다』에는 쓸쓸함과 허무감이 짙게 배어 있다. 쓸쓸함은 '문지방 넘어서기'와 관련이 있다. 1980년대의 확신에 찼던 신념이 허무와 환멸로 뒤바뀐 1990년대, 그 혼돈의 시대에서 표류하는 민중문학을 두고 정지아는 "나는 문지방 위에 서 있다"고 표현하였다. 문지방 이쪽은 신념을 꿈 속에서 유지하는 곳이며, 저쪽은 신념 불가능의 사실을 사실대로 승인하고 새로운 방법을 모색하는 곳이다. 그러나 대부분의 민중문학은 그러한 문지방에서의 고뇌를 거치지 않고 가볍게 몸바꿈을 하였다. 나희덕은 가벼운 몸바꿈을 거부하고 문지방 위에서 자신이 나아갈 길을 고통스럽게 모색하고 있다.

모색의 과정에서 그는 "아직은 문을 닫지 마셔요 햇빛이 반짝거려야

---

36) 위의 책, 68쪽.

할 시간은 조금 더 남아 있구요 새들에게는 못다 부른 노래가 있다고 해요"[37]라는 쓸쓸한 「해질녘의 노래」를 나지막이 부르고 있다. 그 쓸쓸함은 민중문학의 발빠른 변신을 거부한 자의 쓸쓸함이다. 껍질을 벗는 아픔을 감수하지 않는 변신 옆에서 나희덕은 "저물고 싶지를 않습니다/모든 것이 떨어져내리는 시절이라 하지만/푸르죽죽한 빛으로 오그라들면서/이렇게 떨면서라도/내 안의 물기 내어줄 수 없습니다"[38]고 말하면서, 그러한 변신에 두려움을 느낀다.

> [……]
> 나는 두렵다.
> 어제 너를 내리쳤던 그 손으로
> 오늘 네 뺨을 어루만지러 달려가야 한다는 것이,
> 결국 치욕과 사랑은 하나라는 걸
> 인정해야 하는 것이 두렵기만 하다.
> [……][39]

발빠른 변신을 거부하고 자신의 시세계를 지키려는 자아는 그것이 불가능한 현실로부터 고립·유폐된다. "잔설이 그려내는 응달과 양달 사이",[40] 그 문지방 위에서 그는 쓸쓸함을 노래하고 외로움과 고독감을 표출한다. 그러면서 "나부끼다 못해/서로 뒤엉켜 찢겨지고 있는/저 잎새의 날들을 넘어야"[41] 하는 것처럼, 절망을 극복하고 문지방을 넘어서려 한다. 세상의 경계로 다시 나오기 위해 그는 자신이 나아갈 문지방 저 너머의 빛을 찾아 나선다.

---

37) 나희덕, 『그말이 잎을 물들였다』 (창작과비평사, 1994), 80쪽.
38) 위의 책, 58~59쪽.
39) 위의 책, 96쪽.
40) 위의 책, 17쪽.
41) 위의 책, 47쪽.

삶의 막바지에서
바위 뒤에 숨듯 이 골방에 찾아와
몸을 눕혔을 그림자들
그 그림자들에 나를 겹쳐 누이며,
못이 뽑혀져나간 자국처럼
거미가 남겨놓은 거미줄처럼 어려 있는
그들의 흔적을 오래 더듬어보는 방
내 안의 후미진 골방을 들여다보게 하는 이 방
세상의 숨죽인 골방들, 그 끊어진 길이
하늘의 별자리로 만나 빛나고 있다[42]

유폐된 골방에서 자아는 자신의 후미진 골방을 들여다본다. 나아갈 길이 끊어진 암담한 상태에서 고통스러운 자기응시를 통해 "내가 기대어 살아온 것은 정작/허기에 불과했던 것일까?"[43]라는 회의적인 물음을 던진다. 그러면서 자신보다 앞서 절망에 빠진 이들이 그것을 극복하고 나아간 길, 그 하늘의 빛나는 별을 자신이 나아갈 길로 선택한다. 문지방 너머의 반짝이는 빛을 찾아 나희덕의 자아는 세상의 경계로 다시 들어온다.

살았을 때의 어떤 말보다
아름다웠던 한마디
어쩔 수 없을지도 모른다는,
그 말이 잎을 노랗게 물들였다.

42) 위의 책, 87쪽.
43) 위의 책, 56쪽.

[⋯⋯]

말이 아니어도, 잦아지는 숨소리,
일그러진 표정과 차마 감지 못한 두 눈까지도
더이상 아프지 않은 그 순간
삶을 꿰매는 마지막 한땀처럼
낙엽이 진다.
낙엽이 내 젖은 신발창에 따라와
문턱을 넘는다, 아직은 여름인데.[44]

　문지방을 넘어선 자아가 도달한 곳이 흙 '속'이다. '흙 속'으로 표상
되는 자연성은 순수영혼의 공간이라는 (B)층위에 해당되며, 나희덕의
자아는 이제 그 출발점에 서 있다. 그러나 그 출발은 "네 물줄기 마르
는 날까지/폭포여, 나를 내리쳐라"[45]라는 인고의 시간을 견뎌온 자아
의 출발이다. 모든 허물을 벗고 빈 마음으로 흙 속에서 자아는 새롭게
태어난다.

[⋯⋯]
무엇을 더 보탤 것도 없이
어두워져가는 그림자 끌고
어디 흙속에나 숨어야지
참 길게 울었던 매미처럼
둥치 아래 허물 벗어두고
빈 마음으로 가야지

---

44) 위의 책, 84~85쪽.
45) 위의 책, 8쪽.

그때엔 흙에서 흙냄새 나겠지
나도 다시 예뻐지겠지
[……][46]

　나희덕이 새로운 출발점으로 설정한 '흙 속'은 실상 그의 시적 원형
에 해당된다. 그것은 "깊은 곳에서 네가 나의 뿌리였을 때/나는 막 갈
구어진 연한 흙"[47]이었던, 첫번째 시집의 자아에게로 되돌아가는 것이
다. 그러나 그 회귀가 현실적인 문제(주로 전교적 문제 쪽)에 부딪쳐 절
망하고 그 절망을 이겨내기 위한 회귀라는 점에서, 나희덕의 '흙 속'은
(B)층위에 속하는 다른 자연 서정시와는 구분된다. 절망을 가져온 현
실과 그의 '흙 속'이 어떤 긴장관계를 유지하느냐에 따라 그의 자연 서
정시의 지평은 달라질 것이다.

5. 맺음말

　비유적으로 표현하여, 우리 시대를 '상품 블랙홀의 시대'라 하면 어
떨까? 가공할 힘과 가공할 속도로 모든 것을 빨아들여 순식간에 상품
화하는 시대를 우리는 살고 있다. 이전에 자연성의 희미한 잔영이나마
간직하고 있던 자연도 이제는 이 무서운 악마의 소용돌이를 벗어날 수
없다. 우리들은 그것을 깨닫지 못하고 소용돌이에 휩쓸려 자신을 상품
기호로 전락시킴으로써 돌이킬 수 없는 파국으로 치닫고 있다. 후기산
업사회가 진정한 인간의 자유를 가져다줄 가능성은 전무하다. 상품의
천국, 상품의 왕국이 지금, 그리고 다가올 우리 사회의 모습이다. 후기

---

46) 위의 책, 98쪽.
47) 나희덕, 『뿌리에게』(창작과 비평사, 1993), 8쪽.

산업사회가 인간에게 삶의 진실과 존재의 본질적 의의를 보장해주기 위해서는, 상품 블랙홀 시대의 모순을 극복할 수 있는 여러 가치들이 모색되어야 한다. 그 가치들 중, 인간과 자연의 동일성의 상태를 의미하는 '자연성'은 우리 시대에 반드시 회복되어야 할 가치이다.

자연성의 회복을 위해 무엇보다 필요한 것은 상품물신주의에 오염된 우리들의 인식을 전환시키는 것이다. 물론 자연성을 그것을 아직 미미하게나마 간직하고 있는 구체물로서의 자연에서 찾는 것도 우리 시대에 유의미한 일일지도 모른다. 그러나 그것은 막강한 힘으로 모든 것을 잠식하고 있는 상품 블랙홀과의 싸움에 있어서 일시적이고 소극적인 대응방식이라 할 수 있다. 자연성의 희미한 잔영을 겨우 간직하고 있는 구체물로서의 자연도 머지않아 상품 블랙홀에 휘말려들어 흔적도 없이 사라질 것이며, 나아가 순수영혼마저 사라져버릴 것이다. 이 위기 상황을 타개하기 위해서는 상품기호를 지탱하는 도구화된 이성으로부터 우리의 인식을 전환시켜야 한다. 이성과 의식으로부터 비이성과 무의식(꿈)으로 표상되는 것으로 우리의 인식을 질적으로 변용시킬 때, 현실에 부재하는 자연성의 실체를 감지할 수 있을 것이다. 자연성은 항상 우리들 곁에, 우리들 속에 내재해 있다. 우리는 도구적 이성에 눈멀어 그것을 보지 못할 뿐이다. 인식의 전환을 통해 우리는 자연성의 세계를 언제 어디서라도 만날 수 있다. 자연성을 도구적 이성이 지배하는 표층으로 끌어올리려고 가열차게 노력할 때, 비현실태로서의 자연성은 현실적 가능태로 화할 수 있을 것이다. 시원의 공간은 먼 과거의 역사적 공간이 아니라 '현존하는 부재'일 따름이다.

그런 점에서 부재하는 시원의 공간을 현현시키려는 황인숙의 시집은 주목된다. 절망에 처절하게 부딪치면서 시원의 공간을 향해 비상하려는 시어, 그 고통스러운 텍스트를 통해 우리는 인간의 상실된 요람을 떠올리게 되고, 그럼으로써 새로운 세계의 새로운 인간을 꿈꿀 수 있지 않은

가? 자연 서정시가 우리에게 줄 수 있는 미학적 감응력의 최대치가 바로 이것일 것이다. 지금, 시원의 공간을 향해 두 날개를 펼치려는 황인숙의 시적 고투가 어떻게 전개되는지에 주목하는 이유는 이 때문이다.

90년대의 도시적 서정시:
압구정동과 한계령 사이의 시적 긴장

1. 죠스와 순진한 나무 돌고래

1990년대초 두 명의 시인이 '압구정동'을 두고 서로 시적 편지를 주고 받는다. 박용하는 유하에게 보내는 시의 제목을 「바람 부는 날이면 한계령에 가야 한다—유하에게」로 붙였고, 이에 대해 유하는 박용하에 대한 화답의 시를 「바람부는 날이면 압구정동에 가야 한다 10:흐르는 欲의 바다는 구름 속에 죠스를 감춰둔다—박용하에게」라는 제목으로 붙였다. 이 두 편의 시는 두 시인의 단순한 친교를 나타내는 것에 머물고 있지 않다. "압구정동은 체제가 만들어 낸 욕망의 통조림 공장"[1]이라 비판함으로써 90년대 해체시의 문을 연 유하와 '비와 나무의 상상력'을 표명한 박용하가 주고받은 이 두 편의 시는 90년대 시적 지형도의 윤곽을 뚜렷히 보여주는 상징적 사건이다. 그 윤곽은 '압구정동'을

---

1) 유하, 「바람 부는 날이면 압구정동에 가야 한다 2—욕망의 통조림 또는 묘지」(『바람부는 날이면 압구정동에 가야 한다』, 문학과 지성사, 1991), 60쪽.

두고, 박용하가 대비시킨 "한계령"과 유하가 표명한 영화 "죠스"로 구체화될 수 있다.

(i)
네 이데올로기란 하찮은 것이다
가령, 동해안의 모든 파도라고나 할까
무슨 노선이니 이즘이니 당파니
제 논에 물대기 식으로 설치는 놈들을 보면
말해주고 싶네. 몸 벗고 두 팔 들고 이백 킬로미터 행군하는
중심을 견주는 대성산의 나무들을 말이야, 서서 죽는
한계령 정상 폭풍의 나무들을 말이야, 그게 다 변변찮은
하지만 세뇌되지 않은 내 국가고 정치고 학교니까
「무림일기」를 배경으로 너의 압구정동에서 한계령으로
어때 한 번 굴러가 볼까 갈매기 와 잠드는
동해안 포구 始原의 물속으로, 휙!
흐르는 겨울강은 얼음 아래 물을 감춰둔다
너의 압구정동 속에는 무엇을 감춰뒀을까
물? 할머니? 흙? 공기?
빽빽한 건물들 물건 좋은 카페 광고의 대명천지
거품 거품 실루엣 물거품 그 차곡차곡 쌓인 폭력과 자본 속에
「정글어 가는 하나대」라든가
[……]
흐르는 겨울바다는 구름 속에 돌고래를 감춰둔다
바람 부는 날 우리는 압구정동에서 한계령까지 가야 한다[2]

---

2) 박용하, 『나무들은 폭포처럼 타오른다』(세계사, 1995) 120~123쪽.

(ii)

한계령 대관령 그 높은 나무의 바다 위에서 자작나무처럼
괜찮은 듯 서서, 오래 오래 숙고한 사람만이 말할 수 있구나
흐르는 겨울 바다는 구름 속에 돌고래를 감춰둔다
그 돌고래를 타고 온 나무의 천지를 소요하는 기분은 어떨까
[……]
사실 난 너의 시가, 숨겨주는 이 없이 대명천지 죽어가는 이 땅의
모오든 나무들에게 바치는 슬픈 진혼곡으로 들려, 지금 넌
서서 죽는 대관령 자작나무의 바다를 보며 무얼 감추고 있는지
앙증맞고 순진한 나무 돌고래? 아, 난 감춰둔 게 없어 헐벗은 민둥산이야
길이 십오 미터가 넘는 거대한 백상어가 돌고래를 잡아먹으려 쩍
섬뜩하게 이빨 드러내는 죠스 3이라는 영화 봤니? 내 몸을 스치는
욕망의 바람 속에 죠스가 살아, 온통 썩은 눈깔로 몰려가
뎅겅 나무 돌고래들의 배를 가르는 톱날 같은 죠스 아가리
[……][3]

　박용하가 "욕망의 통조림 공장"인 "압구정동"에서 "한계령 정상 폭풍의 나무"와 "시원의 물속"의 "돌고래"로 나아감에 반해, 유하는 그 "압구정동"에서 "순진한 나무 돌고래"를 잡아먹는 영화 "죠스"의 "백상어"를 본다. 그리하여 유하는 각종 정보 메커니즘과 상품물신주의가 만연하고, 그것이 개인의 욕망마저 조작하는 압구정동에는 더 이상 "순진한 나무 돌고래" 같은 것은 존재하지 않는다고 보고, 대신 영화 "죠스"의 "백상어"로 표상되는 "욕망의 평등사회, 패션의 사회주의 낙원"에 대한 비판을 가함으로써 90년대 해체시 계열의 선두주자로 부상한다. 반면 박용하는 "압구정동"을 "빽빽한 건물 물건 좋은 카페 광고

---

3) 유하, 앞의 책, 82~83 쪽.

의 대명천지"가 난무하는 '폭력적인 자본'의 산물로 비판하면서, 그 너머 혹은 그 아래 감추어진 "시원의 바다"와 "한계령의 나무"와 "돌고래"를 지향함으로써 해체시 계열체와는 다른 길을 걷게 된다.

박용하가 걸어간 '압구정동'과 '한계령' 사이의 거리, 그 거리의 시적 긴장감이야말로 90년대의 도시적 서정시를 특징짓는다. 도시적 서정시는 우리 시대의 '도시성(性)' 비판과 '서정성' 회복으로 요약된다. 말하자면, 도시적 서정시는 '압구정동'으로 표상되는 후기산업사회의 모순, 곧 신격화된 자본이 현란한 상품 이미지로 신전의 외피를 장식한 채 파시스트적 속도로 모든 것을 지배·통제하면서 상품물신주의와 소비향락주의를 만연시키고, 그것들이 인간의 욕망마저 조작함으로써 인간의 사물화 단계를 넘어서 인간의 상품 이미지화로 치닫는 우리 사회의 모순을 도시성이라는 이름하에 비판한다.

그러면서 시양식의 해체를 방법적 전략으로 내세우는 해체시와는 달리, 도시적 서정시는 "순진한 나무 돌고래"로 표상되는 '서정성'을 방법적 전략으로 내세운다. 여기서 도시적 서정시가 지향하는 서정성은 해체시 계열체와 더불어 90년대의 우리 시단을 양분하고 있는 정신주의시 계열체의 지향점에 연결되어 있다. 90년대의 해체시 계열에 대해 '시정신과 시의 소멸'이라 비판하면서 대두된 정신주의 계열체는 "기계보다는 인간을 강조하면서 궁극적으로는 인간과 자연과 문명이 하나의 전체로서 조화되는 생성적 세계관에 근거"하고 있다.

[……]

푸른 숲을 바라보며 나는 왜 그가
미소짓는가를 물어보지 않았다.
흰 구름이 두어 송이 하늘꽃처럼 피어

무심하게 지상을 굽어보고
숲과 바위와 능선들이
둥글고 큰 하늘의 눈동자 열어
모든 것이 제 모양으로 비치는
명징한 세계 안에 내가 있었다.
한낮의 태양이 머물다 간 바위에 기대어
더 높은 곳을 향해 눈을 들었다.
그리고, 나는 소리쳐 보았다. 진정
지고한 영혼이여, 그대는 지금 어디에 있는가.

[……]

왜 그러했는지 알 수는 없었지만
우리들의 주위에 퍼져 있던 서늘한 빛은
끓어오르던 마음을 다둑이듯
울퉁불퉁한 계곡의 돌멩이들을 끌어당겨
둥글고 아름답게 감싸고 있었다.
언제나 낮은 곳으로 흘러내리는 물길을 흘려 보내고
겹겹한 어둠 위로 솟아오른 여름 道峰,
정정한 나무 그림자들과 함께
어둡고 차가운 길에서 山頂을 우러러보며
나는 지상의 길을 찾아 힘차게 살고 싶었다.[4]

　　화자는 여름 도봉산에 올라 세속도시를 굽어보면서 "둥글고 큰 하늘
의 눈동자"를 열어 본다. 그곳은 모든 것이 오염되지 않은 채 "제 모

---

4) 최동호, 『딱따구리는 어디에 숨어 있는가』(민음사, 1995) 31~33쪽.

양'으로 있는 "명징한 세계"이다. 화자는 그 명징한 세계 속에 들어간다. 아니 그 명징한 세계를 자신의 영혼 속에 일체화시킨다. 그 순간 "지상"보다 "더 높은 곳"에 있는 "지고한 영혼"의 존재를 깨닫게 되고, 그 영혼과의 합일을 강렬히 지향한다. "명징한 세계"와 "지고한 영혼"은 세속도시의 상품물신주의에 함몰된 우리가 잊고 있는, 그러나 우리가 반드시 되찾아야 할 지고지순한 정신적 가치이다. 화자는 그러한 "가장 높은 정신"을 자신의 영혼 속에 품고, 그 정신을 상승시켜 나아감으로써 상품물신주의가 횡행하는 "지상의 길"에 부딪치면서 그 타락하고 훼손된 길을 "지고한 영혼"으로 치유하려 하는 것이다.

이처럼 정신주의는 상품 이미지가 가공할 속도로 모든 것을 잠식하는 이 시대에 우리가 반드시 되찾아야 할 "지고한 영혼"의 세계를 지향함으로써, 자신도 모르게 하나의 상품기호로 전락한 채 황폐해진 우리들 심성을 깨우쳐 주고, 우리가 진정으로 추구해야 할 가치관이 무엇인지를 제시해주고 있다. 정신주의가 지향하는 '지고한 영혼'의 세계는 궁극적으로 인간과 인간, 인간과 자연, 정신과 육체의 구분 없이 모든 것이 조화롭게 동일성을 이루는 공간이다. 그 공간은 하늘과 땅, 대우주와 소우주가 원환을 이루면서 서로에게 길잡이 역할을 하는 곳이며, 물질적 가치가 지배하게 되는 근대 이후 상실된 공간이자, 인류가 반드시 회복해야 할 시원의 공간이다. 그곳은 모든 것을 상품기호로 전락시키는 '상품의 집' 만이 있는 '지금 이곳'에의 가시적인 영역에는 부재하지만 그 집의 내부 혹은 비가시적인 영역에는 엄연히 존재하는 곳으로, 우리가 '상품의 집'의 모순을 치열하게 극복하려 할 때 얼마든지 경험할 수 있고 도달할 수 있는 현실적 가능태이자 미래적 지향점이다. 곧 그곳은 돌아갈 수 없는 과거의 공간이나 혹은 현실로부터 도피한 신비주의적 공간이나 초월주의적 공간이 아니다. 그곳은 "인간과 자연과 문명이 하나의 전체로서 조화"를 이루는 다가올 21세기의 새로운 공간이며, 하이데거식으로 표현하자면, 모든 존재가 평화롭게 합일할 수 있는 새로운 '존재의 집'이자, '20세기를 지배한 서구적인 이성적 합리주의'의 모순을 극복할 수 있는 새로운 '동양적 정신주의'의 세계인 것이다.

도시적 서정시는 정신주의의 이 '지고한 영혼'의 세계에 뿌리를 드리운 채 그 뿌리로부터 자양분을 흡수하는 '순진한 나무 돌고래'라는 서정적 열매를 통해 '압구정동'으로 표상되는 후기산업사회의 도시성을 비판하고, 나아가 그것을 극복하려는 것이다. 그러기에 도시적 서정시는 도시성에 대한 비판의 측면에서 해체시 계열체에 연결되어 있고, 또 다른 한편으로는 정신주의적 서정성의 추구에 의해 정신주의시 계열체에 그 뿌리를 내림으로써, 90년대 우리 시단의 양 극단에 자리잡고 있는 계열체들을 매개하는 역할을 하고 있다. '죠스'로 표상되는, 조작된 욕망이 횡행하는 '압구정동'을 '한계령의 비와 나무', '시원의 바다', '순진한 나무 돌고래'로 정화시키려는 것, 그것이 우리 시대의 도시적 서정시이며, 박용하와 유하가 주고받은 두 편의 시는 바로 이 도시적 서정시의 출현을 알리는 상징적 사건이라 할 수 있다.

2. 상품의 집에서 정신주의적 서정성의 세계를 향한 산책과 포복

도시적 서정시 부류 중에서 가장 저급한 단계는 '도시:자연(농촌)'의 단순한 이분법적 대비이다. 이들 시들은 오늘날의 도시를 산업화의 초기단계처럼 자연에 대한 대타적인 공간개념으로 설정하고, 도시를 조금 벗어나면 실재하는 강과 산 등의 구체물로서의 자연이 아직 도시성에 오염되지 않았다고 생각한다. 그리하여 이들은 그런 자연에 대한 가벼운 주말여행을 통해 도시에 찌든 심신을 정화시킬 수 있다고 보는 것이다. 그러나 이러한 인식은 대단히 피상적이다. 파시스트적인 속도로 모든 것을 잠식하는 오늘날의 상품 이미지의 가공할 탐욕 앞에 자유로운 것은 아무것도 없다. 도시를 조금 벗어나 접할 수 있는 구체물로서의 자연은 말할 것도 없고, 오지(奧地)라 할 수 있는 자연 역시도 상품 이미지에 오염되지 않은 것은 없다. '만물의 영장'이라 자부하는 인간의 무의식의 욕망마저 상품 이미지로 획일화되는 오늘날에 있어서, 그런 인간의 지배대상에 불과하던 구체물로서의 자연이 상품 이미지의 탐욕 앞에 온전할 수는 없다. 이런 시대에 도시는 더 이상 자연에 대한 특수 공간개념이 아니다. 그것은 후기산업사회의 상품 이미지를 상징하는 보편적 개념이자, 초공간적 개념이라 할 수 있다. 곧 도시성은 상품 이미지로 덧칠된 '상품의 집'의 상징이라 할 수 있다. 전지구가 이 '상품의 집'으로 변해 있으며, 이로부터 자유로운 자연은 더 이상 경험세계에 객관적으로 실재하지 않는다. 모든 것은 상품의 집 속에 자리잡고 있다. 따라서 그런 집에 있는 구체물로서의 자연에서 도시성에 오염되지 않은 정신주의적 서정성을 찾기는 불가능하다.

도시적 서정시는 우리 시대에 있어서 정신주의적 서정성은 더 이상 가시적 측면에서는 존재하지 않는다는 것에서부터 출발해야 한다. 정신주의적 서정성은 상품의 집에 실재하는 것이 아니라, 상품의 집의 핵심 뼈대인 상품물신주의를 타파할 때 도달할 수 있는 현실적 가능태이다. 이 실재하지 않는 공간을 강렬히 지향하면서 도시성을 비판하는 시, 달리 말하자면 도시성에 대한 치열한 비판을 통해 정신주의적 서정성을 지향하는 시야말로 도시적 서정시라 명명할 수 있다.

> 더 이상 내 詩가 꿈꿀
> 고향은 없다. 자연조차 없다.

'내셔널 지오그라피' 속에만 존재한다.
더이상 내 詩에 성스런 힘 실어줄,
자본의 가속도에 브레이크 걸어줄 민중도 없다.
오랫동안 물을 갈지 않아 썩어가는
우울한 이 수족관 도시,
빠져나갈 껀수도 길도 없다.
오존주의보가 내려도
폐에 구멍이 뚫려도
남극 뻥 뚫린 오존층 구멍이
내 머리 위까지 덮친들,
땡볕에 드러난 지렁이처럼
말라 비틀어지며 기어갈 수밖에 없다.
황폐해진 여름날, 가로수 없는
달구어진 콘크리트 바닥을
내 詩는 그렇게 기어가야 한다.
아황산가스 오존을 마시며 삭여내며
모질게 독하게 싹 틔워야 한다.
지구가 돌아가는데까지,
사는데까지 살아봐야 한다, 내 詩는[5]

    화자는 시가 꿈꿀 더 이상의 고향이 없다는 것을 자각하고 있다. 이전의 시적 서정성의 바탕이 되었던 자연도, 또한 "자본의 가속도에 브레이크 걸어줄 민중"도 더 이상 존재하지 않는다. 도시화된 '자연'과 상품 이미지화된 '대중'들만이 있는 세계. 그 세계를 화자는 "썩어가는 우울한 수족관 도시"로 명명하고 있다. 수족관 도시를 빠져나갈 통

5) 서림, 『유토피아 없이 사는 법』(세계사, 1997) 11~12쪽.

로는 없다. 체제의 통조림 공장에서 쏟아져나온 통조림 기호만이 난무하고, 그것들이 인간적 삶의 기본적 조건마저 말살시켜버린 상태이다. 순진한 나무 돌고래로 표상되는 한계령의 비나 나무들은 이 수족관 도시에는 없다. 더 이상 시를 쓸 수 있는 서정적 공간은 사라졌다. 모든 것이 수족관 도시의 논리와 기호에 함몰되어 있다. 그러나 화자는 그 황폐한 공간을 기어가면서 자신의 시를 끝까지 쓰려고 한다. 그 시는 상품 이미지 논리에 함몰된 시가 아니다. 그 시는,

이 도시에서
그녀에게 詩는
푸른 숲이다. 이슬방울 맺히는
새벽 물푸레나뭇잎이다.
[……]
그녀는 詩로 숨을 쉰다
詩의 푸른 숲에서
물푸레나무 잎사귀 속에서
헉헉거리며 산소를 마신다.
[……][6]

에서처럼, 삭막한 도시에서 사라진, 그러나 상품 이미지를 걷어내면 얼마든지 만날 수 있는 "푸른 숲에 이슬방울 맺힌 새벽 물푸레나뭇잎"과 같은 시이다. 도시성에 절망하고, 그것으로부터 탈출하려는 "그녀"와 화자와 시인에게 있어서 "물푸레나뭇잎" 같은 "시"야말로 생명의 녹색향기이며, 도시성을 극복할 수 있는 정신주의적 서정성인 것이다. 그 녹색향기는 상품 이미지화된 우리의 눈에 가시적으로 현현되지 않

6) 위의 책, 15쪽.

지만, 그러나 우리가 상품 이미지의 벽을 뚫고 '지고한 영혼'의 세계를 향해 나아가려 할 때 얼마든지 볼 수 있는 '초록의 길'이자 '신비로운 길'이다.

때때로 가벼운 주검이
아주 가까운 데서 만져지는 수가 있다.
11월의 오후, 차고 마른 풀잎들이 모여 있는
도시 변두리 또는 도심의 공터의
푸른 빛이 먼지와 함께 흩어지는 곳에서.
[……]

가난하게 떨어져 땅에 눕는
내 시간의 따스한 집이여 주검이여
살아 있던 날들의 모든 기억을 고마워하며
우리 함께 여기에 눕느니
내 존재의 끝이자 시작인 너의 가슴에
지금 고요히 누워있으니

[……]

이 도심의 회색 콘크리트의 세계에도 자세히 보면—풀무치의 눈으로 보면—들과 산으로 이어진 초록의 길이 있다. 아무도 찾으려 하지 않는 그런 신비한 길이. 단순하게 자연이라 단정지을 수는 없지만 우리 삶 속에는 그렇게 열린 길이 있다.[7]

'초록의 길"은 그 길을 따라 도시의 깊은 곳으로 들어와 결국 죽음을

---

7) 이하석, 『우리 낯선 사람들』(세계사, 1991) 55~57쪽.

맞이한 풀무치에 우리의 시선을 일치시킴으로써 역으로 그 길을 따라 나가면 있는 곳이다. 그곳은 도시를 벗어나면 찾을 수 있는 구체물로서의 자연이 아니다. 그 길은 우리가 잊고 있지만, 엄연히 우리의 삶 속에 열려 있는, 그런 신비한 길이다. 그런 초록의 길이 궁극적으로 지향하는 공간은 인간 탄생과 죽음의 비밀을 간직한 집, '너'와 '나'가 합치된 '우리'의 집이다. 그 집의 분위기는 인간과 자연을 상품 이미지화하는 상품의 집과는 다르다. 그것은 살아 있는 인간 존재나 풀무치들을 모두 유리 박제품으로 만드는 상품의 집이 아니라, 모든 생명적인 존재가 태어나고 죽어서 돌아가는 집이다. 곧 그것은 모든 존재가 동일성을 이루고 화해롭게 살아갈 수 있는, 존재의 뿌리에 해당하는 존재의 집이다. 그 집은 상품의 집이 지배하는 현실에서 비현실태이며 신비한 형태이지만, 오늘 우리의 삶에 내재되어 있으며 우리가 그것에 대한 강렬한 지향성을 내포할 때 현현될 수 있는 현실적 가능태이다. 도시적 서정시는 이 현실적 가능태로서의 존재의 집을 향해 상품의 집을 어슬렁거리면서 산책을 하거나 혹은 포복을 감행한다.

[……]
이 도시는 느슨한 산책을 아주
싫어하는 모양입니다 산책은 아니
산책만이 두 눈과 귀를 열어준다는 비밀을
이 도시는 알고 있는 것이겠지요
도시는 사람들에게 들키고 싶어하지
않는다고 하더군요 저 반짝이는
유토피아에의 초대장들로 길 안팎에서
산책을 훼방하는 것이지요

도시는 단 한 사람의 산책자도

　　인정하지 않으려 합니다 느림보는

　　가장 큰 죄인으로 몰립니다

　　게으름을 피우거나 혼자 있으려 하다간

　　도시에게 당하고 말지요

　　이 도시는 산책의 거대한 묘지입니다[8)]

　도시산책이란 무엇인가? 보들레르의 시나 30년대 모더니스트 박태원의 『소설가 구보씨의 일일』에 나타나는 산책자 모티프가 그 해답을 준다. 모던 보이 박태원에게 있어서 산책은 지각의 낯설게 하기와 관련이 있다. 물화되어 가는 소비도시 경성을 산책하면서 박태원은 당대의 소시민들이 놓치고 있는 근대도시의 배면에 감추어진 추악한 병폐를 간파한다. 산책을 하면서 도시의 허상 뒤에 숨겨진 추악한 본질을 드러냄으로써 낯익은 기존의 지각을 낯설게 하고, 그 낯설음을 통해 근대도시 경성의 병리현상을 폭로하는 것이다. 이 시의 산책도 동일선상에 놓여 있다. 그러면서도 그 특질을 달리한다.

　　아름다운 산책은 우체국에 있었습니다

　　나에게서 그대에게로 편지는

　　사나흘을 혼자서 걸어가곤 했지요

　　그런 발효의 시간이었댔습니다

　　가는 편지와 받아볼 편지는

　　우리들 사이에 푸른 강을 흐르게 했고요

　　[……][9)]

8) 이문재, 『산책시편』(민음사, 1993) 20쪽.
9) 위의 책, 18쪽.

산책을 통한 지각의 낯설게 하기가 궁극적으로 지향하는 것이 "푸른 강"이다. 최첨단의 각종 정보매체가 지배하는 시대에 "사나흘" 걸려서 전달되는 우체국의 편지와 같은 삶. 무서운 속도로 내달리는 자본이라는 이름의 기계, 그 욕망의 거센 흐름을 느슨하게 함으로써 그 기계를 삐걱거리게 만든다. 그 삐걱거리는 틈새로 자본의 속도가 거세시킨 것들을 표출한다. 진보의 논리에 입각한 가공할 속도에 의해 단절된, 편지로 매개되는 인간적인 만남을, 그리고 과거의 아름다운 추억과 미래에 대한 꿈마저 물신화하는 자리에 그것에 대한 그리움과 기다림을 표출함으로써 반생명적인 회색의 도시에 생명의 "푸른 강"을 떠올린다. 자본의 무서운 파시스트적 속도에 편승하는 것을 거부하기 위해 "철저히 게을러지는 것으로서의 산책"을 통해 도달한 "푸른 강"은 도시적 서정시가 뿌리 드리우고 있는 정신주의적 서정성의 세계에 다름아니다.

다른 한편, 도시적 서정시는 이 삭막한 도시를 포복하면서 병든 영혼의 가혹한 질주를 통해 정신주의적 서정성의 세계를 지향하기도 한다.

[……]
산다는 게 어쩌면
낡은 구식 쟁기와 같은 것이어서
이미 경작할 마음의 밭이 없는 나는
늘 죽음 쪽에 가깝고,
죽음이 나를 수소문하는 저자거리에서
나는 추억을 헐값에 팔아 넘겼으므로
홀가분하게 죽음에 자수하고 싶었는지도 모른다
지상의 유리창에 달라 붙은 한없이 습기찬 성에처럼
날이 밝으면 흔적도 없이

녹아버리고 싶었는지도 모른다.
병든 혼의 가혹한 질주,
나는 통과하고 싶었는지도 모른다
나를 덮고 있는 갈가마귀떼의 하늘을 지나
하나의 가혹한 시간과 공기 속을
나는 통과하고 싶었는지도 모른다
지구의 자전을 거슬러 올라 또 다른 별의
윤회 속으로 가고 싶었는지도 모른다

하늘의 뿌리여,
너는 왜 지상의 강물에 발을 담그는가
넉넉한 대지의 품 속으로 뿌리내리던
빗방울들의 육체여,
너는 지금 어디를 통과해 가고 있는가 밤새도록
비가 내려, 그 무슨 격렬한 표현처럼 나를 휩쌀 때
숫처녀와 씹하듯 그렇게, 오오 나는
하나의 세상을 통과하고 싶었는지도 모른다.
다만, 속도에의 열망같은 것이
나를 살아가게 하던,
이 잔인하고도 황홀한
시간의 늪 속에서[10]

화자는 하늘에서 내리는 비를 본다. 그는 비를 하늘의 뿌리로 인식한
다. 하늘의 뿌리로서의 비는 "넉넉한 대지의 품 속"으로 뿌리를 내리려
고 한다. 비는 화자 자신이다. 그러나 대지는 넉넉하지 않다. "갈가마

10) 박정대, 「하늘의 뿌리」(『현대시』, 1996. 10) 125~126쪽.

귀떼"가 날고 "가혹한 시간과 공기"가 지배하는 곳이다. 그래서 비는, 아니 화자는 이 삭막한 "저자거리"에 뿌리를 내리지 못한다. 그리하여 그는 뿌리를 내릴 수 있는 "넉넉한 대지의 품속"을 지향한다. 그는 이 세계가 파시스트적인 속도가 지배하는 곳이라는 것을 분명히 인식하고 있다. 파시스트적인 무서운 가속도가 지배하는 곳에서 인간은 속도에 편승해야만 하는 한낱 부속품에 불과하다. 속도에 편승하지 못하면 영원히 낙오자가 된다. 속도로부터 이탈되어서는 안 된다는 것, 그것만이 오로지 우리의 의식을 지배할 뿐이다. 속도에서부터 벗어나 조용히 우리의 삶을 되돌아보고 반성해볼 여유 따위는 애초에 존재하지 않는다. 속도를 거부할 어떤 반역도 꾀할 수 없으며, 어떤 욕망도 가질 수 없다. 화자는 자신이 뿌리내릴 "넉넉한 대지"가 이 세계가 아님을 분명히 간파하고 있다. "산다는 게 어쩌면 낡은 구식 쟁기와 같은 것이어서 이미 경작할 마음의 밭이 없는 나"는 그래서 죽음을 생각한다. 무서운 가속도의 흐름을 거부하는 것은 일상적인 삶을 거부하는 것이다. 그것은 어쩌면 죽음을 염두에 둔 속도에 대한 반역행위일 것이다. 그러한 위험을 무릅쓰고서라도 자신의 영혼이 뿌리 내릴 "넉넉한 대지"를 찾아 "숫처녀와 씹"을 하듯이 낮은 포복을 하면서 "하나의 세상을 통과"하는 시적 과정을 화자 스스로 "병든 혼의 가혹한 질주"라고 명명한다. 포복한 채 땅을 파고드는 그의 영혼은 무수한 상처를 입는다. 상처투성이의 영혼이 도달하고자 하는 "넉넉한 대지"는 어떤 곳일까?

　　호수 깊은 곳으로 검은 돌 하나가 가라앉고 있네
　　나비들은 허공의 물결인 듯 돛단배의 길을 열고 있네

　　그 사이로 흐르는 지상의 음악소리,

내가 촛불을 들고 오래도록 바라보는 유일한 꿈
천 개의 촛불이 애태우며 꿈꾸는 유일한 나

나무들, [11]

이 시에 제시된 "지상의 음악소리"는 파시스트적인 속도가 지배하는
지상의 음악 소리가 아니다. 그것은 수많은 상처를 입은 "벌레"가 도달
한 "넉넉의 대지"로서의 지상이다. 그 지상에 음악 소리가 흐른다. 아
마도 그 음악은 "인간"과 "나무"와 "나비"와 "호수"와 "돛단배"가 영혼
의 교감을 나누는 소리일 것이다. 인간과 나무, 나비와 인간이 일체가
된 지상, 그 지상은 어쩌면 꿈과 현실이 구분되지 않는 저 장자의 호접
지몽(胡蝶之夢)의 세계일 수도 있고, 또는 인간이 역사와 시간을 도입
한 이후 상실한 아득한 시원의 고향일 수도 있다. 천 개의 촛불이 불을
환하게 밝히는 이 황홀경의 세계야말로 죽음을 무릅쓰고 도시성에 치
열하게 부딪친 영혼만이 도달할 수 있는 정신주의적 서정성의 세계가
아닐까?

3. 도시적 서정시가 나아갈 방향

우리 시대의 도시적 서정시는 압구정동과 한계령의 거리라는 시적
긴장감 속에 자리잡고 있으면서, 해체시 계열체와 정신주의시 계열체
를 매개하고 있다. 이들은 시원의 공간 혹은 존재의 집으로 표상됨직
한 정신주의 계열체의 지향점에 그 뿌리를 드리운 채, 그 뿌리에서 발
산되는 서정성을 바탕으로 하여 상품의 집인 도시의 삭막함과 황폐함

11) 박정대, 「나무들」, 위의 책, 116쪽.

을 비판하고, 그 서정성으로 도시를 정화시키려 한다.

아마도 상품 이미지 사회가 가속화될수록 도시적 서정시의 비중은 크질 것이다. 그러나 도시적 서정시가 보다 깊은 미학적 의의를 획득하면서 보다 긴 생명력을 유지하기 위해서는 '도시:자연'의 단순 이분법에 기초한 피상적 인식에서 벗어나야 한다. 상품 이미지 시대를 상징하는 도시성으로부터 자유로운 곳은 우리 시대에는 그 어디에도 없다라는 인식에서 출발하여, 현란한 상품 이미지로 덧칠된 우리 시대의 모순에 대한 천착을 통해 그것에 치열하게 부딪쳐야 한다. 그것이 '산책'의 형태든, '병든 영혼의 가혹한 질주'의 형태든, 그 부딪침은 도시성이라는 거대한 악마적 존재에 부딪쳐 패배할 수밖에 없는 미약한 우리 존재의 전부를 불태울 수 있는 처절함과 격렬함을 동반해야 한다. 그러면서 상품 이미지에 의해 거세된 '존재의 집' 내지 '시원의 공간'을 강렬하게 지향할 때, 도시적 서정시는 우리에게 큰 반향을 울리면서 다가올 것이다. 결국 도시적 서정시의 운명은 압구정동으로 표상되는 도시성과 한계령의 순진한 나무 돌고래로 표상되는 정신주의적 서정성 간의 팽팽한 긴장감과 그 시적 치열성에 의해 좌우될 것이다. 다음 시에서 우리는 그러한 시적 긴장감과 시정신의 치열성이 어우러져 표출된 도시적 서정시의 한 전형을 만날 수 있다.

[······]
비는 가장 작은 물로 내려
지상의 가장 큰 한발을 소리도 없이 차곡차곡 적시며
사랑의 몸짓이듯 때론 격렬하게
어둠에 불타고 있는 나무와 풀과 도시와
인간의 집들을 적시며 파랗게 불빛 일으키며
여름 벌판에서 겨울 벌판까지

지상의 죽어가는 모든 풀꽃을 일으키며
불타오른다. 이 비는 거의 꺼질 것 같은 나뭇잎의 등불처럼
자신을 지상에 파열하여 사랑의 불꽃을 일으킨다

오! 비는 하나의 거대한 불의 塔
생의 기둥을 쾅쾅 박으며 하늘로 치솟는 나무처럼
지상으로 내려오며 생명의 에너지를 뿌린다.

비는 멀리에서 멀리로 흐르는 바다처럼
깊고 높게 자신을 던지며 박토의 땅을 적신다[12]

물의 하강적 상상력과 불꽃의 상승적 상상력이 결합되면서 비는 새
롭게 태어난다. 비는 어둠에 불타는 풀, 나무, 도시, 타락한 인간 등의
모든 것을 적셔 잠재우고, 대신 그런 타락한 불꽃이 아닌 새로운 불꽃,
곧 사랑의 불꽃을 일으킨다. 그 불꽃은 "꺼질 것 같은 나뭇잎의 등불"
처럼 미약한 것이지만, 그 미약한 자신의 존재를 완전히 희생시키면서
까지 새로운 희망의 불꽃을 염원한다. 이 시는 존재의 전부를 희생하
려는 시정신의 치열함, "박토의 땅"과 같은 도시와 "생명의 에너지"인
비의 팽팽한 긴장감, 이들이 내밀하게 어우러지면서 황폐한 도시를 새
로운 생명의 불꽃으로 재탄생시키려 함으로써, 우리 시대의 도시적 서
정시가 지녀야 할 미학적 본질이 무엇이며 또한 그것이 나아갈 방향이
무엇인지를 잘 보여주고 있다.

---

12) 박용하, 『나무들은 폭포처럼 타오른다』, 앞의 책, 13~14쪽.

오월의 광주, 그 새로운 시적 인식을 위하여

1. 일회적 기념시로서의 광주

1980년대 문학은 1980년 오월의 광주를 떠나서는 논의될 수 없다고 해도 과언이 아니다. 황지우의 발언처럼, 1980년대는 살아남기 위해서는 죽어 있는 것처럼 증거인멸을 해야 하는 '초토의 땅'으로 비유되며, 그 초토의 땅은 광주의 살육으로 상징된다. 1980년 오월의 광주란 무엇인가? 많은 역사적 평가들이 가해졌고, 또한 아직도 그 평가가 진행중이라는 점에서 단정적으로 그 의미를 규정할 수는 없을 것이다. 다만 우리가 1980년 광주의 살육에 대한 문학적 응전방식을 문제삼을 때, 무엇보다 그것이 우리 현대사에서 한국전쟁의 비극과 대비될 수 있다는 점에 주목할 필요가 있다. 한국전쟁이나 오월의 광주는 다같이 지배체제의 광기를 드러내었다는 점에서는 동일하다. 다만 한국전쟁의 광기는 지배체제간의 싸움이기에 그 싸움에서 적대적인 지배체제는 절대로 용납될 수 없다. 전후문학에서 북쪽 체제의 이데올로기인 마르크시즘이 철저히 봉쇄되었다는 점이 이를 잘 보여준다. 그러나 오월의 광주 살육은 지배체제가 자신의 체제를 강압적으로 유지하기 위해 그 구성원을 향해 드러낸 광기라는 점에 주목할 필요가 있다. 1980년 이전, "유신 헌법"으로 명명되는 지배체제의 모순이 체제의 각 분야에서 노출되기 시작하여 그것이 누적되면서 지배체제에 심각한 균열현상이 일어나기 시작했고, 1970년대말에 이르러 모순 극복에 대한 열망이 폭발 일보직전에 이르게 된다. 지배체제를 변혁시키려는 그러한 열망이 일거에 용광로처럼 분출된 것이 1980년 오월의 광주이며, 가면만을 바꿔 쓴 군부독재는 변혁에의 열망을 '아우슈비츠'의 살육에 버금갈 정도로 폭압적으로 진압한 것이다. 여기에 광주 살육에 대한 문학적 응전방식이 자리잡게 된다. 그것은 크게 두 가지 경향으로 압축될 수 있는데, 먼저 광기 어린 지배체제에 대한 모멸감으로 짙은 허무의식을 드러내거나, 그것에 대한 전면부정을 선언하고 현실을 초월하려는 것이 그 하나이며, 다음 지배체제의 이념에 대항할 수 있는 대타적인 이념으로 무장한 채 현실의 실천적 변혁을 위해 싸워나간 것이 다른 하나이다.

이 두 가지 경향은 1980년대초 동인지 '시운동'과 '시와 경제', '오월시'로 대표된다. '시운동'은 "상상력, 살아있는 리듬, 자유로운 심연"을 시의 주요지표로 삼는데, 몽상의 상상력으로 명명됨직한 이들의 상상력은 광기 어린 지배체재의 담론을 전면적으로 부정, 초월한 자리에 놓여 있다. 그들의 현실초월의 날개는 바로 초토와 같은 현실을 떠나 초월의 세계로 비상하고자 하는 상상력에 다름아니다. 반면, 오월의 광주현장에 직접 뿌리를 드리우고 있는 '시와 경제' 및 '오월시' 동인은 "시는 삶의 모든 문제와 만나는 현장이며 여기서 생기는 피와 땀의 결정"(『시와 경제』, 1집, 서문)이라고 주장하면서 시의 현실참여를 통한 현실의 모순 극복을 주된 과제로 삼는다. 이 두 가지 경향, 곧 동인지 '시운동'의 신화적 상상력과 동인지 '시와 경제'의 현실참여로 대표되는 이 두 가지 경향은 이후 1980년대 문학 전체를 관통하면서 거대한 양대 산맥을 이룬 채 두 가지 문학사적 계열체를 이루게 된다. 어쩌면 1980년대 문학을 주도한 두 가지 계열체는 그 태생의 뿌리를 모두 광주의 비극에 두고 있으면서 그것으로부터 문학적 자양분을 받아들일 소지를 충분히 마련해두고 있었다고 보아야 할 것이다.

그러나 채광석의 「부끄러움과 힘의 부재」 이후 제기된 일련의 논쟁을 거치면서, 광주의 시적 형상화는 한쪽 계열체의 몫으로 정리된다. 채광석이 '시운동' 동인을 두고 "외계인의 상상력" 혹은 "자아마비의 아름다움"이라 비판하고, 더불어 '시와 경제' 동인을 "힘의 부재"라 비판한 이후, 광주로 상징되는 폭압의 시대에 대한 시적 응전은 마르크스·레닌주의로 무장한 '시와 경제' 계열, 곧 민중민족문학 계열체의 몫으로 완전히 기울게 된다. 1980년대 민중민족문학은 오월의 광주의 비극을 고발하는 것에서부터 출발하여 반독재, 반외세, 반제국주의에 입각한 민중시, 노동시, 농민시로 확산되면서 이 시대에 강력한 힘을 분출한다. 그들에 의해 광주는 모든 민중민족문학의 원초적인 뿌리이자 고향으로 자리잡게 되는데, 1990년에 간행된 광주항쟁 10주년 기념시집인 『하늘이여 땅이여 아아, 광주여』는 그간의 성과를 압축적으로 담고 있다.

그런데 1990년대에 들어서면서 오월의 광주는 민중민족문학의 퇴색과 함께 그 의미를 크게 상실하게 된다.

> 체면치레로 망월동에 가서 참배를 하고
> 울적하니까 셀프호프집에서 생맥주 천씨씨짜리 두어 개 걸쳤다
> 만만한 게 사회주의라 디립다 씹고 밟고 찢고
> 그래도 화가 안 풀리면 이번에는 노래방이다

〈무정 부르스〉를 목청껏 뽑고 〈애모〉를 악을 쓰고 부르다가
다 밝아 넝마가 되어 여관방에 와 누웠는데

한데 이게 웬일이냐
금세 돌이 날으고 총알이 쏟아질 것 같은 금남로가
전봉준과 나란히 벽에 와 걸렸으니
정신이 번쩍 들어 불을 켜니
난데없이 벌거벗은 아가씨들이 떼로 몰려나와
자빠지고 엎어지고 온갖 요사를 다 떠는구나

저도 돌이 나는 금남로를 보겠다는 건지
창문으로 기웃이 고개를 디민 저
하얀 아카시아 꽃떨기에 어린 것이 눈물일까 달빛일까

—신경림, 「南道路室」 전문, 『실천문학』, 95, 봄.

　　오늘날 오월의 광주에 대한 시적 인식을 극명하게 비판하고 있는 시
이다. "체면치레"의 망월동 참배를 마친 후 몰락한 사회주의를 씹고 노
래방에서 화풀이나 하고, 음란한 여관에서 숙취에 취하는 화자를 통해
이 시는 광주가 갖는 현재적인 의미가 어떤 것인지를 적나라하게 보여
주고 있다. 이제 우리들은 "벌거벗은 아가씨"들에 의해 광주의 비극을
망각의 저편으로 흘려보낸 채 평소에는 그 비극을 깡그리 잊고 있다
가, 해마다 오월의 그날이 오면 "체면치레"식의 일회적 기념시 내지 추
모시의 형태로 간간히 그 비극을 시화할 뿐이다. 그 이유는 무엇일까?
이른바 문민정부가 대두되고, 광주 학살의 원흉이 법적으로 구속되면
서 광주의 상처가 치유되었기 때문일까? 아니면 그 숭고한 피흘림을
통해 얻고자 했던 것이 이제는 달성되었기 때문일까? 그것도 아니면

광주의 역사적 의의에 대한 우리들 인식이 갖는 애초의 한계 때문일까?

2. 민중문학의 퇴조와 광주의 종결

[······]
노래하지 말아라 오월을
바람에 지는 풀잎으로 '바람' 은
학살의 야만과 야수의 발톱에는 어울리지 않는 말이다
노래하지 말아라 오월을
바람에 일어나는 풀잎으로 '풀잎' 은
피의 전투와 죽음의 저항에는 어울리지 않는 말이다
학살과 저항 사이에는
바리케이드의 이편과 저편 사이에는
서정이 들어설 자리가 없다 자격도 없다
적어도 적어도 오월의 광주에는!
　　　　　　—김남주, 「바람에 지는 풀잎으로 오월을······」에서

1980년대를 치열하게 살다 간 민중시인 김남주의 이 시야말로 민중민족문학 계열의 광주에 대한 시적 인식 태도를 극명하게 보여준다. 1960년대 김수영의 「풀」을 패로디한 듯한 이 시에서 우리가 주목하는 것은 "학살과 저항 사이에는 서정이 들어설 자리가 없다"는 부분이다. 여기서 "서정"이란 채광석의 "부끄러움과 힘의 부재"와 상통한다. 그러니까 '시운동' 의 신화적 상상력은 물론이거니와 초기에 광주의 비극을 시화한 '시와 경제' 및 '오월시' 에 드러난 지식인의 자조적 탄식 따

위는 "광주"에는 들어설 자격이 없다는 것이다.

조그맣게 불러본다 네 이름을
사랑과 죽음의 깃폭
불타버린 네 영혼을
오월의 겨울
그 추운 길가 웅숭거리고 모여
눈물머금고 불러본다
네 그리움을

—박누래, 「오월의 겨울」 전문

[……]
탕, 탕, M 16 총알 두방에
세 살짜리 아기곰은 쓰러졌다.
풀잎을 뒤흔든 비명소리,
아이들은 놀라 담밑에 숨고
쉿, 마을사람들은 숨을 죽였다.

삽시간에 일어난 무서운 일이라
아무도 내색을 하지 않았다.
사람들은 곰의 시체 위에
마구 돈을 던지며 橫財를 생각했다.
그러나 그들의 등 뒤를 꿰뚫고 지나간
차갑고 긴 총소리에 대해서는
결코 말을 하지 않았다.

—나종영, 「곰의 죽음」에서

광주의 비극을 시화한 초기시에 나타나는 이러한 지식인의 절망감이나 무력감은 김남주의 이 선언적인 시에 의해 사라지게 되고, 이후 광주에 대한 시적 언술은 보다 격정적이고 과격화된다. 이들 시들은 일정하게 동일한 구조를 지니게 되는데, 그 구조의 전형이 광주항쟁 직후 처음으로 발표된 김준태의 시이다.

　　아아, 광주여 무등산이여
　　죽음과 죽음 사이에
　　피눈물을 흘리는
　　우리들의 영원한 청춘의 도시여
　　[……]
　　아아, 살아 남은 사람들은
　　모두가 죄인처럼 고개를 숙이고 있구나
　　살아남은 사람들은 모두가
　　넋을 잃고, 밥그릇조차 대하기
　　어렵구나 무섭구나
　　무서워서 어쩌지도 못하는구나
　　[……]
　　아아, 광주여 무등산이여
　　죽음과 죽음을 뚫고 나가
　　백의의 옷자락을 펄럭이는
　　우리들의 영원한 청춘의 도시여
　　불사조여 불사조여 불사조여
　　이 나라의 십자가를 짊어지고
　　골고다 언덕을 다시 넘어오는
　　이 나라의 하느님의 아들이여

[……]

—김준태, 「아아 광주여! 우리나라의 십자가여!」에서

"밥그릇조차 대하기 어려운" 살아남은 자의 죄의식에서부터 절망을 극복하고 반드시 승리하리라는 낙관론에 이르기까지, 거의 대부분의 시들은 이 시처럼 당시의 잔인한 살육의 현장, 장엄한 투쟁과정과 죽음, 망령의 넋, 망월동 참배, 유가족의 삶 등에 대한 울분과 분노와 슬픔을 격정적이고 과격한 언술로 시화하는 유사한 구조를 지닌다. 이 구조 속에 내포된 시인의 태도는 시의 무기화로 요약된다.

[……]
시인이여
누구보다 먼저 그대 자신이
압제자의 가슴에 꽂히는
창이 되어서는 안 되는가

—김남주, 「시인이여」에서

"압제자의 가슴에 꽂히는 창"으로서의 시를 통해 그들은 당시의 절망적인 시대적 상황에 맞서 힘겨운 싸움을 했으며, 광주의 역사적 의미를 반독재에서부터 반미 반제국주의로 확대시키고 민중시, 노동시, 농민시, 통일시 등을 산출함으로써 민중민족문학을 화려하게 만개시킨다.

[……]
광주는 이제 한반도 동서남북 어디에나 있다
파쇼의 패악성과 제국주의의 독소를

집중투하한 노동자, 농민의 삶과
영웅적인 투쟁의 대열이 있는 곳
오월은 그곳에 살아 있다

노동자 동지들
오월을 더 이상
광주에 못박지 말아다오
우리의 자랑스런 투사들을
더이상 망월동에 묻어두지 말아다오
더이상 상처로만 치유하려거나
지난 역사에 맡기지 말아다오
오월은 노동자, 농민의
영웅적 투쟁의 대열에
살아있다
계속되고 있다

　　　　　　　　　　　—백무산, 「오월은 어디에 있는가」에서

　여기서 나는 이들 시편들이 천편일률적인 시 구조로 인해 작품의 개
성을 상실했다거나, 혹은 관념적 상투어구를 통해 지나친 투쟁의식과
당파성만을 강조함으로써 시적 형상화에 실패했다거나, 혹은 지나치
게 주관적 감상주의에 빠져 있다는 기존의 비판에 전적으로 찬성하지
는 않는다. 문학작품에 대한 평가는 그 작품의 현장성을 떠나서는 무
의미하기 때문이다. 분명 1980년대 민중민족문학은 문학의 무기화를
통해 정치적 담론이 막혀 있는 폭압적인 상황에 맞섰고, 그것만으로도
그들의 문학적 몫은 일정한 의미를 부여받는 것이다. 이러한 현장적
상황을 무시한 채, 추상적인 기준으로 이들 작품들이 시적 형상화를

통한 미학적 차원 확보에 실패했기에 아무 의미가 없다고 평가절하하는 것은 이 계열체의 역사적 특수성을 전혀 고려하지 않은 것이다. 광주의 역사적 의미와 관련하여 우리가 문제삼는 것은 이러한 민중문학 계열체들의 시가 왜 오늘날에까지 지속되지 않는가 하는 점이다.

그것은 1990년대에 들어 민중민족문학의 퇴조와 맞물려 있다. 정지아의 표현처럼, 민중문학은 '문지방 위에 선' 위기의식에 봉착한다. 그 위기의식은 구체적으로 동구사회주의권의 몰락으로 인한 방향상실에서 비롯된다. 그러나 보다 직접적인 동기는 이른바 '문민정부'의 등장으로 인한 '적의 상실'과 관련이 있다. 싸워야 할 적을 상실한 상태라 자포자기하면서 지리멸렬한 상태에 빠져 급기야는 그 존립근거마저 위협을 받고 있는 오늘날의 민중문학을 두고 우리는 다음과 같은 질문을 던지지 않을 수 없다. 과연 적은 상실되었는가? 도대체 1980년대에 그토록 격렬하게 맞서 싸워왔던 적의 실체는 무엇인가? 혹시나 1980년대의 민중문학은 군사독재정권의 타도를 군사독재자 몇몇과 그 하수인의 제거로 완결된다고 보았던 것은 아닌가?

1980년대의 민중문학을 두고 그 당대적 사실 여부에 대한 객관적 검증이 먼저 요청되어야 하겠지만, 그러나 오늘날 민중문학의 상황을 고려할 때, 그들의 투쟁이 군사독재정권에 대한 투쟁, 그것도 몇몇 우두머리의 제거라는 극히 피상적인 차원에 머물렀을 것이라는 혐의를 지울 수 없는 실정이다. '적의 상실'이라는 민중문학의 범주에 광주가 자리잡을 때 광주의 의미는 대단히 축소된다. 그것은 군사독재자 몇몇과 싸움을 벌인 반독재 투쟁의 의미만 지닐 뿐이다. 그럴 때, 광주의 의미는 적이 상실되기 전인 1980년대에 한정될 뿐이고, 적이 상실된 후인 지금에는 해마다 찾아오는 오월 그날의 일회적 기념시 내지 추모시의 대상으로 전락할 수밖에 없는 것이 아닌가?

3. 진행형으로서의 광주, 그 아픔과 일체되기

이제, 오월의 광주는 종결되었는가? 광주는 지난 역사의 일회적 한 사건이며, 과거적 상징에 불과한가? 그래서 해마다 찾아오는 오월의 그날에 열리는 기념식과 추모식에서 쓰이는 한갓 수사적 소재에 불과한가? 광주의 아픔, 그 비극의 상흔은 이제 망각의 저편으로 흘려버려도 되는 어두운 시대의 한때의 기억의 편린, 광주라는 하나의 지역에서 일어난 개별적인 한 사건에 불과한가?

> [……]
> 오직 하나 이 어둠을 거두기 위하여 이미 먼길 아득히
> 떠난 이들
> 곳곳에 눈부신 깃발 휘두르며 돌아오지 않는다면
> 이 시절에 어찌 우리 사람으로 살았다고 말하랴.
> 이 시절에
> 우리 결코 사람으로 살았다 하지 말자.
> 우리 살았다 하지 말자.
>
> —양성우, 「우리 살았다 하지 말자」에서

"어둠을 거두기 위하여 먼길 떠난 사람들이 돌아 오지 않은 상태"에서 광주는 끝났다고 말해서는 안 된다. 광주의 비극은 아직도 우리의 삶에 살아있다. 그것은 이것의 해결 없이는 살았다고, 자유롭다고 말할 수 없는 것이다. 그런데도 우리들은 세월의 흐름 속에서 점차 그 비극을 망각의 기억 저편으로 흘려버린 채 살아가고 있다. 다음 문병란의 절규는 광주라는 특수한 지역에 대한 비판이 아니라, 피곤한 식곤증에 걸려 광주의 비극을 망각한 채 살아가는 오늘의 우리 모두에게

던지는 칼날 같은 비판이 아닐까?

내 고향 광주, 이름뿐인 허망한 금남로 거리
신생의 가로수 잎이, 손을 흔들며
그날의 감격, 그날의 분노, 말하여 주어도
위대한 도시 버젓이 가면의 간판을 팔며
우리들의 죽음을 모독하고 짓밟고
[……]

죽어서도 잊지 못하는 광주, 영원한 민주의 고향인 광주의 품에 안겨
나는 두 번 다시 죽으리라
죽어 마지막 남은 핏방울로
오직 한마디 말 자유를 쓰리라
포만한 식곤증이 걸린 광주의 자유를 깨우치리라
[……]

— 문병란, 「광주의 5월」에서

　정치적 담론 차원이나 경제적 담론 차원의 요식적인 광주 치유책에
만족하여 "포만한 식곤증"에 걸린 오늘 우리의 자세를 반성하고 광주
의 진정한 역사적 의미 획득을 위해 오월의 광주를 다시 뜨겁게 뜨겁
게 노래해야 할 것이다. 오월의 광주가 숭고한 피흘림을 통해 궁극적
으로 지향했던 '자유와 민주'의 세계가 무엇인지에 대한 정확한 역사
인식을 통해 그 세계의 실현을 위해 최선을 다할 때, 그래서 그것이 현
실태로 현현될 때, 그 때에야 비로소 우리는 광주를 기념시로 승화시
킬 수 있지 않을까? 그 때까지 우리는 김용택의 표현처럼 사립문을 닫
아서는 안 된다.

[……]
그 때를 생각하면 지금도 피가 거꾸로 흐르는디
그게 무신 소리다냐
저 산 넘어간 작대기 같은 내 아들은
아직 산 넘어 오지 않고
나는 아직 사립문을 닫지 않았느니라.
　　　　　　　　—김용택, 「아직 사립문을 닫지 않았다」에서

　따라서 광주가 갖는 본래의 역사적 의미를 되찾기 위해서는 먼저 민
중민족문학의 새로운 역사 인식이 필요하다. 광주의 그 숭고한 피흘림
이, 그리고 광주에서 촉발된 민중민족문학이 단지 '문민정부'에 의한
군사독재자 및 그 몇몇 하수인들에 대한 법적 처벌만으로 그 사명을
종결할 수는 없는 것이다. 아직도 민중문학의 적은 사라지지 않았다.
그 적은 다름아닌 타락한 자본이다. 타락한 자본은 이전의 군사독재정
권이라는 가시적인 형태를 제거시킴으로써, 더욱 교묘한 형태로 자신
의 모습을 은폐시킨 채 우리의 삶을 폭력적으로 억압하고 있다. 광주
는 더욱 교활해진 적에 대한 피빛어린 항쟁의 상징으로 여전히, 더욱
빛나고 있다. 오늘날의 민중문학은 광주의 그 역사적 의미에 천착함으
로써, 교활한 적과의 치열한 투쟁을 통해 진정한 자유와 평등과 민주
의 세계를 지향하고, 그들 스스로 지방성과 개별성의 차원에 함몰시켰
던 광주를 우리 시대의 보편특수태로서의 의미로 다시 부활시켜야 하
는 의무를 지니고 있는 것이다.
　다음, 광주에 대한 시적 형상화가 이제 더 이상 민중민족문학 계열체
에 한정되어서는 안 된다는 점이다. 곧 광주는 우리 시대의 모든 문학
이 지닌 원죄의식으로 승화되어야 한다는 점이다. 이를 위해서는 오월
의 광주에 대한 시선 변경이 필요하다. 그것은 아우슈비츠 학살과 광

주를 등가로 보는 것이다. 아우슈비츠란 무엇인가? 파시즘의 광기와 유태인의 비극에 그것을 한정시켜보는 것은 지극히 편협한 사고이다. 아우슈비츠는 그러한 편협한 영역을 넘어서고 있다. 자연에 대한 인간의 지배를 가능케 함으로써 근대자본주의의 물적 풍요로움 가능케 했던 것이 이성이다. 그 이성이 이제는 인간에 대한 인간의 지배라는 도구적 이성으로 전락하면서부터 자본주의는 타락하기 시작한다. 타락한 자본주의가 도구적 이성의 광기를 가장 잔인하게 드러낸 것이 바로 아우슈비츠 학살이다. 타락한 자본은 오늘날 그 실체를 교묘히 은폐시키면서 그 광기를 우리 삶의 세목 세목에까지 드러내고 있다. 따라서 타락한 자본이 지속되는 한, 아우슈비츠는 그 자본에 기생하고 안주하는 우리 모두에게 원죄의식으로 살아 숨쉬고 있는 것이다.

80년 오월의 광주도 아우슈비츠와 등가의 의미를 지닌다. 그것은 우리 사회의 근대화 이후 도구적 이성에 의해 제기된 지배체제의 모순이 응축, 폭발하면서 그 맹렬한 광기를 드러낸 것이며, 따라서 광주의 비극은 도구적 이성의 광기가 여전히 횡행하는 오늘날까지 우리에게 원죄의식으로 작용하고 있는 것이다. 이처럼 광주를 아우슈비츠와 등가의 자리에 놓고 도구적 이성에 의해 저질러진 가장 광기 어린 비극이라는 역사인식의 자리에 설 때, 광주는 하나의 일회적 사건이 아니라 지금, 이곳 우리의 삶의 세목 세목에서 살아 숨쉬는 실체적인 아픔과 고통으로 와 닿게 된다. 도구적 이성은 오늘날 자본의 아귀적 욕망으로 무장한 채 또 다른 광주의 비극을 곳곳에서 자행하고 있다. 광주의 비극이 낳은 슬픔의 강은 일회적으로 끝나는 것이 아니다. 광주의 비극은, 소설가 정찬의 표현대로, 우리의 역사에서 수없이 되풀이 되고 있고, 그 비극의 역사에서 비롯된 고통의 피와 눈물이 슬픔의 강을 이루면서 우리 역사를 관통하고 있는 것이다. 우리가 그 슬픔의 강을 쉽게 망각한다면, 광기 어린 자본은 그 슬픔의 강을 확대재생산하면서 우리의 역사를 슬픔의 강으로 뒤덮어버릴 것이다. 예술가의 일차적 임무는 이 슬픔의 강의 있음을 일깨워주는 것이며, 그 일깨움은 고통의 승화에 의해 가능하다. 마치 연극을 하는 배우가 저주받은 운명을 탄식하며 두 눈을 찌르는 오이디푸스 역을 연기할 때, 아픔의 얼굴이 거죽에만 달라붙어 있는 것이 아니라 배우 스스로 눈이 찔리는 아픔의 정도를 체화해야 하는 것과 같다. 곧 슬픔의 강에 내재된 고통을 예술가 스스로가 일체화할 때, 그럴 때 어둠 저 너머의 빛을 향한 노정이 열릴 수 있는 것이다.

그런 점에서 광주의 아픔과 일체가 되어 죽어간 시인 김남주의 다음 노래야말로 광주의 비극과 일체가 됨으로써 슬픔의 강을 건너는 가장 본질적인 방법이 아니겠는가? 혼의 차원에서의 절규, 그것을 통한 광주의 아픔과의 일체 앞에서 광주를 수단화하고 도구화하거나, 혹은 한갓 소재적 차원에서 광주를 기념하거나 추모하는 모든 글쓰기는 그 설 자리를 상실하게 되며, 그럼으로써 광주는 오늘 우리 곁에서 영원히 살아 숨쉬게 될 것이다.

> 빈 들에 어둠이 가득하다
> 물 흐르는 소리 내 귀에서 맑고
> 개똥벌레 하나 풀섶에서
> 자지 않고 깨어나 일어나
> 깜박깜박 빛을 내고 있다.
>
> 그래 자지 마라 개똥벌레야
> 너마저 이 밤에 빛을 잃고 말면
> 나는 누구와 동무하여
> 이 어둠의 시절을 보내란 말이냐

밤은 깊어가고
이윽고
동편 하늘이 밝아온다
개똥벌레는 온데간데 없고
나만 남아 나만 남아
어둠의 끝에서 밝아오는 아침을 맞이한다

풀잎에 연 이슬이 아침 햇살에 곱다
개똥벌레야 나는 네가 이슬로 환생했다고
노래하는 시인으로 살련다
먼 훗날 하늘나라에 가서

—김남주, 「개똥벌레 하나」 전문

해방 후 50년 시동인지의 역사

1. 머리말

1945년 해방은 일제강점으로 인해 왜곡된 근대의 인식론적 지층의 흐름을 바로잡을 수 있는 중요한 계기였다. 그 계기는 조선말기에 대두된 자생적인 근대성과의 연속성 회복, 그리고 일제강점기의 파행성의 극복으로 획득될 수 있었다. 그러나 분단과 한국전쟁, 그리고 군사독재와 5·18 광주로 이어지는 역사의 흐름 속에서 그 계기는 끝없이 표류하고 만다. 해방 이후의 한국문학사는 이 표류하는 계기를 붙잡기 위해 파행적인 지배체제의 담론(discourse)에 맞서 싸운 역사라 할 수 있다. 지배담론에 대한 문학적 응전은 세 가지의 반(counter)담론 계열체를 형성한다.

첫째, 지배담론의 모순을 합리적 이성으로 비판·극복하려는 비판적 합리성의 반담론이다. 이들은 주로 지식인의 현실참여로 구체화되어, 60년대의 참여문학, 70년대의 소시민적 민족문학론, 80년대의 민중적 민족문학론으로 연결되면서 하나의 계열체를 이룬다. 둘째, 비이성적 반담론이다. 이것은 근대화를 이끌어온 핵심 동력인 인간이성중심주의 사고가 이제는 인간마저 도구화하는 도구적 이성으로 전락했고, 그 도구적 이성이 지배담론의 핵심에 자리잡고 있다는 판단하에, 도구적 이성에 의해 억압되고 있는 비이성적이고 무의식적인 측면을 드러냄으로써 지배담론을 내부에서 전복시키는 방법이다. 이 계열체는 50년대의 모더니즘 운동, 60년대의 언어실험파를 거쳐 오늘날 해체주의로 연결되고 있다. 셋째, 전근대적 반담론으로, 이것은 근대적인 담론을 아예 거부하고 전근대적인 세계에 그 기반을 두고 있다.

해방 이후의 한국 현대시의 전개과정도 이 계열체의 자장권 내에 포섭된다. 이러한 시적 전개과정을 염두에 두면서 해방 이후부터 지금까지 50년 동안의 시동인지의 역사를 검토할 때, 무엇보다 문제가 되는 것은 이들 대부분의 동인지들에 어떤 뚜렷한 지향점이 나타나지 않는다는 점이다. 주로 신인이나 지방 시인 또는 미등단 시인이 동인을 이루어 그들의 습작기의 발표 기회의 도구로 동인지를 이용하는 경우가 대부분이다. 이러한 사태는 80년대 이후 다소 개선되어 얼마간의 동인지들이 뚜렷한 지향점을 드러냄으로써 동인지 그 자체가 하나의 유기체로 작동하지만, 그래도 많은 동인지들이 어떤 뚜렷한 지향점 없이 그저 지역별, 출신지별, 학교별 등으로 이합집산을 거듭하고 있다. 최근의 『문예연감』에 따르면 문학동인지의 수는 507종이고 이 중 시동인지는 169종에 이르지만, 공통된 지향점을 지닌 동인지는 얼마 되지 않는다.

해방 이후의 시동인지의 역사를 고찰하면서, 지배담론에 대한 세 가지 계열체의 시적 응전을 염두에 둘 때, 뚜렷한 지향점의 표명 없이 이합집산의 형태로 사라져간 동인지들은 거론의 대상에서 제외될 수 밖에 없다. 따라서 이 글에서는 공통된 지향점을 표명한 동인지들 중, 세

가지 계열체에 포섭되면서 특정 시기별로 그 맡은 몫을 치열하게 수행한 동인지들을 대상으로 삼고자 한다. 이들 동인지들은 대개 자신이 속한 계열체 내에서 앞선 시기의 동인지를 비판적으로 계승함으로써 한국 현대시의 지평을 넓혀 왔다(필자의 역량 부족과 시간 부족으로 인해 전근대적 반담론에 속하는 동인지에 대한 검토를 정리해내지 못한 점을 밝혀둔다).

2. 50년대의 동인지

을유해방은 일제강점으로 인해 파행상태에 빠진 근대적 지층을 바로잡아 그것을 세계사의 보편성에 진입시킬 수 있는 계기를 제공해준다. 그러나 민족분단과 식민지 잔재청산의 실패로 인해 이 지층은 그 내부로부터 심각한 균열현상을 초래한다. 좌·우익의 대립을 거쳐 마침내 한국전쟁에 이르러 이 균열은 엄청난 지각변동으로 표면화되면서 우리의 근대적 지층은 또 한번의 파행으로 치달리고, 그럼으로써 세계사적 보편성으로의 진입이라는 염원은 좌절된다. 해방에서부터 50년대 말에 이르는 이 과정은 시적 전개과정과 동족성을 이룬다. 이 시기의 지배담론은 분단과 전쟁을 거치면서 자신의 지배체제를 수호하기 위해 엄청난 광기를 드러낸다. 이 광기와 비판적 지식인들의 납북 또는 월북으로 인해 이 시기의 비판적 합리성의 반담론은 크게 위축된다. 따라서 전근대적 반담론과 비이성적 반담론이 지배담론에 대한 응전의 몫을 맡는다.

이 시기에 등장한 중요 동인지 또는 사화집으로는, 『白脈』, 『詩塔』, 『등불』, 『冬栢』, 『竹筍』(49년까지 11집을 내고 중단되었다가 79년에 복간됨), 『詩와 散文』, 『청포도』, 『새로운 都市와 市民들의 合唱』, 『靑葡萄』,

『新作品』, 『詩와 詩論』, 『詩作』, 『青麥』, 『詩精神』, 『尖塔』, 『솔벌』, 『現代의 溫度』, 『戰爭과 音樂과 希望과』, 『平和에의 證言』 등이 있다.

이들 동인지들 중에서 가장 문제적인 것이 '후반기' 동인이다. 이 동인은 피난지 부산에서 김경린, 조향, 박인환, 이봉래, 김차영, 김규동이 중심이 되어 51년 가을에 결성되었다가 53년 12월경 해산되었다 (김규동「현대시와 사상」). 이들은 동인만 결성했을 뿐, 한 권의 동인지나 사화집도 내지 않았다. 그러나 '후반기' 동인의 지향점은 그들의 영향권 내에 있는 『새로운 도시와 시민들의 합창』(1949)이라는 사화집과 『현대의 온도』(1957)라는 사화집에서 유추될 수 있다. 전자는 '신시론 앤솔로지'라는 부제를 달고 김경린, 박인환, 김수영, 임호권, 양병식의 작품을 싣고 있으며, 후자는 김경린, 김원태, 김정옥, 김차영, 김호, 박태진, 이영일, 이철범, 이활의 시를 싣고 있다. 이들 사화집을 관통하는 정신은 '후반기' 동인이 주장한 '신시론'이다.

'후반기' 동인들이 극복대상으로 설정한 기존의 시는, i) "低俗한 '리알리즘'"의 시와 실재주의적인 시, ii) "한국시단만이 가지는 슬픈 숙명인 동시에 참을 수 없는 비극"(김규동, 「새로운 시론」)인 전통 서정시, iii) "현실의 저항선을 넘어 신영토를 개척하지 못하였기에 국제적인 발전의 '코―스'와 정반대의 방향"으로 나아간 30년대의 '모던이스트'들의 시이다. '후반기' 동인들은 이들에 대한 비판을 통해 "하나의 病理學的인 生理를 內包하였음에도 不拘하고 마치 新世代의 빛갈처럼 現代人의 知性에 刺戟"을 주는 50년대의 모더니즘 운동을 주창한다.

이들은 한국시의 국제화라는 모토하에, "성난 打字機처럼/疾走하는 國際列車에"(김경린, 「國際列車는 打字機처럼」) 편승할 것을 외치면서, 이를 위한 방법으로 서구모더니즘을 수용한다. "중얼림이/우연히도 시가 될 수 있다면"(김정옥, 「우연의 詩」)이라는 믿음하에 그들은 "均衡되지 않는 '이메―지'"(김원태, 「均衡되지 않는 '이메―지'」)를 통해 시를 쓴다. 그들의 시에 나타나는 이미지들은 실제대상에서 유추된 이미지들이 아니다. 그들은 대상으로부터 해방되고 추상화된, 현대문명의 이미지를 충격적으로 병치시킴으로써 다다적이고 초현실주의적인 기법을 차용한다. 더불어 개념화되고 경직된 사고의 틀을 거부하고 '무의식적인 중얼거림'이 시라는 무의식의 자동기술법도 차용한다.

　〔……〕
　팔이 부러진 〈마네킹〉이
　늙어가는 市民들의 視線 앞에서
　낡아 가는 流行옷을 가라 입는 곳
　〔……〕

　　　　　　　　　　　　　—이영일, 「오월의 中都市에서」에서

　이러한 방법론의 시도는 당시의 지배담론에 대한 비판을 통해 한국현대시의 국제화를 꾀하고자 하는 의도에서 비롯된 것이다. 그러나 이들의 모더니즘 운동은 국제화와 그 미학적 깊이 획득에 실패한다. 그 이유는 여러 가지가 있겠지만, 무엇보다 전쟁 때문이다. "'메카니즘'이라는 속내를 몰라도/彈皮의 노염은 무섭다"(박태진, 「그러한 때」)는 진술에서 보듯, 전쟁이 준 공포는 형언할 수 없을 정도로 엄청나다.

　〔……〕
　때 마침 戰爭은 억제 할 수 없는 鋼鐵의
　〈스코올〉이었다.
　殺戮과 아우성치는 車輛은 강렬한 健忘
　속에서 旋回하였다.
　우리는 무엇으로도 說明할 수 없는 限

없이 많고 바쁜 活字처럼
묻혀갔다.
〔……〕

—김차영, 「人間無料」에서

　전쟁은 모든 것을 얼어붙게 만든다. 전쟁의 공포 앞에서 무의식과 비이성적인 측면마저 '활자처럼' 굳어진다. 이 얼어붙은 감각의 마비상태에서 지배담론에 대한 비판은 불가능하다. 서구모더니즘을 수용하여 한국 현대시의 새로운 지평을 열려던 이들의 의도는 그것이 지배담론과 구체적인 교호작용을 하기도 전에 전쟁에 의해 좌절됨으로써 이들의 모더니즘은 국적불명의 것으로 전락한다. 현대시의 새로운 영역을 개척함으로써 우리 시를 국제적 수준으로 끌어올리려던 야심은 좌절되고 이들은 환멸과 허무주의에 빠진다. 허무주의를 위장하기 위해 이들은 서구 모더니즘의 외형만을 읊음(외래어의 남용)으로써 모더니즘의 미학적 깊이 확보에 실패한다. 그럼에도 불구하고 이들이 남긴 비이성적 반담론에 의한 시적 응전은 이후 60년대의 『현대시』 동인들에게 그 역할을 넘겨줌으로써 한국 현대시의 새로운 지평을 열 가능성을 남겨둔다.

3. 60~70년대의 동인지

　60년대와 70년대의 지배담론은 '조국 근대화'라는 슬로건과 '유신헌법'이라는 두 가지 측면이 결합된 형태로 요약될 수 있다. 비유적으로 말하면, 이 시기는 군사독재라는 악마적 요소를 물적 풍요로움이라는 사탕발림으로 지탱해온 시대이다. 개인의 기본적인 자유를 억압한 물적 풍요로움이기에 그것은 왜곡된 형태로 나타나기 마련이다. 어차피 산업화 과정이 '부익부 빈익빈(富益富 貧益貧)'이라는 모순을 낳지만, 이 시기의 한국의 산업화는 타락한 지배체제에 의해 그 부정적인 측면을 더욱 심하게 노출하였다.

이러한 지배담론에 대한 문학적 응전이 이 시기를 관통한다. 이 시기의 문학적 대응방식을 규정짓는 것이 4·19 혁명이다. 4·19는 파행적인 한국 현대사의 과정을 일거에 바로잡을 수 있는 빛이었다. 그러나 그 빛의 현현은 너무도 짧은 것이었고, 또 다른 암흑이 빛의 광장을 뒤덮는다. 하지만 그 짧은 빛은 문학적 대응방식에 있어서 중요한 한 측면을 제공한다. 비판적 합리성의 반담론의 출현이 그것이다. 분단과 전쟁으로 인해 억압돼 있던 지식인의 합리적 비판이 가세되면서 한국 현대시는 비이성적 반담론과 전근대적 반담론과 함께 세 가지 축을 갖추게 되고, 이 세 가지 축이 각 시기의 질적 편차를 보이면서 80년대 말까지 시적 응전을 주도한다.

먼저 60년대에 등장한 시동인지들로는, 『六十年代詞華集』, 『현대시』, 『新春詩』, 『地下詩』, 『산문시대』, 『현실』, 『詩壇』, 『詩藝術』, 『新抒情』, 『돌과 사랑』(1970년 『靑眉』로 발전), 『新年代』, 『女流詩』, 『靑磁』, 『원형질』, 『기독교시단』, 『四季』, 『에스쁘리』(1979년에 『상상력』으로 개명), 『원탁시』, 『한국시』, 『70년대』 등이 있다.

이들 동인지들 중 비이성적 반담론에 속하는 것이 『六十年代詞華集』과 『현대시』인데, 특히 '언어실험파'로 명명되는 『현대시』는 60년대의 비이성적 반담론으로서는 가장 문제적인 동인지이다. 62년 6월에 창간된 이 동인지는 71년에 26집까지 간행되면서 한국 동인지사에 불멸의 기록을 남겼다. 처음 이 동인지는 범시단적인 성격을 띠고 출발했지만 2집부터 창단 멤버가 대거 물러나고 새로운 신인층이 가세하면서 이후 '후반기' 동인에서 제시된 한국시의 새로운 영역의 개척이라는 몫을 떠맡는다. 허만하, 이수익, 김영태, 오세영, 이승훈, 오탁번, 이건청, 이유경, 정진규, 박의상, 이해영, 김규태 등의 『현대시』 동인들은 도구화된 이성에 의해 억압된 무의식의 드러냄이라는 내면의식의 탐구와 그 무의식적 언어의 실험을 통해 한국 현대시의 영역을 확장·심화시킨다.

그는 意識의 가장 어두운 헛간에
부는 바람이다.

당나귀가 돌아오는
호밀밭에선
한 되 가량의 달빛이 익는다.

한 되 가량의 달빛이
기울어진 헛간을 물들인다
안보이던 時間이
銃에 맞아
떨어지는 새의 머리인 것을,
보았다. 그때 나는
가느다란 배암이 되어
神의 헛간을 빠져 나가고

오 빠져나가고,
나는 손이 없는 손으로 어루만졌다.
안 보이는 時間이
울고 있었다.

이 시의 "어휘"는 "의식의 가장 어두운 헛간에 부는 바람"이다. 곧 무의식의 심연에서 우러나오는 것이 이 시의 어휘이다. 이러한 비이성적인 어휘에 의해 이 시의 언어는 재현의 기능을 상실하고 자기반사적 (reflexive) 기능을 획득한다. 이를 통해 무의식의 이미지들이 병치되면서 객관적인 시—공 체계가 파괴된다. 이처럼 의식성과 재현의 언어에 대한 비판은 모더니즘 문학의 본령에 해당되는 것이기에 『현대시』 동인지들은 30년대 모더니즘 문학을 계승하면서 50년대 후반기 동인들의 실패를 극복함으로써 한국 현대시의 지평을 일층 넓힌다.

70년대 중반 이후 우리 사회는 산업사회로의 진입을 목전에 두게 된다. 그러나 정치적 파행성이 극을 달리면서 지배담론도 제반 모순을 극명히 드러낸다. 60년대가 김승옥의 『무진기행』의 '안개'처럼, 지배담론의 모순을 아직 배일에 감추고 있었던, 그래서 60년대의 『현대시』 동인들로 하여금 실체없음의 상태에서 언어실험과 무의식의 드러냄에 치중하게 만들었던 시대라면, 70년대는 지배담론의 모순이 삶의 표층으로 부상되어 곳곳에서 구체화되는 시기이다. 부자와 빈자의 계층간의 대립과 갈등, 타락한 도시문명, 인간의 소외, 분단문제, 군사독재정권의 부패 등이 사회 곳곳에서 그 실체를 드러냄으로써 지배담론은 심각한 병리현상을 전면적으로 노출한다.

70년대의 시적 응전은 이처럼 표면으로 부상한 구체적인 모순들로 인해 그 응전방식이 60년대와는 다른 모습을 보인다. 먼저, 4·19 혁명으로 등장한 비판적 합리성의 반담론은 60년대의 참여문학으로부터 70년대에는 소시민적 민족문학론으로 이동한다. "민족의 생존권 확보와 반봉건 시민혁명"(백낙청, 「민족문학의 개념 정립을 위하여」)의 주체로 등장한 '시민' 개념에 의해 이제 지식인은 현실변혁의 최첨단에 나서게 된다. 한편, 비이성적 반담론은 내면의식에 대한 탐구와 언어실험을 질적으로 심화시키는 한편, 삶의 곳곳에 구체적으로 드러나는 도시물질문명의 병폐를 비판하면서 그것을 무의식의 이미지로 정화시킨다.

70년대에 등장한 동인지들로는, 『六時』, 『시법』, 『목마시대』, 『잉여촌』, 『시인의 집』, 『시인회의』, 『7·3그룹』, 『말』, 『남부의 시』, 『육성』, 『신감각』, 『반시』, 『자유시』, 『시문장』 등이 있는데, 이 중에서 비판적 합리성의 반담론을 대표하는 동인지가 『反詩』이며, 비이성적 반담론을 대표하는 동인지가 『자유시』이다.

겉표지에 김수영의 「눈」이라는 시를 실음으로써 60년대의 참여시에 대한 지향성을 분명히 드러낸 『반시』(1976. 6)는 김창완, 김명인, 정호승, 김성춘 등을 동인으로 하여 당시의 정치체제와 분단문제, 산업화 과정에서 소외된 계층의 삶에 대한 천착을 통해 이 시대의 아픔을 공유한다.

이들은 "시행이나 단어의 배치, 구문 등의 성공이 갖는 외형적 형식미"에 치중하는 언어실험의 난해시, "자연의 미, 아니면 정서적 영탄에 치우쳐 있는 무기력하고 수동적인" 자연 서정시를 비판하고, "동시대 사람들의 행복과 불행을 노래하고, 한민족의 지표를 제시하고, 이루고 싶은 인간의 꿈을 노래"하는 시를 쓰고자 한다. "삶의 어려움을 인식하는 이 시대의 모든 사람들에게 새벽의 도래를 알려주기 위하여" '깨어 있는 시인'이 되고자 하는 이들의 시는 삶과 동일성을 이루는 것이다.

우리가 옹호하는 詩는 언제나 삶의 문제에 歸一하는 것이고, 詩의 바탕은 삶과 同一性으로 이해될 수 있으므로, 우리의 詩는 잊혀져 가는 사람들이 살아가는 사회 속에서 개성과 자유의 참모습을 되찾아 내어 그것을 사랑의 위치로 환원시키는 일이며, 多數의 삶이 누려야 할 당연성을 옹호하는 일이

다. 아울러 우리의 詩는 民衆의 애환을 함께하며 歷史의 소용돌이 속에서
찢겨 버린 조국의 아픈 상처와 悲壯感을 어루만지는 데에 있다. 또한 우리
의 시는 모든 관계의 異質感으로부터 同質感을 획득하는 데에 있고, 詩人과
詩人이 아닌 자의 구분을 지양하는 데에 있다.

—『반시』 1집 서문에서

이를 위해 이들은 소외되고 억압받는 계층의 고통스러운 삶의 현장
을 체험하고 그들의 아픔을 공유한다. 개인적인 체험을 바탕으로 하여
그 체험을 이념적으로 논리화하기보다는 감동적인 모국어와 친근한
리듬으로 형상화함으로써 시적 공감의 폭을 넓힌다. '동두천 체험'은
그 한 예이다.

　[……]
　월급 만 삼천 원을 받으면서 우리들은
　선생이 되어 있었고
　[……]

—김명인, 「東豆川 Ⅱ」에서

선생이라는 개인적인 체험을 바탕으로 하여 소외된 계층들의 삶, 혼
혈아나 고아 등의 삶의 아픔을 시로 형상화함으로써 그 아픔을 동시대
의 전체적인 사회적 아픔으로 확대시킨다. 그러한 체험을 통해,

　[……]
　커다란 잘못에는 숫제 눈을 감으면서
　처벌받지 않아도 될 작은 잘못에만
　무섭도록 단호해지는 우리들

[……]

—김명인, 「東豆川 V」에서

지식인의 이율배반적인 태도와 "쓰러지지 못해 또다시 떠나는 우리들
의 비겁함"(김명인, 「東豆川」 연작)을 반성한다. 그러한 반성이 '막막한
어둠'의 시대에 대한 치열한 각성으로 연결되고, 각성은 소외받는 이
들에 대한 따뜻한 사랑으로 연결된다. 그 사랑은 작위적인 사랑이 아
니라 고통을 공유한 자가 그 슬픔을 내재화한 사랑이다. 그 사랑이 지
배담론과 마주칠 때에는 날카로운 칼이 된다.

> 슬픔을 위하여
> 슬픔을 이야기하지 말라.
> 오히려 슬픔의 새벽에 관하여 말하라.
> 첫아이를 사산(死産)한 그 여인에 대하여 기도하고
> 불빛없는 창문을 두드리다 돌아간
> 그 청년의 애인을 위하여 기도하라.
> 슬픔을 기다리며 사는 사람들의
> 새벽은 언제나 별들로 가득하다.
> 나는 오늘 새벽, 슬픔으로 가는 길을 홀로 걸으며
> 평등과 화해에 대하여 기도하다가
> 슬픔이 눈물이 아니라 칼이라는 것을 알았다.
> [……]

—정호승, 「슬픔을 위하여」에서

『반시』는 70년대 대두된 소시민적 민족문학론에 뿌리를 두고 있다.
그러나 이들 지식인의 현실참여는 일정한 한계를 지니기 마련이다. 비

판적 합리성의 반담론이 대사회적 응전력을 가지기 위해서는 무엇보다 과학적이고 합리적인 인식이 요청된다. 현실의 제반 모순을 그 본질에까지 천착함으로써 지배담론의 모순을 간파하고, 그것을 구체적인 체험을 통해 시적으로 형상화하여 감동적인 울림을 줄 때 제 몫을 발휘한다. 그렇지 않고 선전선동적인 공허한 구호나 추상적인 관념의 나열에 그칠 때, 그것은 지식인의 허위의식의 드러냄에 불과하다. 적어도 『반시』 동인들의 시에는 그러한 구호나 관념보다는 삶의 구체적 체험이 절실히 배어 있는 진솔한 감정의 울림이 있다. 그러나 80년대에 지배담론이 엄청난 광기를 드러낼 때, 지식인의 사랑을 통한 현실변혁에의 의지는 벽에 부딪친다. 여기서 현실변혁의 주체가 지식인에서 민중으로 질적 변용을 이루어야만 하는 당위성에 직면한다.

시는 개인에서 출발하며, 시와 모든 예술은 어떠한 시대든 당대 개인의 자유가 인정된 이후라야 가능하다. [……]일체의 전체적인 것은 배격되어야 하며, 개인을 압도하는 전체적 윤리나 체제는 어떤 것이든 불식되어야 한다. 그러한 것들은 모두 관념이 되는 것이며, 어느 때나 예술은 그러한 관념을 적으로 삼는 것이다.

—『자유시』 3집에서

"시는 자유로와야 한다"라는 주장하에 이하석, 이태수, 이기철, 박정남, 박해수, 이경록 등이 중심이 되어 1976에 간행된 『자유시』 동인지는 삶의 곳곳에 구체적으로 드러나는 도시물질문명의 병폐를 비판하면서, 그것을 무의식의 이미지로 정화시킨다.

미아처럼 헤매던 나사 굴러 와 붉은 얼굴로
자갈 틈 비집고 든다. 여뀌덤불 밑

피래미 아가리 때리며, 젖은 흙 걷어차며,

해일 또는 폭풍우를 숨은 채 꿈꾸며,

물 속 나사의 뜻은 흘러내린다, 강철과

알미늄과 합성세제에서 떨어져 나가며,

물 공기 시간을 하나로 풀어 놓으면서,

녹물처럼 반란하며, 얼굴 붉히며.

나사에 걸린 물들은 도시를 빠져나가기 전에

벌써 힘이 빠진다.

[……]

—이하석, 「新川」에서

산업화의 핵심요소였던 나사가 쓸모없어져 강가에 버려진다. 버려진 인공물인 나사는 처음에는 자연을 더럽힌다. 그러나 서서히 그 나사는 자연 속에서 정화되면서 인공의 흔적을 벗고 사물 그 자체의 본래 모습을 되찾는다. '알미늄과 합성세제에서 떨어져' 나온 나사는 이제 도시를 빠져 나와 자연의 일부가 되어 새롭게 탄생한다. 이처럼 이들은 도시물질문명의 병폐를 포착하여 그것을 비판하면서 동시에 그것을 새로운 생명의 이미지로 탄생시킨다. 그것은 무의식의 이미지에 의해 수행된다.

눈 비비고 봐도 거울엔 내 얼굴이 없다

안 보이는 내 얼굴이 컹컹컹

夜半의 하늘 끝으로

개 짖는 소리, 흘리고 있다.

—이태수, 「그림자의 그늘·3」에서

거울에 얼굴이 보이지 않는 것은 그 얼굴이 그림자의 얼굴이기 때문이다. 그림자란 의식 속에 숨어 있는 무의식이다. 그것을 비쳐주지 못하는 거울은 따라서 도시물질문명을 상징한다. 그 거울을 향해 개 짖는 소리를 내는 것은 무의식을 드러내는 것이다. 이 무의식으로 타락한 도시물질문명을 정화한다. 무의식은 때로는 나사를 정화시키는 자연으로, 때로는

치자꽃 피는 마을에 사는 사람들은
치자꽃 같은 말소리로 사랑을 속삭인다.

—이기철, 「치자꽃 마을」에서

처럼 인간과 자연이 조화를 이루는 공간으로, 때로는

가령 우리가 표류 중에 보내오는
큰 바다의 아우성을 기록할 때
그대는 巫俗의 별들을 불러 모아
부러진 꽃나무 등속을 古今에 슬퍼하라
몰아치는 十方世界의 칼바람이
구름 밖에 타오르는 번개를 본다.

—이동순, 「山水를 노래할 때」에서

처럼 무속의 세계로 변용된다. 그러나 이들은 이미 사라진 과거의 것이거나 혹은 구체물로서의 자연이나 전원이 아니다. 그것은 무의식의 현실적 발현태로, 눈에 보이지 않는 자연과 우리들 심성의 심층에 내재해 있으면서, 우리가 지배담론의 이성적 인식을 버리고 비이성적 인식을 가질 때 언제든지 보고 만날 수 있는 것이다.

4. 80년대의 동인지

　80년 5월의 광주를 떠나 80년대에 관한 논의를 시작하기는 힘들다. 광주란 무엇인가? 두 가지 점에서 그 의미를 살펴볼 수 있다. 먼저 앞서 살펴본 70년대의 비이성적 반담론인 『자유시』가 무의식의 현실적 발현태를 획득했다는 점에 주목하자. 이것은 이미 70년대말에 우리 사회가 그 심층에서는 의식과 무의식의 이항대립체계가 무화되는 사회로 진입하고 있음을 의미하며, 또한 그로 인해 그 흐름을 강권으로 차단하던 지배체제에 심각한 균열현상이 일어나고 있음을 의미한다. 곧 지배담론이 심각한 모순을 드러내자 그 균열을 뚫고 우리들 내면에 억압된 무의식적 욕망이 일거에 용광로처럼 분출된 것이 80년의 광주이다. 둘째, 분출된 욕망을 지배체제가 폭압적으로 진압했다는 점이다. 이것은 한국전쟁의 광기와는 구분된다. 전쟁의 광기는 지배체제의 싸움이기에 그 싸움에서 적대적인 지배체제는 절대 용납될 수 없다. 그러나 80년 광주는 지배체제가 자신의 체제를 강압적으로 유지하기 위해 그 구성원을 향해 드러낸 광기이기에, 구성원들은 자신이 소속된 지배체제에 대한 모멸감으로 인해 짙은 허무의식을 드러내거나, 그것에 대한 전면부정을 선언하고 그것을 초월하거나, 그 체제에 대항할 수 있는 적대적인 지배체제를 받아들인다.

　이 두 가지 측면에 80년대의 문학적 대응방식이 자리잡고 있다. 그것은 한마디로 급진성으로 특징지워질 수 있다. 비판적 합리성의 반담론은 70년대의 소시민적 민족문학에서 마르크스·레닌주의에 입각한 민중민족문학의 건설로 나아간다. 비이성적 반담론은 무의식의 가장 깊은 심연에 있는 욕망의 상상력을 한꺼번에 드러낸다. 이 걷잡을 수 없는 급진성이 당시의 출판검열과 맞서면서 80년대에는 무수한 동인지를 산출한다. 더불어 이전과는 달리 이들은 분명한 자기 목소리를 가지고 지배담론에 대응한다.

이 시기에 등장한 중요 동인지로는,『시운동』,『국시』,『열린시』,『미래시』,『수화』,『시와 자유』,『응시』,『진단시』,『서세루』,『황토』,『시와 경제』,『평민시』,『변방』,『오월시』,『예각』,『암호』,『절대시』,『청녹두』,『민중시』 등을 들 수 있다. 이 중 비판적 합리성의 반담론으로는『시와 경제』와『오월시』가, 비이성적 반담론으로는『시운동』이 주목된다.

(i) 시는 한 시대의 문화를 요약하고 수렴한다. 시는 사람들에게 구원의 언어를 제시하는 것이 그 궁극적 목표이며 그 사회 모든 구성원의 공동 자산으로 환원되어야 한다. 시는 삶의 모든 문제와 만나는 현장이며 여기서 생기는 피와 땀의 결정이다. 우리는 이 땅, 이 현실에 역사적 책임을 느끼는 이단자로서의 부정의 언어, 구원의 언어를 제시함으로써 계층의 화해, 민족의 화해를 추구하려 한다.

—『시와 경제』 1집 서문에서

(ii) 이 시대는 근본적으로 극복되어야 할 가난한 시대이며 우리는 그 새로이 출발해야 할 전환점에 서 있다는 확실한 느낌이 우리를 지배했고 詩는 그 극점에서 하나의 행동이라는(생각이라기 보다) 확실한 감각이 우리를 인도했다.

—『오월시』 3집에서

70년대『반시』에서 제시된 시와 삶의 동질성 회복의 문제는『시와 경제』와『오월시』에 이르러 더욱 실천적이고 과격한 측면을 띠고 나타난다. 이것은 5월 광주라는 역사적 사건에서 직접적으로 비롯된 것임을 앞에서 살펴보았다. 이들은 지식인의 현실참여의 한계를 극복하고,

민중민족문학의 건설을 이념적 지표로 삼는다.

어제 나는 내 귀에 말뚝을 박고 돌아왔다
오늘 나는 내 눈에 철조망을 치고 붕대로 감아 버렸다
내일 나는 내 입에 흙을
한 삽 처넣고 솜으로 막는다.

날이면 날마다
밤이면 밤마다
나는 나의 일부를 파묻는다
나는 나의 증거 인멸을 위해
나의 살아 남음을 위해
　　　　　　　　—황지우, 「그날그날의 현장검증」 전문

　살아남기 위해서는 죽어 있는 것처럼 증거인멸을 해야 하는 '초토'
의 땅에서 이들 동인들은 살아가는 것 자체의 고통스러움을 시화한다.
그 고통스러움은 수탈당하는 농민이나 오월의 그 광주의 아픔을 동반
한다. 그것이 때론 풍자의 형식으로, 때론 지식인의 자의식 비판으로,
때론 선전적인 구호와 관념적인 진술의 형태로 시화된다. 그러나 이들
이 고통받는 노동자와 농민의 삶을 직접 체험하지 못할 때, 그들의 시
는 지식인의 현실참여시의 한계를 벗어날 수 없다. 민중민족문학은 지
식인이 아닌 민중 그들이 주체가 되어야 한다.

아무리 쉽게 아무리 울먹이는 가슴으로
네 노랗게 시들어가는 노동의 이야기를 써내려도
[……]

그들은 정작 읽을 시간조차 없는 게 아닐까
그들은 읽어서 비료로 만들 수 없는 게 아닐까 하고
　　　　　　　　　—이영진, 「내가 아무리 시를 쉽게 써도」에서

　지식인이 민중을 위해 시를 쉽게 쓰고 그들의 이야기를 쓰는 것은 자유다. 그러나 그것으로는 민중민족문학을 건설할 수 없다. 그것은 각성된 프롤레타리아 전사들에 의해 가능하다. 그렇지 못할 때, 80년대에 있어서 지배담론에 대한 비판적 합리성의 반담론은 그 의의를 상실한다. 과연 이들 동인들은 그 몫을 다음 시편에 넘김으로써 지배담론에 대항할 수 있는 강력한 힘을 확보한다.

　　〔……〕
　　떨려오는 온몸을 소름치며
　　가위질 망치질로 다짐질하는
　　아직은 시다,
　　미싱을 타고 미싱을 타고
　　갈라진 세상 모오든 것들을
　　하나로 연결하고 싶은
　　시다의 꿈으로
　　찬바람 치는 공단 거리를
　　허청이며 내달리는
　　왜소한 시다의 몸짓
　　파리한 이마 위로
　　새벽별 빛나다

　　　　　　　　　　　　—박노해, 「시다의 꿈」에서

박덕규, 하재봉, 안재찬에 의해 1980년부터 시작된 『시운동』은 이후 80년대 전체를 관통하면서 가장 급진적인 비이성적 반담론의 양태를 드러낸다. 이들은 "현실에 대한 경직된 이념이 강요되고, 그것이 시인들의 의식을 억압했던 70년대의 사회학적 상상력에 의해 씌어진 시"를 거부하고 "삶과 세계를 폭넓게 조망하려는 순수한 상상력의 세계를 구축"하고자 한다. 이를 위해 이들은 '상상력, 살아 있는 리듬, 자유로운 심연'을 시의 주요지표로 삼는다. 몽상의 상상력으로 명명됨직한 이들의 상상력은 무의식의 가장 깊은 심연에 그 나래를 펴고 있다. 그 자리는 광기 어린 지배담론을 전면적으로 부정한, 현실을 초월한 자리이다.

> [……]
> 그는 돌을 줍고 던지지 않고
> 담배를 문다 그 매연의 바위와 숲과 자연
> 그가 찾는 황금의 새가 되기 위하여
> 나는 자연 속에 있지만
> 오오 아픈 날개여 팔
> 한때는 현란한 눈부시던 먹장구름
> 이젠 땅에 내리는 길도 막힌 것 같아
> 구름과 구름이 맞닿는 그 곳으로
>
> 가없는 왜가리 구름을 뚫고 와
> 누군가 다시 한번 나를 겨냥한다면
> 멎으리 뛰는 정맥 정수리까지
> 오직 그대 사랑 못박히고 싶다
>
> ─박덕규, 「아름다운 사냥」에서

그가 찾는 황금의 새가 되기 위하여 그대 사랑에 못 박혀 죽는 왜가리의 자세야말로 이들 동인의 지향점을 잘 보여준다. 곧 그들이 지향하는 황금의 새가 되기 위하여 현실을 떠나(죽어) 초월의 세계로 비상하고자 하는 것, 그 비상을 위해 그들은 무의식의 찬란한 상상력의 날개를 활짝 편다.

> [……]
> 새로운 눈으로 태양을 보기 위해서는
> 물밑으로 내려가지 않으면 안된다.
>
> 숲에 갇혀 있던 나무들도
> 검은 옷을 벗고 싱싱한 알몸으로 되돌아가기 위해서는
> 나와 함께, 지금, 이 순간부터
> 물의 거대한 무덤속으로 내려가지 않으면
> 안되는 것이다.
> [……]
>
> ―하재봉, 「물의 지붕」에서

물의 거대한 무덤 속은 이성으로는 결코 볼 수 없는 비이성의 가장 깊은 영역이다. 이 비이성의 드러냄이야말로 도구화된 이성이 지배하는 담론을 그 내부에서 폭파시켜버릴 수 있는 가장 강력한 부비트랩이다. 이성적 담론의 언술체제를 꿰뚫고 나온 무의식의 '기호적(The Semiotic)'인 담론은 이성적 사고에 빠진 자에게는 결코 이해될 수 없는 '외계인의 상상력' 혹은 '자아마비의 아름다움'(채광석, 「부끄러움과 힘의 부재」)으로만 비칠 것이다. 그러나 도구화된 이성이 주체가 되어 모든 것을 억압하는 상황에서 또 다른 이성적 주체(마르크시즘)를 설정

하고 그것만이 적에 대항할 유일무이한 논리라는 사고야말로 이항대립에 기초한 지배담론의 복사판에 불과하다. 이 편협한 사고가 실상 민중민족문학의 운명을 결정짓는다.

80년대초 『시운동』으로 대변되는 비이성적 반담론의 급진적 형태가 분출될 수 있었던 것은 그것이 외계로부터 떨어졌기 때문이 아니라, 이 땅의 현실의 내부에서 이미 꿈틀거리고 있던 무의식의 욕망이 있었기 때문이다. 도구적 이성으로 무장한 지배담론의 광포한 억압하에서도 맹렬하게 꿈틀거리고 있던 무의식의 상상력이야말로 80년대의 우리 사회가 그 내부에서는 이미 산업사회를 넘어 탈산업사회로 나아가려는 힘을 내재하고 있었음을 의미한다. 그런 무의식의 동력을 포착하지 못함은 바로 민중민족문학이 그만큼 과학적 세계인식에 불철저했음을 의미한다. 유물변증법적 사고란 객관적 현실의 현상을 보는 것이 아니라 그 본질을 꿰뚫는 것일진데, 그러한 본질적인 흐름을 간파하지 못한 결과 그들은 80년대말 이후 후일담 문학으로 전락하면서 발빠르게 변신한다.

『시운동』이 현실인식을 결여하고 있다는 민중민족문학의 비판은 문학판을 획일화하려는 전체주의적 발상에 불과하다. 현실참여의 몫은 80년대의 지배담론을 비판하는 세 가지 계열체 중 민중민족문학이 맡은 몫이다. 비이성적 반담론의 계열체 속에서 80년대의 『시운동』이 맡은 몫은 그때까지의 이 계열체가 보여준 것 중 가장 급진적이었다는 것으로 충분한 시사적 의의를 획득한다. 『시운동』 이후 이 계열체의 90년대의 몫은 『21세기 전망』 동인지로 비판적으로 계승된다. 이들은 『시운동』이 보여준 무의식의 가장 깊은 영역을 가지고 지배담론과 충돌함으로써 해체시라는 보다 급진적인 형태를 산출한다. 이 급진적인 형태가 대두하기 전, 80년대의 『시운동』의 상상력이 펼친 아름다운 한 비상을 보자.

［……］
내 입맞춤에 떠는 물결 위로
달빛이 흐르고 그 위로 내 가벼운
옷자락도 떠 흐른다 아무도 찾지 않는데
나는 아름답고 내 아름다움으로
풀밭은 푸르게 물든다.
［……］

—남진우, 「그 저녁나라로」에서

5. 맺음말

90년대 이후 시동인지 운동은 급격한 감소추세를 보이고 있다. 발표 매체와 출판물의 홍수, 중앙문단과 지방문단의 거리 부재, 등단절차의 완화 내지 무용론의 대두, 시집의 자비출판 현상 등으로 인해 시동인 지의 가치가 급격히 떨어지고 있다. 그러나 이 보다는 우리 사회가 정 보사회로 깊숙히 진입했다는 점이 중요하다. 각종의 감각적인 단순 오 락물 위주의 영상매체가 문자매체를 대체하고 있다. 여기에 상품물신 주의가 만연하면서 문학은 총체적인 위기 상황에 봉착해 있다. 머지않 아 문학은 우리의 삶을 떠나 박물관의 한쪽 귀퉁이에 먼지를 뒤집어 쓴 채 초라하게 방기될지도 모른다.

우리 시대에 있어서 시가 맡은 몫은 무엇인가? 더 이상 지배담론에 대한 시적 대응은 불필요한가? 그렇다라고 대답할 만큼 우리 시대는 구성원들에게 행복을 안겨주는 지배담론을 구축하고 있지는 않다. 지 금의 지배담론은 너무도 음흉하여 그 본질을 가면으로 위장한 채 우리 를 유혹하고 있다. 시가 상품화되는 것, 그 자체가 현 지배담론이 지닌 본질적인 모순일 것이다. 인간과 자연과 무의식마저 상품화하는 이 시대의 지배담론에 대한 시적 응전을 더 이상 방치할 때, 시는 돌이킬 수 없는 파국의 상태를 맞이할 것이다. 신격화된 자본과 상품이 지배하는 사회가 우리가 지향하는 사회는 아닐 것이다. 이성―비이성, 의식―무의식, 인간―자연, 남성―여성이 조화롭게 공존하는 공간이야말로 우리 시대의 문학이 추구해야 할 지향점일 것이다. 그것이 결코 도달할 수 없는 유토피아라 할지라도 문학이 인류가 꿈꾸는 그 영원한 낙원에 대한 지향을 포기할 수는 없지 않은가? 해방 이후부터 지금까지 지배담론에 대한 문학적 응전을 전개해온 세 가지 계열체는 그래서 아직도 유효하다. 이 유효성에 우리 시대의 시가 나아갈 방향성이 잠복해 있고, 또한 시동인지의 존재 의의가 있지 않을까?

■참고 문헌

김재홍, 「동인지 운동의 변천」, 『심상』, 1975. 8

민병욱, 「시동인 운동의 현단계」, 『문예중앙』, 1985. 12

오세영, 「80년대 시동인 운동의 특질」, 『문예중앙』, 1984. 3

이남호, 「동인지 시대의 비판적 검증」, 『언어의 세계 3』, 1984. 11

이윤택, 「우리 시대의 동인지 문학」, 『해체, 실천, 그 이후』, 청하, 1988.

전재수, 「시동인지의 실제」, 『심상』, 1983. 1

정다비, 「소집단 운동의 양상과 의미」, 『우리세대의 문학 2』, 1983. 1

최원규, 「동인지 운동의 면모와 그 변천」, 『심상』, 1975. 10

채광석, 「부끄러움과 힘의 부재」, 『한국문학의 현단계 II』, 1983.

이지와 정열의 순수 서정, 그 한 길의 역사

동인지 『청미』를 중심으로

1. 머리말

한국 현대시에서 서정시의 본질은 시사적 전개과정과 관련하여 고찰될 때, 그 명확한 특질이 밝혀질 수 있다. 김소월의 정한의 세계, 한용운의 절대적 님의 세계 이후, 한국 시사는 다양한 변신을 거듭하면서 오늘날에까지 이르고 있다. 그 과정에서 한국 서정시는 실로 넓고도 깊은 궤적을 그리면서 그 역사적 외연을 확장하고 내포적 깊이를 심화시켜 왔다. 일제강점기에 있어서 시 계열체를 리얼리즘시와 모더니즘시, 그리고 전통지향적인 시들로 분류할 때, 서정시라는 역사적 개념은 이들 모두에게 적용될 수 있다. 곧 서정시는 어떤 특정 계열체 내지 특정한 시적 경향을 의미하는 것이 아니다. 그것은 한국 현대시 전반에 걸쳐 적용되는 광의의 역사적 개념으로 오늘날에도 적용될 수 있는 개념이다.[1]

서정시는 근대자본주의의 역사적 전개과정과 밀접한 관련을 맺고 있다. 여기서 우리는 마르크스주의에 있어서 '소외'와 '사물화' 개념에 주목할 필요가 있는데, 유진 런이 지적[2]한 대로 이 개념에 의해 리얼리즘과 모더니즘은 자본주의의 역사적 모순을 극복하기 위해 태동된 일란성 쌍생아에 해당됨을 알 수 있다. 곧 미증유의 물적 풍요로움을 이룩한 근대자본주의가 그 이면에 인간 소외와 사물화라는 심각한 문제를 배태하였으며, 근대 이후 모든 문학들, 가령 리얼리즘과 모더니즘 그리고 전통지향적인 것들 모두가 이 모순을 어떻게 극복하느냐에 매달려 왔다고 볼 수 있다.

이들의 극복 방법은 각각에서 차이를 드러내고 있다. 리얼리즘은 민중의 계급해방을 통해, 모더니즘은 현대 도시물질문명에 대한 비판을 통해, 그리고 전통지향적인 것은 사라져가는 자연이나 전원에 대한 강렬한 지향성을 통해 자본주의의 모순을 극복하려 한다. 그런데 이처럼 그 방법론적 측면에 있어서는 편차를 드러내고 있지만, 이들이 궁극적으로 자본주의의 모순을 극복하고 도달하고자 하는 지향점은 동일하다.

그것은 인간과 인간, 인간과 자연이 조화롭게 공존하는 동일성의 세계이다. 근대자본주의는 '인간/이성/의식/도시/남성'을 중심부로, '자연/비이성/무의식/농촌/여성'을 주변부로 설정하고, 중심부에 의한 주변부의 철저한 지배와 배척을 그 특징으로 한다. 이처럼, 중심부와 주변부의 이항대립을 통해 전자가 후자를 배척하는 폭력적인 체계에 의해 근대인간은 자신의 타자를 상실한 채, 소외되고 사물화되어 살아가고 있다. 이 불구상태를 극복하기 위해서는 무엇보다 상실된 타자(주변부)를 회복해야 한다. 곧 인간과 자연, 도시와 농촌, 남성과 여성, 물질과 정신이 구분되지 않고 동일성을 이루는 세계에 대한 지향이야말로

---

1) 우리가 지금도 도시적 서정시, 민중적 서정시, 전통적 서정시 등의 명명법을 사용하고 있는 것은 서정시의 이런 역사적 개념이 갖는 의미를 잘 보여주고 있는 것이라 할 수 있다.
2) E. Lunn, 『마르크시즘과 모더니즘』(김병익 역, 문학과 지성사, 1986) 27쪽.

자본주의의 모순을 극복할 수 있는 확실한 방법이다. 이 동일성의 세계야말로 모든 인류가 궁극적으로 지향하는 황금시대가 아닐까? 민중적 서정시든, 도시적 서정시든, 전통적 서정시든, 모든 '서정시'는 이 동일성의 세계를 근본적으로 지향하고 있다.

1963년 1월 한국 시문학사에서 최초로 여성시인들만이 모여 만든 시동인회인 『청미』가 어느덧 30여 년이라는 긴 성상을 지나 지금에 이르고 있다. 1963년 4월에 첫 동인지 『돌과 사랑』 1집을 발간하면서 시작된 이 동인회의 활동은, 1970년 12월 동인지 이름을 『청미』로 개정한 이후 1993년 동인회 30주년 기념집인 『청미』 21집을 내었고, 최근에 이르러 『청미』 동인시지 총집을 발간하면서 지속되고 있다. 창립동인으로는 김선영, 김숙자, 김혜숙, 김후란, 박영숙, 추영수, 허영자이며, 이후 1968년 임성숙, 이경희가 새로운 동인으로 가담하였고, 현재 동인 멤버로는 김선영, 김혜숙, 김후란, 박영숙, 이경희, 임성숙, 추영수, 허영자 등이다.

한국 시사에서 많은 동인지들이 있었고, 그들 각각이 고유한 색채를 통해 나름의 시사적 의미를 부여받고 있다. 그렇다면 30년에 걸쳐 지속된 동인지 『청미』의 시사적 의미는 무엇일까? 흔히 『청미』를 두고, 최초의 여성동인지, 혹은 가장 오래된 동인지 등의 의미를 부여하고 있다. 혹은 이들 동인들의 경우, 단순한 '우정'의 모임에 불과하며 어떤 공통적인 시적 특성 없이 다만 인간적 유대에 의해 오랜 시간의 동인지 활동이 가능했을 뿐이라고 말하는 이도 있다. 그러나 이처럼 '최초', '오래된' 등의 수식어로 한정하는 것은 이 동인지의 시사적 의의를 과소평가하는 것이다. 『청미』 동인지 30년의 역사는 '한국 서정시'의 정수를 보여주고 있다는 점에서 접근될 때, 그 정당한 시사적 의미가 부여될 수 있을 것이다. 이들 동인들은 때로는 냉철한 이지로, 때로는 강렬한 정열을 각각 개성적으로 발휘하면서, 공통적으로 인간과 인간, 인간과 자연이 동일성을 이루는 세계를 지향함으로써 한국 서정시의 다양한 전개과정과 그 특질을 압축적으로 보여주고 있다. 이들 동인들의 서정시는 크게 전통적 서정시, 도시적 서정시, 존재론적 서정시로 분류될 수 있다.

2. 전통적 서정시

근대자본주의는 인간에 의한 자연지배로 특징지워 질 수 있다. 근대 이후, 칸트의 선험적 이성으로 무장한 인간 주체는 스스로를 만물의 영장으로 자처하면서 객체로서의 자연을 지배하고 재가공함으로써 물적 풍요로움을 이룩하여 왔다. 그 결과 자연은 황폐화되기 시작했고, 이전에 인간과 조화스럽게 공존하면서 우리에게 정신적 자양분을 제공하던 자연은 우리의 관심 밖으로 밀려나게 되었다. 30년대 순수시파, 청록파에서부터 시작된 전통적인 서정시는 지금까지 한국 시사에서 큰 줄기를 이루면서, 이 사라져버린 자연으로의 회귀 내지 회복을 시화함으로써 인간과 자연이 동일성을 이루는 세계를 지향하고 있다. 『청미』동인 중 이러한 전통적인 서정시의 계보를 발전적으로 계승하고 있는 시인이 김선영, 김숙자, 김후란, 김혜숙, 추영수이다. 이들은 시적 시선을 사라져가는 자연물 내지 유년기의 아름다운 전원적 고향, 나아가 무한한 우주공간에 집중시킨 채, 그것과 일체가 되고자 하는 강한 열망을 드러내고 있다.

산은
날으는 새를
조롱에 가두질 않네

새들은
마을에 내려왔다 산으로
올라가네

나도 앞으로
산으로 갈 일밖에
남지 않았네

산에서
잠시 날아온
산새이니.
　　　　　—김선영, 「산은 새를 조롱(鳥籠)에 가두지 않네」 전문

　　김선영의 시적 자아는 스스로를 산에서 잠시 날아온 새로 규정하고
있다. 곧 자신은 본래 자유롭게 날아다니는 산새인데, 지금 "세상"이라
는 "조롱"에 갇혀 날지 못하고 있다는 것이며, 날지 못하는 "조롱"을
벗어나 본래의 고향인 "산"으로 되돌아가고자 한다. 그리하여 시적 자
아는 "산이 열려오는 소리"와 "꽃빛 젖가슴이 열려오는 소리", 그리고
"언젠가 무너진/나의 빈곳을/둥글게 채워주는/물 같은/소리"(「문소
리」)를 들으면서 자신의 실체를 되찾고자 한다. 그 되찾는 과정이 "탈
출하는 살"로 제시되어 있다.

　　나도
　　하나의 꽃씨가 되어간다
　　살은 꽃냄새

살을 훌훌 벗는다
시지프스의 바위의
삭아진 모래

후루루 이승은 지고
바흐의 반음계적 환상곡 속에
발을 숨긴다

크신 손이 나를 받는다
영점의 산상에서
나머지 뼈도 빛이 된다

꽃씨가 된다
무한의 바다에
반짝이는 섬

밤이면
물결소리가 들린다

햇빛 속에
심어지는
물방울 한 알
허무 한 점에
불이 켜진다.

　　　　　　　　　　　—김선영, 「씨앗 3」 전문

자아는 "조롱"에 갇힌 채 살아가는 이승의 삶을 탈출하려 한다. 그것이 비대해진 살을 "훌훌" 벗어던짐으로써 스스로를 가벼운 꽃씨로 만드는 것으로 나타나고 있다. 꽃씨가 되고, 나아가 "영점의 산상에서 나머지 뼈도 빛"이 되는 상태, 곧 자유롭게 비상할 수 있는 상태가 될 때, 비로소 "무한의 바다", "반짝이는 섬", "물결소리", "물방울 한 알", "햇빛" 등이 어우러져 아름다운 장관을 연출하는 환상적 세계에 발을 디디게 되는 것이다. 그 세계는 다름아닌 자아가 "새"가 되는 고향, 곧 인간과 자연이 동일성을 이루는 세계이다.

〔……〕
나무가 자라
청청한 햇빛 새로
어울대는 바람이 넋을 부르면
날개는 돋기 시작한다
다음은
진동하는 우주의
합창
어진 화기(花器)로 새는 주둥이를 연다
마침내 전체를 버리며
활활 노래를 찾아 떠난다
그 곁에서
쓸쓸한 목례를 보내며
고독을 받는다.

—김숙자, 「내부의 새」에서

김숙자의 시적 자아는 자신의 내부에 "나무"를 키운다. 그 "나무"는 청정한 햇빛과 바람과 교감하고 우주의 합창 소리를 들으면서 꽃 같은 새로 변신한다. 꽃 같은 새가 된 시적 자아는 아늑한 우주공간에서 들려오는 노래를 찾아 자유롭게 비상한다. 그러나 그 비상은 "은모래가 들어차 무덤이 생기고/살 빠진 모시조개 껍질을 남길 뿐/번쩍 청비늘 뛰는/생선 한 마리 살지"(「근황」 3연) 못하는 불모의 현실에 부딪치면서 숱한 좌절의 과정을 겪는다. 그러면서 자아는 우주의 아름다운 합창의 노래를 찾아 비상하려고 끝없이 꿈틀대는 새를 내부에 잉태시킨 채, "미명의 빛/실꾸리같이 풀리며/온 몸을 지져대는 전류……타고/문전마다 헤매인다/혈기 식은 나날을"(「근황」 4연) 보내면서 그 새를 성숙시켜 왔고, 그리하여 "지금은/가난한 마음으로 믿음의 뿌리를 키우며/우주의 소리를 경청"(「겨울나무」)하고 있는 것이다.

김후란의 시적 자아는 세월이 아무리 흘러도 변하지 않는 "목마"의 모습에서 출발하여 "풀잎에 맺힌 이슬"에 도달하고 있다.

> 미명의 세계를 들여다보는 어진 눈을 가지고 있었다
> 둘러친 담장 너머로 검은 바람이 밀려가고
> 귓전에 솔깃이 담겨오는 새벽의 서성거림에 잠이 깨이면
> 목마는 불현듯 먼 데 것이 보고 싶어 원시가 된다
>
> [……]
> 나이를 잊어버린 자에게만 들리는 은밀한 소리……끝없는 심연을 돌아 울려나오는 소리……
> 살아 있는 입을 모아 일제히 합창을 시작하면 거기 비로소 방랑의 시심이 있었다
>
> 회전하는 원반 위에서 유원한 일점을 응시하며 불꽃을 피우는 너의 계절

은 언제나 젊다.

—김후란, 「목마 2」에서

    나이를 잊고 언제나 젊음을 유지하는 시적 자아는 "미명의 세계를 들여다보는 어진 눈"을 가지고 있다. 그 눈을 통해 시적 자아는 가시적인 현실 너머에 있는 "끝없는 심연을 돌아 울려나오는 은밀한 소리"를 찾아 긴 방랑의 길을 떠난다. 그럴 때 생명 없는 목마는 "살아 있는 입을 모아 일제히 합창"을 하는 아름답고도 불꽃 같은 정열을 지닌 생명체로 살아 숨쉬게 되는 것이다. 시적 자아의 방랑의 종착점은 "무한한 우주"이다. 그러나 회전하는 원반 위를 떠날 수 없는 목마이기에 "무한한 우주"를 향한 방랑은 불가능하다. 목마가 우주에 도달하는 방법은 자신의 내면으로 응축하여 "결빙하는 눈썹으로/방 안을 기웃거려/이대로 백설의 꽃"(「빙화」)이 되는 것이다.

    그윽히 내뿜는
    향기 그리고 빛

    바람은 풀잎을 눕히고
    소리없이 일어서는 풀잎

    의기찬 몸짓으로
    풀빛 그림을 그린다

    그러나 다 그릴 수 없는
    이 세상 이야기에

병든 이 괴로운 이
슬픈 이들 말없이 눈물 짓듯

풀잎에 맺힌 이슬로
하늘에 공양한다.

　　　　　　　　　　　—김후란,「풀잎에 맺힌 이슬」전문

　"백설의 꽃"이 내면으로의 응축을 통해 도달한 것이 "풀잎에 맺힌 이슬"이다. 시적 자아는 "그윽히 내뿜는 향기 그리고 빛"의 세계인 "풀잎"에 맺힌 이슬이 됨으로써 스스로가 도달하고자 한 하늘(우주)을 영원히 공양할 수 있게 되는 것이다. 현실의 불순물이 완전히 제거된 그 맑고 순수한 경지에 이를 때, "보이지 않는 곳 어디에서나/생명은 모두/제 몫의 아름다움으로 빛난다"(「너의 빛이 되고 싶다」)는 사실을 깨닫게 되는 것이며, 이 깨달음을 통해 인간과 자연을 비롯한 생명이 있는 모든 것을 사랑할 수 있는 것이다.

　김혜숙의 시적 자아는 유년기의 고향에 대한 지향성을 드러내고 있다. 그에게 있어서 유년의 고향은 "해돋는 나라"이자 "금싸래기 황금빛 햇살" 가득한 평화로운 공간이다. 그 공간에 대한 기억을 안고 자아는 "한 발자국도 더 내디딜 수 없는/아슬한 벼랑의 끝/이 어둠"(「잠이 오지 않는 밤」)의 세계에서 "겨울 뜨락처럼 텅 빈 가슴"(「산이여 4」)으로 살아간다. 그러면서 "텅 빈 가슴"을 아름다운 고향에 대한 기억으로 가득 가득 채워나가는데, 그 고향은 "푸른 산"으로, 그리고 "당신에 대한 사랑"으로 다양하게 변주된다. 돌아갈 수 없는 유년의 고향에 대한 꿈, 그 뿌리에 대한 강렬한 지향성을 통해 시적 자아는 인간과 자연이 모두 고향이라는 뿌리를 그리워한다는 점을 자각하게 되고, 이 자각을 통해 스스로를 나무와 일체화시킴으로써 서정적 동일성의 세계에 도달하게 되는 것이다.

> 옷을 벗은 나무들은
> 모두 다
> 그들의 하얀 뿌리들을
> 저 깊은 어둠 속, 단단한 땅 밑에 묻고
> 꿈을 꾼다
>
> 잠든 자들만이 꾸는 꿈
>
> 푸른 옷 입고
> 예쁜 웃음 띠며
> 따뜻한 햇볕 속에서
> 님을 만나는 꿈
> [……]

—김혜숙, 「겨울나무」에서

추영수의 시적 자아는 "내 팔이 꽃가지 되고/내 입술이 꽃이파리 되어/곱게 피로 웃는 꽃나무"(「거짓말이란다」)라는 진술에서 보듯, 스스로를 자연과 일체화시킨 상태에서 자연과의 동일성의 세계를 지향하고 있다.

> 우리들 돌아갈 본향은
> 결국
> 흙이라고……

감나무 잎들이
가을 하늘가에
화려한 씨알들을
감송이로 고이 싸서
매달아 놓고
조용히 뿌리 옆에 누웠구나

퇴비에 단비가 내리면
그 진액이 조금씩 조금씩
땅 속으로 스며들 듯
가을비에 젖으며
본향으로 잦아드는
목숨

내 가는 날에도
뿌리 옆에 누운 감나무 잎처럼
저리 아름다울 수 있었으면……
자랑스러울 수 있었으면……

—추영수, 「감나무 잎」 전문

　시적 자아는 감나무로부터 자신이 돌아갈 본향이 "흙"의 세계임을
배운다. 그곳은 소멸과 죽음의 공간이 아니라 생성과 부활의 공간이
다. 곧 모든 생명체를 잉태시키는 공간인 것이다.

3. 도시적 서정시

자연의 구체물을 통해 서정적 세계를 추구하는 것과는 달리 '도시'로 표상되는 현대물질문명을 비판하면서 서정적 동일성의 세계를 추구하는 시인으로 박영숙, 이경희, 임성숙을 들 수 있다.

시인은
사념의 자리가 없어
전차 스테이션이나
버스 정류장에 서 머뭇거린다
〔……〕

떠나고 싶은 것은
마음의 자연
자연의 심연에서 솟치며 피는
자유가 누리는 한 줄기 물꽃

떠나가자
떠나가자
눈 먼 마음이사
어서 떠나자
〔……〕

—박영숙, 「속·실명시인·4」에서

박영숙의 시적 자아는 도시를 "검은 개펄을 밀어오는 울음소리와도 흡사한 춘조의 도시" 내지 "고갈된 영들이 섧게 사는 고독 지옥"(「고독

지옥」)으로 규정하고, 그곳에서 스스로 "시세가 없는 걸인" 내지 "실명시인"이 되고자 한다. 현란한 쇼윈도와 도시의 야경, 그리고 각종 현대 기계문명이 난무하면서 인간을 사물화하고 무기질화하는 거대도시는 서정적 동일성의 세계를 지향하는 "시인의 사념"을 불가능하게 하는 곳이다. 시적 자아는 메마르고 황폐한 그런 비인간적 도시에 물들지 않기 위해 눈먼 이방인이 되어 "마음의 자연"과 "자유가 누리는 한 줄기 물꽃"을 찾아 도시를 떠나고자 하는 것이다.

　　　두 다리와 두 팔을
　　　넉넉히 벌리고
　　　당신을 조율하면
　　　5관에서 울리는 기막힌 가락

　　　태고의 숲 속
　　　깊은 바람의 요동인가
　　　이 설레임은

　　　나무에 앉은 새들의 정담이
　　　한 줄기 선상에 튕겨 오른다

　　　이윽고
　　　나부끼는 당신의 머리칼
　　　그것은
　　　넘실대는 커다란 바다를 이룬다

　　　우주 가득히 서리는 물보라

허리에 감겨드는 무지개가 고와라

나는
첼리스트.

—이경희, 「분수 7」 전문

이경희는 「분수」 연작시를 통해, 인간과 인간의 단절을 특징으로 하
는 사물화된 세계에서 첼로라는 도시감각적 대상을 연주하면서 서정
적 동일성의 세계를 갈망한다. 분수처럼 흩어지는 첼로의 음율을 통해
시적 자아는 자신의 타자인 "당신"과 일체가 된다. 그 "당신"을 통해
시적 자아는 "태고의 숲 속에 일렁이는 바람의 요동"을 느끼며, "나무
에 앉은 새들의 정담"을 듣고, "넘실대는 커다란 바다"를 보고, 이윽고
"우주 가득히 서리는 물보라"와 "허리에 감겨드는 무지개"라는 음악적
황홀경의 상태에 빠지게 되는 것이다. 그 황홀경의 세계는 "태고"와
"우주"라는 진술에서 보듯이 탈문명의 세계에까지 진입해 있다. 이 세
계는 대우주와 소우주가 둥근 원을 이루는 아늑한 공간, 흔히 요나 콤
플렉스로 명명되는 어머니의 자궁 속의 세계에 대비될 수 있을 것이
다.

초여름
살구처럼 익어가는 여자여

네 소원
네 슬픔이 무어냐

지금 어느 후미진 골목에서

까닭없이 흘리는 네 눈물은
네가 미처 여자이기 전
아잇적 어느 날
엄마 곁에서
나비의 죽음이 슬퍼
네 작은 뺨을 구슬처럼 흘러내린
짭짤한 눈물의 샘이구나

살구처럼 익어가는 여자여
지금 흐르고 흐르는 네 눈물이
헤프게 헤프게 흘러 넘치면
살구빛 네 살 속 깊이 스몄다가
또 어느 날
생수처럼 터져나와
네 딸아이가 살구처럼 익어서
네 곁을 멀리 멀리 떠날 때
하염없이 흐를
소금기도 바랜 눈물의 샘이구나.

—임성숙, 「여자 68」 전문

임성숙의 「여자」 연작시는 남성중심주의 이데올로기가 지배하는 사회에 있어서 여성의 소외된 모습을 집요하게 탐구하고 있다. "초여름 익어가는 살구"의 이미지는 남성중심의 사회에서 일회적인 성적 대상으로만 기능하는 여성의 모습을 압축적으로 보여주고 있다. 그 여성은 태어날 때부터 여성으로 규정된 것은 아니다. "아잇적" 나비의 죽음이 슬퍼 흘린 눈물은 남성과 여성으로의 성 분화가 일어나기 이전, 곧 한 인간으로서의 눈물이었다. 그러나 사회화 과정을 통해 아이는 여성으로 자리매김당하면서 남성에 의해 "후미진 골목"이라는 주변부로 밀려나게 된다. 그곳에서 여성은 "생수"처럼 터지는 눈물을 흘리면서 한 평생을 지내게 되고, 그 눈물은 "딸"에게도 연결되는 것이다. 이처럼 임성숙은 「여자」 연작시를 통해 남성중심주의 사회에서 억압받는 여성의 모습을 폭로함으로써, 남성과 여성이 서로 구분없이 상호 동일하게 공존할 수 있는 세계를 지향하고 있다.

4. 존재론적 서정시

허영자의 시는 인간 존재란 무엇이며 어떻게 사는 것이 진정 인간적 삶인가라는 존재론적 질문을 시의 핵심요체로 삼고 있다.

흐르는 바람으로
가락을 빚는 그 사람.

아 나는
얼마나를

그 창조의 가슴과 손으로
하늘에 사무치는
주문이고 싶으랴

봄날 아침
門을 여는 꽃

罪없이 웃는 혼령이고 싶으랴.

―「피리」 전문

시적 자아는 "그 사람"을 매개로 하여 "하늘"에 사무치기를 열망하고 있다. 여기서 "하늘"에 닿아있는 "그 사람"은 "흐르는 바람으로 가락을 빚는" 존재로, 모든 인위적인 것을 거부하고 우주와 자연의 본래적 흐름을 통해 모든 것을 창조하는 절대적 존재이다. 시적 자아는 그런 존재의 말씀을 "주문"으로 받기 위해, 스스로를 "죄없이 웃는 꽃의 혼령"과 같은 순수한 영혼의 존재가 되고자 한다. 시인 스스로 "시는 참으로 좋은 말씀"(『暗靑의 문신』, 미래사, 1991)이라고 규정하듯이, 허영자에게 있어서 시는 세상의 모든 존재물을 창조한 절대적 존재의 말씀을 들려주는 순수영혼의 울림으로 심화되어 있다.

불길 속에
머리칼 풀면
사내를 호리는
야차 같은 계집,

그 불길 다스려 다스려
슬프도록 소슬한 몸은
現身하옵신 관음보살님
―이조 항아리.

―「白瓷」 전문

"야차 같은 계집"과 "현신하옵신 관음보살님"이 대조되고 있는데, 허영자의 시에서 이러한 대조는 흔히 발견된다. 여기서 이 대조는 인간 존재에 대한 존재론적 조건과 결부되어 있다. 냉과 열, 정신과 육체의 자연적 균형이야말로 생명을 위한 필수조건이다. 그런데 근대인간들은 이 균형상태를 파괴시키고 열과 육체만을 강조함으로써 존재론적 결핍상태에 빠지게 된다. 순수영혼과 그 영혼을 통해 말씀을 들려주던 절대적 존재는 우리들 곁을 떠나버린다. 그리고 혼자 남은 인간은 통제되지 않는 육체의 열로 인해 타락의 심연으로 빠져들게 되는 것이다.

시적 자아는 "이조 항아리"라는 대상을 통해 인간의 존재론적 결핍을 자각하고 있다. 허영자의 시에 등장하는 대상들은 이처럼 존재론적 질문을 위한 은유의 역할을 수행하고 있다. 이 시는 과잉된 육체의 열기를 "다스려 다스려" "백자 항아리"처럼 차갑고 맑은 정신을 되찾을 때 인간의 존재론적 본질을 회복할 수 있다는 사실을 대담한 이미지와 간결한 구문, 그리고 압축적인 시어로 제시하고 있다.

> 이 맑은 가을햇살 속에선
> 누구도 어쩔 수 없다
> 그냥 나이 먹고 철이 들 수 밖에는
>
>
> 젊은날
> 떫고 비리던 내 피도
> 저 붉은 단감으로 익을 수밖에는—.
>
> —「감」 전문

"감"을 대상으로 하여 인간 존재에 대한 의미를 묻고 있다. 차갑고 신선하면서도 정열적인 느낌을 주는 "붉은 단감"은 "떫고 비리던 내 피"라는 육체의 열기를 다스릴 때 도달할 수 있는 상태, 곧 이지적 정열의 상태에 해당된다. 시적 자아가 이처럼 이지적 정열을 지향하는 것은 절대적 존재의 말씀을 "주문" 받기 위해서이다. 그것은 들끓는 정열을 내면으로 치열하게 다스려, 그것을 정갈하면서도 차갑고 이지적인 것으로 그 질적 형태를 변형시킬 때에만 가능하다. 그럴 때, 사라진 순수영혼과 절대적 존재도 우리 앞에 현현하는 것이다. 그러나 그 과정은 엄청난 고통을 수반하기 마련이다.

가쁜 숨결
끓는 몸뚱아리
다 던져둔 채

빛나는 촉루
희디흰 넋으로
바라만 보는

임이여
임이여

五官에 사무치는
큰
아픔이여.

—「睡蓮을 보며」 전문

절대적 존재에게 다가가려는 시적 자아는 "끓는 몸뚱아리인 육체"를 던져버림으로써 스스로를 극한적 상황으로 내몬다. 그 혹독한 인고의 과정을 통해 시적 자아는 모든 육체적 열기와 들끓는 욕망을 제거한 해골(촉루, 정갈한 뼈다귀)로 질적으로 변모한다. 차갑고 형해만 남은 해골은 이 순간 순수한 "흰 넋"으로 승화되면서 절대적 존재인 "임"과 전신으로 교감하게 되는 것이다.

〔……〕
화사한
거짓 웃음
거짓말
거짓 사랑은 썩고

가을에는
까맣게 익은
고독한 혼의
씨앗만 남는다.

—「씨앗」에서

"육체"와 "들끓는 정열"에 의한 사랑은 "거짓"에 불과하다. 육체의 정열을 정화·소멸시키고 "까맣게 익은 고독한 혼의 씨앗"이 될 때, 비로서 절대적 존재에 대한 순수영혼의 사랑에 도달할 수 있다. 허영자의 시적 자아는 이처럼 스스로를 "봉헌의 불꽃" 속에 내던져 산화시킴으로써, 우리가 망각하고 있는 존재론적 본질, 곧 순수영혼과 절대적 존재를 강렬하게 상기시키고 있는 것이다. 허영자의 시는 시인 스스로 다음 시에서 표현하듯이 "빛나는 사리"로 우리에게 다가오면서 타락할 대로 타락한 우리들이 되찾아야 할 존재론적 본질이 무엇인지를 강렬하게 제시해 주고 있다. 그러기에 허영자의 시가 보여주는 순수영혼의 세계는 서정시가 도달할 수 있는 가장 깊은 영역에 해당된다고 할 수 있다. 자본주의가 낳은 모든 모순의 주범이 바로 존재론적 본질을 망각한 채 살아가는 타락한 인간 존재이며, 따라서 그런 타락한 인간 존재가 자신의 존재론적 결핍을 깨닫지 않는 한 근본적인 문제해결은 불가능하다는 점에서 그러하다.

어떤
요염한
유혹의 눈짓에도
홀려오지 않는다

심장의 피
간의 기름을
졸이고 태우는

그 처절하고
다함없는
봉헌의 불꽃 속에

비로소 現身하는
한 점
빛나는
舍利.

―「시」 전문

5. 맺음말

『청미』동인들은 단순히 '우정'이라는 인간적 유대감에 의해 결속된
것이 아니다. 그들은 그 방법상에 있어서 편차를 드러내고 있지만, 근
원적으로 모두 서정적 동일성의 세계를 지향하고 있다. 그들의 '우정'
은 아마 이 서정적 동일성의 세계에 대한 강렬한 지향성에서 비롯된
것일 것이다. 지면관계상 구체적으로 살펴보지 못했지만, 이들 동인들
의 시편 하나하나에는 근대 이후 상실된 세계, 인간과 인간, 인간과 자
연이 동일성을 이루는 평화로운 세계에 대한 강한 지향을 드러내고 있
다. 그들은 30년의 긴 시작 과정에서 때로는 그 지향성의 좌절로 인한
깊은 아픔을 드러내기도 하고, 또 때로는 상승적 희열을 드러내기도
하면서 아름다운 시편들을 21권의 동인지에 실어놓고 있다. 그 시편들
속에는 그들의 시와 삶에 대한 정열과 그 정열을 이지적으로 다스리는
품격이 고스란히 내포되어 있다. 동인지 『청미』가 걸어온 30년의 노정
은 순수서정시, 그 한 길의 의미있는 역사를 일구어내는 알차면서도
소중한 것이라 할 수 있다. 그러기에 그것은 단순히 한 동인지의 역사
로만 규정될 수 없으며, 한국 서정시의 흐름을 총체적으로 집약하고
있는 살아 있는 역사로 규정되어야 할 것이다.

제2부

시원의 울림

상품의 집과 존재의 집 사이, 그 미로찾기

이하석론

1. 시적 자아의 분열:도심 속의 길과 새의 길

이하석의 네 권의 시집에서 주목되는 것은 시적 자아의 측면이다. 특히 시선을 끄는 것은 세 번째 시집인 『우리 낯선 사람들』에 나타난 분열된 자아의 모습이다.

[……]
그는 때때로 뭐라고, 말, 한다
입에서가 아니라 그 자신의 어두운 내부에서
소리가 울려나오는 듯 하다
[……][1]

'입/어두운 내부'가 '의식/무의식'에 대응함을 알 수 있다. '입—의

1) 이하석, 『우리 낯선 사람들』(세계사, 1991) 14쪽.

식'의 소리에 '어두운 내부—무의식'의 소리가 개입할 때, 그 미약한 형태가 말더듬이다. 우리는 이러한 사태를 처음 접하는 것이 아니다. 이미 30년대 이상의 시와 오늘날의 해체시 계열에서 보다 과격한 그 형태를 보았고, 보고 있다. 그렇지만 이하석의 작품에 나타나는 시적 자아의 분열은 이들과는 달리 그 나름의 독특함을 지닌다. 독특함은 그의 시적 행보가 도시에서 자연으로 이동하고 있다는 점과 관련이 있다. 이러한 이동은 이하석뿐만 아니라 많은 다른 시인들의 작품에도 나타난다. 그러나 이 경우 시적 자아가 분열되는 경우는 거의 드물다. 정상적인 자아가 도시의 삶을 비판하다 가볍게 자연으로 옮겨 가거나, 아니면 도시의 삶을 비판할 때는 분열되었다가 자연으로 귀환하면서 정상적인 자아를 회복하는 경우가 대부분이다.

이하석의 시는 도시에서 자연으로 이동함에 있어서 자아의 분열을 지속적으로 동반한다. 깡통, 병, 못 등의 물질문명의 산물에도, 강과 산 등의 자연물에도 만족하지 못하고 분열을 일으키는 자아는 예사롭지 않다. 다음 시에서 띄어쓰기가 무시된 부분에 주목하자.

제과점 유리창에, 노란 전등을 단 내 얼굴이
떠 있다. 그 속에 겹쳐진 검은 얼굴
아버지의 얼굴일까?[……]

…여섯살적개울과자갈들거슬러고향떠났네저속저개울과자갈들속으로밝은길이나있네아버지가열어놓으신한번도자식이밟아보지못한길그길끝에서자식기다리다아버지고픈배움켜잡으신채눈속에하늘담고속으로날부르시며그길로돌아가셨네

유리창에 어린 은행건물 옆으로 열린

하늘 쪽으로, 아버지의 눈 같은 푸른 시선이
느껴진다. 어두운 얼굴 속으로 들여다보니
진열대 위에 놓인 마네킨의 눈이다.
그 눈 때문일까. 유리 속으로
나의 길이 갈라진다.[2]

　자아는 제과점 안에서 유리창에 비친 자신의 얼굴, 진열대에 놓인 마
네킹의 눈, 큰 빵 등을 본다. 그러다 신문에 난 '고향'이라는 광고 사진
을 보고 불현듯 아버지의 얼굴, 아버지의 눈 같은 푸른 시선을 떠올린
다. 그것이 띄어쓰기가 무시된 부분이다. 이것은 실어증의 한 유형이
다. 실어증이란 일상적인 의식의 수면에 무의식적 욕망이 분출되는 정
신병의 한 형태이다. 이 병은 대개 의식상으로 관계를 맺는 사회·문화
적 체계가 무의식의 욕망을 충족시켜 주지 못할 때 발병한다. 이 시에
서 의식은 제과점 유리창, 마네킹으로 상징되는 공간에 놓여 있고, 무
의식적 욕망은 아버지, 개울, 자갈, 하늘 등이 일체가 된 '고향'으로 상
징되는 공간을 향하고 있음을 알 수 있다. 이로 인해 자아는 분열된다.
'나의 길은 갈라진다'. 그 갈라진 길은,

　　[……]
나의 길은 도시에서 도시로 이어지지만
저 새의 길은 숲에서 숲으로 이어진다.
　　[……][3]

　광물질의 유리건물과 마네킹만이 있는 도심 속의 길이 내가 가는 길

---

2) 위의 책, 24~25쪽.
3) 위의 책, 15쪽.

이다. 그러면서 숲에서 숲으로 이어진 길은 나와 별개의 길이 아니라, 나의 욕망의 길이다. 그 욕망의 길은

[……] 이 도심의 회색 콘크리트의 세계에도 자세히 보면—풀무치의 눈으로 보면—들과 산으로 이어진 초록의 길이 있다. 아무도 찾으려 하지 않는 그런 신비한 길이. 단순하게 자연이라 단정지을 수는 없지만 우리 삶 속에는 그렇게 열린 길 [……][4]

이다. '초록의 길을 따라, 산이나 들에서 이 도시의 깊은 곳'으로 와 결국 죽음을 맞이한 풀무치에 나의 욕망을 투사시킴으로써, 역으로 그 길을 따라 나가면 있는 곳, 그곳이 새가 가는 길이며 내가 가고 싶은 길이다. 이 두 가지 길로 인해 자아는 분열된다. 도심 속의 길과 새의 길을 통해 각각 도달할 수 있는 집의 분위기는 어떠한가?

2. 존재의 집에 이르는 미로

시적 자아의 의식이 자리잡은 유리창으로 된 마네킹의 집과 초록의 길을 통해 도달할 수 있는 욕망의 집의 분위기는 언어의 일차적 의미만을 보더라도 분명 다르다. 좀더 본질적인 측면에서의 다름을 밝히기 위해서는 '인간/자연'이라는 대립항의 본질을 추적할 필요가 있다. 이를 추적하는 이유는 욕망의 집의 본질을 밝히기 위해서이며 아울러 그 집이 구체물로서의 강과 산이 있는 현실의 자연이 아님을 강조하기 위해서이다.

'인간/자연'의 대립항은 근대가 배출한 특수태이다. 근대 이전에 인

---

4) 위의 책, 57쪽.

간은 사물과 동일자를 이루면서 조화로운 질서 속에 놓여 있었다. 동일성은 근대화와 더불어 깨진다. 인간의 지배하에 들어간 사물은 인간의 진수성찬을 위한 한 수단으로 전락한다. 인간은 처음에 진수성찬에 도취되어 동일성의 세계를 망각하나, 이성의 타락과 도구화된 사물의 복수에 의해 소외되면서 점차 동일성의 세계를 그리워하게 된다. 여기서 등장한 것이 '인공적/자연적'의 대립이다. '인공적'인 것은 동일성의 파괴를, '자연적'인 것은 동일성의 유지를 의미한다. 쉽게, 자연적인 상태는 아직 인공의 손길이 미치지 못한 구체물로서의 자연으로 투사된다. '인공적/자연적'이라는 추상적인 대립이 근대적 삶에서 구체적인 모습으로 특수화된 형태가 '인간/자연', '도시/농촌'의 대립항이다. 그것은 '비동일성/동일성'의 대립으로 묶여진다.

그러나 유리건물과 마네킹이 지배하는 오늘날, 구체물로서의 '자연적'인 자연은 없다.[5] 녹색혁명이 상품이라는 매개물을 통해 전지구촌을 휩쓸고 있는 지금, '인간/자연', '도시/농촌'의 구분은 쓸모없게 된다. 오로지 그것의 상품화만 있을 뿐이다. 상품이란 재가공된 사물에 붙여진 기호이다. 그 기호는 사물의 본질을 은폐하는 이미지이고 가상이다. 그것은 마치 블랙홀과 같아서 '인간/자연', '도시/농촌' 등을 흡수하여 모든 것을 상품화한다. 물신화된 상품의 가장 단적인 형태가 전면이 유리로 장식된 건물이다. 유리 표면은 건물 내부의 모습을 보여주는 것이 아니라, 덧칠을 하여 내부를 은폐한다. 그리곤 주위의 것을 반사·흡수하면서 모든 것을 유리화·광물질화시킨다. 유리로 만들어진 '상품의 집' 안에는 단지 반들반들하게 반짝이는 유리 박제품들만 있을 뿐이다.

---

5) 이 글에서는 현실의 구체물로서의 '자연'과 동일성을 유지하는 '자연적'이라는 용어를 구별해 사용할 것이다.

[……] 대구의 시월 풍경은 길 건너 편 백화점 유리에
다 비쳐진다. 감나무도 감꽃도 보이지 않고,
문득 시든 가로수 사이로 승용차가 한 대 곤두박질치고
신호등이 빨갛게 마네킹의 가슴 위로 켜진다.
[……]6)

　도심의 길은 상품의 집 속에 있다. 살아있는 유기체인 인간 존재나
풀무치 등은 이 집에서 모두 유리 박제품으로 변한다. 그렇다면 나의
욕망의 길이 도달할 수 있는 집은 상품의 집과는 달리 모든 생명적인
존재가 태어나고 죽어서 돌아가는 집임을 알 수 있다.

[……]
가난하게 떨어져 땅에 눕는
내 시간의 따스한 집이여 주검이여
살아 있던 날들의 모든 기억을 고마워하며
우리 함께 여기 눕느니
내 존재의 끝이자 시작인 너의 가슴에
지금 고요히 누워 있으니
[……]7)

　인간 존재의 탄생과 죽음의 비밀을 간직한 집, '너' 와 '나' 가 합치된
'우리' 의 집, 그것이 욕망의 집이다. 그 집은 모든 존재가 동일성을 이
루고 화해롭게 살아갈 수 있는 자연적인 집이며, 존재의 뿌리에 해당
하는 '존재의 집' 이다. 그것은 오늘날 구체물로서의 자연에 있는 현실

6) 이하석, 『金氏의 옆 얼굴』(문학과 지성사, 1984) 50쪽.
7) 이하석, 『우리 낯선 사람들』, 앞의 책, 56쪽.

태가 아니다. '인간/자연'이 상품화된 마당에 '자연적'인 자연이 있을 리 없다. 그 집은 비현실태이며 신비한 형태이지만, 오늘 우리의 삶에 내재되어 있는 가능태이기도 하다. 다만 우리가 그것을 찾지 않을 뿐이지만.

나는 존재의 집을 욕망함으로써 반짝이는 상품의 집의 허상을 보다 쉽게 간파한다. 그럴 때 나는 고립된다. 상품의 집에 적응하지 못하기 때문이다. 그래서 나는 또 다른 '안'의 장소로 응축된다. '안'은 화려한 상품의 집 속에 있는 유리방이면서, 그것으로부터 고립·유폐된 곳이며, 또한 분열된 나만의 어두운 공간이다. 그 공간에서 나는 홀로 존재의 집에 대한 욕망의 씨앗을 가꾼다.

(i) 〔……〕
유리창 안으로
내 말과 춤을 어둠에 문지를 뿐[8]

(ii) 〔……〕
말과 춤은 안으로만 소용돌이칠 뿐
모든 것은 감옥처럼 잠겨졌다[9]

그러나 밀폐된 어두운 유리방에 욕망을 한없이 가둘 수만은 없다. 욕망을 버리지 않는 이상, 욕망으로 인해 나 역시 비참하게 죽어간 풀무치의 운명에 처할 것이기 때문이다.

〔……〕

---

8) 위의 책, 20쪽.
9) 위의 책, 22쪽.

갇힌 시여 꽃묶어 거꾸로 건 사랑이여
그 향기가 내게 가득 차면
숨이 막혀 죽으리라.[10]

　이 상태를 벗어나기 위해서는 욕망을 분출시킬 수 있는 통로를 찾아야 한다. 존재의 집, 자연적인 것을 향한 '열정'은 감옥 같은 '안'의 유리 공간에서 '밖'으로 향하고자 하는 '행위'로 구체화된다. 그러나 존재의 집은 가능태이기에 그곳에 이를 수 있는 길은 미로이다. '안'에서 '밖'으로 나아가고자 하는 행위는 망설임을 동반한다.

문을 열면
어떤 길이 어떤 어두운 밝음이
어떤 미로가
나를 이끌 것인가

나는 내다보다
속에서 어둠의 뇌성은 치고

나가고 싶다
초록의 문을 열고 싶다 나는
또 나가고 싶잖은 마음이 인다
또는 잠시 나가 패랭이나 캐서
화분에 심어보고 싶다
이 위태로운 어질어질함

10) 위의 책, 36쪽.

누가, 바깥에서 문고리를 만진다
···밖에서··· 누가
내 방의 어두운 창유리를 닦는다[11]

'밖'으로 나가기가 망설여진다. 자칫 잘못 나갔다가는 미로 속에서 헤매다 상처만 입을 뿐이다. 그렇다고 나가지 않을 수도 없다. 왜냐하면,

[······]
나는 원래 거기 있었고
거기서 여기로 들어왔으므로
[······][12]

따라서,

바깥 어둠에 내 몸이 상해 되돌아올지라도
나는 그 곳으로 되나가고 싶다
스스로 문을 열 수 없다면
멱살을 잡혀서라도 나가고 싶다[13]

멱살을 잡는 이는 '누구'이다. 그 누구란 아버지일 수 있고, 고향일 수 있고, 새일 수 있고, 풀무치일 수 있고, '폭우의 나라 사람'[14]일 수도 있다. 그것이 누구든, 중요한 것은 '밖'을 향하는 욕망이다. 그런 욕

11) 위의 책, 11쪽.
12) 위의 책, 21쪽.
13) 위의 책, 21쪽.
14) 위의 책, 12쪽.

망을 가진 자만이 상품의 집의 허상을 간파할 수 있고, 생명의 빛이 넘치는 존재의 집으로 향할 수 있다. '안'의 어둠 속에서 깊이 절망할 때, 그 '어둠'이 나를 '밖'으로 이끌어준다.

[······]
어둠은 나를 밀어주리라 내가 키웠으니까
그렇다면 밝은 문은 어둠의 힘으로 열린다
[······]15)

그럴 때,

[······]
나는, 내다보는
갇힌 풍경이다 나는,
끝난 풍경이다 나는,
차갑게 반영하는, 투명한,
풍경이다 누가, 들여다본다
나는, 풍경이 아니다 바깥을 향한
뜨거운 눈이다16)

'안'에서 '밖'으로, 인공적인 것에서 자연적인 것으로, 상품의 집에서 존재의 집으로 향하는 욕망으로 인해 분열되고, 그러면서 두 집 사이에 놓인 미로를 찾아 방황하는 것, 그것이 세 번째 시집에 나타난 분열된 자아의 모습이다.

---

15) 위의 책, 99쪽.
16) 위의 책, 38쪽.

3. 존재의 집에 의한 상품의 집 비판

상품의 집과 존재의 집 사이, 그 미로를 찾아가는 분열된 자아는 세 번째 시집에만 나타나는 것이 아니라 이하석의 시세계 전체를 관통하고 있다.

『투명한 속』에 등장하는 '깡통·유리·못/풀·나무·강·산·바다' 등의 두 가지 이미지들은 '인간/자연'의 것에 대응한다. 앞의 것이 뒤의 것을 공격한다. 그러나 이러한 대립과 충돌은 이 시집에서 표면적인 현상일 뿐이다. 그 이면에는 '인간/자연'의 대립이 아닌 자연적인 것에 의한 인공적인 것의 포옹이 전편을 지배하고 있다.

> [……]
> 깡통은 스스로 안에 간직했던 하늘을
> 하늘에 주어 버린다. 구름을 구름에게
> 패랭이를 패랭이에게 지나가는 쥐의 얼굴을
> 쥐들에게 주어 버린다. 빗물 말라
> 자신 속에 어려오던 모든 그림자들 사라지고.
> 먼지와 흙들로 그의 속이 채워질 때
> 깡통의 귀는 풀들을 뚫고 솟아
> 그의 안보다 더 깊은 세계 쪽으로
> 스스로의 안이 부르짖는 소리를 듣는다.
>
> 마침내 묻혀 버리는 것들.
> 깡통을 묻은 다음 안으로 죄어드는 흙,
> 이윽고 깡통 소리가 쇳소리를 벗어난다.[17]

17) 이하석, 『투명한 속』(문학과 지성사, 1980) 60쪽.

깡통은 상품이었다. 그 깡통이 버려질 때, 그것은 상품으로서의 교환 가치를 상실한다. 그러나 버려진 것들이 강과 산을 오염시킬 때, 깡통은 여전히 상품적이다. 깡통이 상품의 이미지를 완전히 탈각할 때, 깡통은 순수한 사물이 된다. 그 사물은 자신이 태어났던 곳이자 모든 사물이 동일성을 이루는 곳으로 '귀화한다'. 아니 '귀화된다'. 귀화시키는 주체는 깡통을 '묻고', '죄어드는' 흙이다. 이 흙은 구체적인 자연물이 아니다. 그것은

> 가래잎나무, 물푸레나무, 엄나무들의
> 뿌리 사이 검은 흙들 부드럽다.
> [……]
> 비닐과 수은, 철제 부스러기들의 귀를 먹이고
> 흙들 그것들 감싸안고 얼리고 녹이며
> 봄과 여름 또는 가을을 가리지 않고
> 초목들의 끝 가지까지 물에 실어 보낸다.
> 마침내 봄 하루의 바람, 물 소리와 바위와
> 흙 밑에 얽힌 모든 뿌리만의 것인
> [……][18]

흙이다. 모든 사물들을 하나로 만들고 그들에게 생명력을 불어넣는 흙은 자연적인 흙이다. 이것이 이하석의 시적 출발점이다. 이 자리에는 인공적 인간의 목소리가 개입할 여지가 없다. 사물을 지배하여 상품화하고, 역으로 다시 상품화된 인공적 인간은 이 시 속에서 '인간'으로 명명되고 있다. 그 '인간'은 상품의 이미지를 탈각하지 못한 쇠들과 동일하다. 반면 자연적인 사물들은 생명체로서 살아 숨쉬고 있다. 이처

---

18) 위의 책, 20쪽.

럼 자연적인 것에 무게중심이 놓여 있기에, 이 시집은 광물질들을 포함하고 있지만 일면 따뜻한 호흡을 우리에게 전달한다.

『김씨의 옆 얼굴』은 자연적인 흙을 떠나 상품의 집으로 진입한 자아가 의식상으로는 상품 이미지와 관련을 맺으면서, 무의식상으로는 자연적인 흙에 대한 욕망을 드러냄으로써 분열되는 모습을 보여주고 있다.

> ① 마음은 또 어딘가로 가서
> 머물려 한다. 풀 뿌리 밑 캄캄한
> 혼곤한 물의 속, 또는 감나무 밝은 윗가지로.
> ② 그러나 그들은 다방에 마주 앉아서,
> 서로를 지나 유리에 비친 바깥을 내다볼 뿐.
> [……][19]

②는 유리로 된 상품의 집 안에 있는 의식상의 자아이다. ①은 그 유리집에서 자연적인 것을 욕망하는 자아다. 이 두 가지 모습이 이 시집에는 혼효되어 있다. 자아는 무의식을 내재한 채 유리 인형의 상태에서 투명한 유리창을 통해 상품의 집을 바라보기도 하고, 때로는 무의식을 꿈의 형태로 표출하기도 한다. 그 바라봄은 즉물성의 형태를 띠지만, 즉물적 시선 뒤에 작동하는 감추어진 욕망에 의해 상품의 집 뒤에 숨은 추악한 모습이 포착된다. 바라봄에 의해 드러난 상품의 집의 허울은 '인간/자연'을 상품화하고, 그 상품이 물신화되는 것으로 제시된다.

> (i) [……]

19) 이하석, 『金氏의 옆 얼굴』, 앞의 책, 50쪽.

그 숙인 얼굴이 하루종일 유리창에
맑은 유리창 속 아름다운 온갖 상품들 위에
비친다.
[……][20)

(ii) [……]
쇠파이프 심이 박힌 몸으로 나무는
바람이 불면 뻣뻣하게 안으로 빈 소리를 낸다
[……][21)

(iii) [……] 생기있는 것은
믹서기와 냉장고 속의 숭어 눈깔뿐.
[……][22)

또 그 허울은 인간과 인간 간의 단절로 나타난다. 그 구체적인 형태
가 자연적 인간이 아닌 인공적 인간으로서의 남녀간의 사랑이다. 상품
이 물신화된 집에서 자연적인 것은 전무하다. 나의 욕망은 실현되기
어렵다. 더구나 녹물을 흘리면서 상품의 집을 통제하는 TV나 타임지
와 같은 정보매체들에 의해 욕망은 강력히 억제된다. 그러나 무의식은
그런 통제체제를 뚫고 간간히 의식의 수면 위로 분출된다.

[……]
나는 아무, 것, 도…못, 보았다고 말할, 순…없을, 테지만… [23)

---

20) 위의 책, 13쪽.
21) 위의 책, 63쪽.
22) 위의 책, 52쪽.
23) 위의 책, 83쪽.

또는 통제가 조금은 허술한 어두운 빈터에서의 꿈꾸기, 곧 '구석의 꿈' 꾸기[24]를 통해 욕망은 표출된다.

[······]
꿈엔 듯 저 숲과 물과 남은 햇빛과
흙과 공기 속으로 흐르는 바람에 실려
다가오는 흐느끼는 눈물 한 방울.

눈물을 맞으러 달려가는 감추인 불길 하나.[25]

꿈의 불길은 눈물로 가시화되면서 인간과 인간, 인간과 사물의 진정한 사랑으로 타오른다. 그러나 그 타오름은 상품의 집을 불태울 수 있는 그런 것이 아니다. 다만 그 집의 빈터에서 혼자만이 간직할 수 있는 불꽃일 뿐이다.

[······]
나는 사랑 모르는 감옥에 갇힌 자들 속에 갇혀
홀로 한 곳으로 불타오르는 여자. 이 도시가 버린,
우리가 늘 만나는, 이 빈터에서 당신을
읽고 싶었어요. 도꼬마리 풀섶 청석 위에서
당신을 읽어요. 문득 눈물이 솟구치네.
우린 늘 방이 그리웠지요. 그러나 우리의 방은
어디에도 없고, 티끌처럼 점처럼 우린 떠돌지요.
때로 눈물의 집 속에 들어 내가 바깥을 내다볼 때,

---

24) 위의 책, 33쪽.
25) 위의 책, 86쪽.

내가 깃든 눈물의 투명한 물방울집은
세상의 시선에 맞아 자주 터뜨려져 버려요.
[……][26)

나약한 불꽃이지만, 그 불꽃은 도시의 빈터에서 타올라, 눈물의 투명한 물방울 집을 이룬다. 그 '우리'의 물방울 집은

[……] 내가 나무 아래서 쉬거나 잠잘 때,
은행나무는 나의 사랑을 수만의 잎사귀 부딪치는
소리에 싸서 바람에 실어보내네. 잘 받으시라,
나의 아름다운 눈 가진 사람아. [……][27)

라는, 인간과 사물, 사물과 사물이 사랑하고 맺어지는 그런 자연적인 장소이며 존재의 집이다. 상품의 힘에 의해 금방 터져버릴 것 같은 이 눈물 방울의 집, 그러나 그것조차 없으면 분열된 자아는 살아가기 힘들다. 그 미약한 불꽃으로, "세돌씨는 창을 부수고 싶은/충동에 문득 젖는다."[28) 충동은 충동일 뿐이다. 충동이

[……] 수줍음만 남아
이룩한 고요가 집마저 무너뜨린다.
그 다음 이 폐허의 구석에서 사랑처럼
풀과 흙냄새가 피어오른다.[29)

---

26) 위의 책, 35~36쪽.
27) 위의 책, 37쪽.
28) 위의 책, 26쪽.
29) 위의 책, 103쪽.

처럼, 상품의 집을 무너뜨리고 풀과 흙이 있는 집의 향기를 피어올릴 때, 그것은 열정이 된다. 이 열정이 강하게 분출된 것이 이미 살펴본 세 번째 시집이다. 두 번째 시집과 달리, 여기서 '구석'은 '안'으로 보다 응축되며, '꿈꾸기'는 '밖'을 향한 열정으로 더욱 심화된다. 시집의 구성이 「밖」이라는 시에서부터 출발하여 「안, 1, 2, 3」 등을 거쳐 「밖으로」, 「가벼운 물」, 「서시」로 끝나는 이유를 이제 우리는 알 수 있다.

4. 미로 속의 절망, 그 향기의 매혹

네 번째 시집 『측백나무 울타리』는 이전의 이하석 시와는 달리 구체물로서의 자연에 대한 여행으로 점철되어 있다. 이는 '안'에서 '밖'으로 나아가고자 하는 열정과 행위에서 비롯된다. 곧 자연은 어떤 찬미나 휴식의 대상이 아니라 자연적인 장소 혹은 존재의 집에 이르는 미로를 밝힐 수 있는 한 대상이다. 그러나 이미 '인간/자연', '도시/농촌'의 대립항이 상품의 집에 용해되어버린 상태에서 구체물로서의 자연에서 '자연적'인 것을 찾을 가능성은 극히 희박하다. 이 시집에 나타나는 자연행이 어떤 기쁨이나 희열보다는 또 다른 고통과 우울함으로 다가오는 이유가 여기에 있다. 그럼에도 자연에서 방황하는 이유는 무엇일까? 두 가지 점을 지적하고 싶다.

첫째, 존재의 집에 이르는 길이 미로일 때, 그 미로를 단번에 뛰어넘을 수 있는 방법은 초월적인 어떤 것에 의탁하는 것이다. 자연물의 신격화가 그 한 예이다.

그 나무는 신의 모습으로 서 있었네

―모든 나무는 신의 모습을 하고 있다고

　　나는 생각하네―

　　[……]30)

　　그러나 신을 통해 도달한 집은 진정한 존재의 집이 아니다. 진정한
존재의 집은 그 어떤 지배도, 그 어떤 단절도 없는, 인간과 인간, 인간
과 사물이 '우리'로 존재하는 동일성의 공간이다. 그 곳은 갇힌 '안'이
아니라 열린 '밖'이다. 신의 집은 신의 테두리에 놓인 닫힌 '안'일 뿐
이다. 그런 집은 상품의 집 안에 신의 집이라는 또 다른 '안'을 설정하
는 것이며, 상품이라는 신 대신에 초월적인 신을 대체한 형국일 뿐이
다. 적어도 '안'에서 '밖'으로 나아가고자 하는 열정을 가진 이에게는.
　　둘째, 비현실태인 존재의 집을 가능태로 만들 수 있는 길은 절망의
깊이를 확보하는 것에 달려 있다. 무엇인가를 극복하려고 할 때, 필요
한 기본적인 태도는 그 극복 대상의 중심에서 그것에 철저히 부딪치는
것이다. 곧 존재의 집이 상품의 집에 대한 것으로 설정된 욕망의 대상
이라면, 그 현현은 상품의 집에 처절히 부딪쳐 저 아득한 절망의 심연
으로 추락할 때이다. 지금까지 나타난 이하석의 시적 자아의 절망이나
분열 정도만으로도, 오늘날 상품의 집을 가볍게 유영하는 시들 앞에서
그의 시는 빛날 수 있다. 그렇지만, 혹시라도 자연행이 그런 고통스러
운 절망을 조금 완화시키려는 의도로 선택된 것이라면(「띠끌세상」은 그
런 의미로 받아 들여진다), 비록 욕망의 본질은 다르다 하더라도 이쯤에
서 이상의 레몬의 향기를 떠올리고 싶다. 달성될 수 없음을 알면서도,
욕망을 위해 자신을 불태움으로써 얻은 그 향기가 오늘날에도 그 빛을
발한다는 것을. 우리 시에서, 이하석이 맡은 몫은 단지 가능태로서만
있는 존재의 집을 구체물로서의 자연 속에서가 아니라 상품의 집 속에

---

30) 이하석, 『측백나무 울타리』(문학과 지성사, 1992) 34쪽.

서 찾아가는 것이리라. 그 행위만으로도 가치있는 일이지만, 나아가 그 미로 속에서 깊이 절망할수록 그의 시는 오래도록 향기를 발산하지 않을까?

얼음 속의 햇빛, 그 중층 구조의 빛남

송재학론

1. 이미지의 중층 구조

송재학의 『얼음 시집』과 『살레시오네 집』이라는 두 권의 시집에서 주목되는 것은 이미지들의 중층 구조이다. 시작품 전체에 걸쳐 '얼음:불, 겨울산:물, 눈:비, 冷:溫, 어둠:햇빛, 고요:우레, 육체:정신' 등의 이미지들이 중첩되어 있다.

이미지들이 중첩되는 경우는 두 가지이다. 첫째, 이미지들이 수평적 관계를 유지할 때이다. 이 경우 이미지들은 서로 거리감을 둔 채 분리되어 아무런 상호작용을 하지 않는다. 도시의 삶을 이미지화하던 시인이 여가선용으로 산과 강을 찾아 그 이미지들을 도시 이미지 옆에 단순히 결합하는 경우가 그 예이다. 그런 이미지들은 중첩이라기보다는, 깊이 없고 수준 낮은 단순한 병치라 할 수 있다. 둘째, 송재학의 시에 나타나는 '얼음 속 화톳불'이나 '고요 속에 우리를 뒤흔드는 우레'처럼, '~의 속'이라는 동심원의 구조를 이루는 경우다. 표층과 심층의 이러한 수직적 관계는 '얼음'과 '불'의 관계처럼 긴장관계와 충돌관계를 이루면서, 심층부가 표층부의 딱딱한 각질을 꿰뚫고 나오려 한다.

송재학의 시에 나타나는 이미지의 중층 구조는 시적 화자의 중층 의식과 관련이 있다. 그의 시에서, '얼음—겨울산—눈—冷—어둠—고요—육체'의 표층부는 생명적인 것이 존재하지 않는 기하학적인 무기질세계로, 혹한과 어둠과 적막이 지배하는 곳이다. 그 층위의 '속'에 있는 '불—물—비—溫—햇빛—우레—정신'의 심층부는 '빛'과 '온기'라는 생명의 필수조건이 있는 역동적인 생명의 세계이다. 시적 화자의 의식은 표층의 얼음세계에 얽매여 있으면서도, 의식 깊은 곳에서는 얼음 '속' 심층에 내재해 있는 생명의 세계를 욕망한다. 생명의 '불과 빛'에 의해 '얼음'을 녹이려는 욕망은 '얼음 밑의 물소리 듣기→불에 의한 얼음 녹이기→재가 되어 물의 유동적 흐름 밑에 내재된 생명의 근원 찾기'의 순으로 구체화된다.

송재학의 시적 화자로 하여금 세계를 얼음으로 인식하게 만드는 동인은 무엇일까? 그의 시 전편에서 그 원인은 구체적으로 드러나지 않는다. 다만 '연산직물공장' 직원으로 폐병을 앓는 김형모,[1] 모순된 사회에 이념으로 항거하다 죽은 아우,[2] 전쟁에서 상처받고 그 상처로 인해 떠돌다 죽은 숙부[3] 등을 통해, 그 인식이 사회제도의 구조적 모순, 그 모순으로 인한 좌절에서 비롯된 것임을 유추할 수 있다. 그러나 그 원인이 무엇인가는 별로 중요하지 않다. 화자 자신이 아닌 타인의 불우한 삶에 대한 인식에서 비롯된 것이든, 혹은 구체적인 시대적 상황과는 무관한 추상적 인식에서 비롯된 것이든, 중요한 것은 현실세계가 '얼음'처럼 냉혹하다는 인식이 우리 모두에게 보편적인 공감을 주고 있다는 점이다. 더욱이, 그의 시적 화자가 정신의 거듭 태어남으로 좌

1) 송재학, 『얼음시집』(문학과 지성, 1988) 12~13쪽.
2) 위의 책, 51~53쪽.
3) 위의 책, 42~47쪽.

절의 눈물을 극복하고 보다 근원적인 생명을 욕망함으로써 진한 감동을 주고 있다는 점이다.

그 극복의 방법을 화자는 텍스트에서 배운다. 단, 텍스트적 인물들의 사상체계에서가 아니라, 그 사상을 일관되게 실천해온 그들의 삶에서 극복방법을 배운다. 그것이 크로포트킨, 바쿠닌, 프루동 등의 아나키스트들, 다산, 그리고 고전설화의 인물들의 삶이다. 크로포트킨에 관한 텍스트에서, 화자는 겨울산 같은 세계를 변혁시키기 위해, 그보다 더 추운 땅으로 가서 자신의 정신을 가열차게 단련하고 그 정신의 불로 얼음을 녹임으로써 햇빛의 세계로 나아온 그의 삶을 배운다.

> [……] 그의 겨울 속에서도 산은 풍화하며 깎이어갔다 세계를 변화시키고픈 세상을 뜨거운 불 위에 옮기고픈 자의 풍경과, 절망 대신에 다가올 빛나는 날짜를 그리워하며 크로포트킨은 가장 추운 땅으로 떠나갔다.[4]

요컨대, 세계가 얼음 같다는 화자의 인식은 세계의 모순에 의해 좌절된 타인의 우울과 눈물에서 촉발된 것이면서, 그런 세계를 극복하기 위해 가장 추운 땅으로 간 크로포트킨으로 표상되는 텍스트적 인물의 삶에서 촉발된 것이다. 그러니까 화자에게서 '얼음'은 모순된 현실이면서 또한 그것을 극복하기 위한 정신의 단련을 가능케 하는 시련의 장소라는 이중적 의미를 내포하고 있다. 타인의 좌절과 죽음에서 비롯된 울음. 텍스트에서 찾은 그 울음의 극복방법. 이들이 송재학의 시 세계를 이끌어가는 두 축이다. 그래서 그의 시는 타인의 삶의 좌절을 이야기체의 형식으로 나타내기도 하고, 각주를 수반하는 지적 논문투의 형식을 띠기도 한다. 이 두 축을 오가는 과정에서, 양 축은 서정적 화자의 주관 속에 용해된다. 이 용해를 통해, 화자와는 객관적 거리감을

---

4) 송재학, 『살레시오네 집』(세계사, 1992) 89쪽.

지니는 양 축이 화자의 주관적 정신 속으로 내면화되어 화자의 의식 속에 자리잡게 되고, 다시 그 의식이 외화되면서 '얼음 속의 햇빛'이라는 중층 구조의 시가 탄생된다. 따라서 송재학의 시는

> [……] 지적 인간의 전율할 울음 소리가 흰 대리석 속에서 들려왔다…커다란 의미와 무의미 가운데 목탄화는 계속 이어가고 구석의 거친 대리석 껍질을 금방 깨트리고 뛰쳐나올 듯한 흰 새들,[……]5)

의 이미지로 가득 차 있다. 대리석 껍질을 깨뜨리고 나오는 '지적 인간의 전율할 울음 소리'는 타인과 텍스트에서 촉발된 세계인식과 그 극복방법이 화자의 의식 속에 내재화된 것이다. 내재화된 의식은 표층과 심층으로 역동적인 상상력의 나래를 펴면서, 얼음 세계의 모순을 간파하고 그 세계를 깨뜨릴 수 있는 얼음의 균열점을 직시한다. 그 균열점에 '불과 빛'을 침투시킴으로써, 아니 그 속에서 '불과 빛'을 쟁취함으로써 '얼음'을 녹이고 '햇빛나라'로 나아가고자 한다. 그래서 그의 시는 "겨울의 산굽이나 바라보는 허공마다 閃閃의 칼날"6) 같은 시로 빛나고 있다.

2. 얼음 속의 햇빛 찾기

얼음 '밖'의 햇빛나라에 도달하는 방법은 간단하다. 얼음의 공간을 탈출하면 된다. 그러나 얼음 '속'의 햇빛나라에 이르는 길은 멀고도 험난하다. 아니 거의 불가능하다. 죽음과 탄생이라는 인고의 과정을 이

---

5) 위의 책, 83쪽.
6) 송재학, 『얼음시집』, 앞의 책, 23쪽.

겨낼 때에만 가능하기 때문이다. 송재학의 시적 화자는 그 불가능의 길 위에 서 있다. 화자는 겨울산에 유폐되어 있다. 겨울산은 구체적인 자연물과는 무관하다. 그것은 화자의 의식에 의해 설정된 일종의 상징적인 공간으로 '청동, 대리석' 등과 등가를 이루고 있다. 겨울산의 어둠과 적막과 혹한 앞에서 화자의 육체는 얼어붙는다.

(i) 〔……〕 식물채집 같은 수십 장의 내 흉곽사진은 얼음 사이로 뿌리를 뻗고……살얼음 어는 소리를 듣는다……나는 숨이 차다[7]

(ii) 〔……〕 뼈마디들
얼음 깨지고 얼음 어는 어두운 소리에 끼여 있다.
〔……〕[8]

생명적인 요소가 전무한 얼음공간에서 육체는 황폐해져간다. 반면, 정신은 깨어 있다. "자정의 물결 지나 뇌리의 수초는 일렁"[9]거리면서 불면의 밤을 보내는 깨어 있는 정신. 그 정신이 무엇인가를 찾고 있다. 무엇을?

〔……〕 얼음장 아래 괴로운 물소리, 눈 쌓여 숨죽인 나무 안 눈시울에 닿아 있는 새순〔……〕[10]

을 찾아서. 모든 생명적인 것을 무화시키는 얼음의 공간에서 정신은 얼음 아래, 죽은 나무 안에 있는 '물소리'와 '새순'이라는 생명수를 욕

---

7) 위의 책, 14쪽.
8) 위의 책, 66쪽.
9) 위의 책, 18쪽.
10) 위의 책, 60쪽.

망한다. 생명수를 찾을 때, 피폐해진 육체도 되살아날 수 있다. 그러나 그런 욕망은 '완고하게 두꺼운' 얼음층으로 인해 달성되기 어렵다.

> 얼음 깎아 빚은
> 볼록렌즈로
> 불지르면
> 저 가파른 겨울산들,
> 타올라
> 붉은 산 되리[11]

불에 의해 얼음이 녹고 겨울산이 황토산이 될 때, 생명수의 물을 구할 수 있다. 하지만 얼음의 공간에 불이 있을 리 만무하다. 불이 없는 얼음의 공간에서 생명수를 공급받지 못하는 육체는 더욱 피폐해지고, 정신은 충족되지 않는 욕망으로 인해 분열을 일으킨다.

> 밤마다 청동의 짐승은 제 번뇌 안팎으로 우우, 달려들어 살을 헤치고 발기고, 피는 안개숲으로 번져, 드러나는 뼈의 섬뜩한……흑백 부분……속의 달빛……밖으로 개는 살의의 水銀인가 울음인가 길게 토한다 생각하면 그 개의 정신은 앙상함에 있다
> [……][12]

'청동의 짐승=개'는 생명수를 욕망하는 화자의 정신이다. 욕망을 충족시키기 위해 미친 듯이 울부짓지만, 욕망은 충족되지 않는다. 정신은 앙상해지고 육체는 발기발기 찢어져 허연 뼈를 드러내고 있다.

---

11) 위의 책, 19쪽.
12) 위의 책, 82쪽.

심각한 정신분열과 육체의 죽음을 피하기 위해서는 겨울산으로부터 도망해야 한다. 그러나 화자는 그것을 거부한다.

〔……〕 눈이 내려 길을 무분별하게 만들었다 어디로 가야할지 모를 적막 가운데 서면 삶은 기력을 회복한다 누군가의 행선지가 나에게 맡겨진다 꽃 대궁 밖을 나서면 금방 밝은 날의 오후가 될 것이다 그러나 나는 시들어가는 꽃을 택한다 동백 속에 숨어 있던 병이 거쳐가는 이월, 꽃잎은 무거운 소리로 떨어진다.[13]

겨울산에서 육체는 죽어간다. 마치 메마른 꽃대궁처럼. 꽃대궁이 살아남기 위해서는 겨울산을 떠나 밝은 햇살이 비치는 장소로 자리바꿈을 하면 된다. 그러나 그런 수평적 이동은 겨울산과의 싸움에서의 패배를 의미하며, 또한 정신의 자기단련의 실패를 의미한다. 비록 육체는 겨울산의 혹한에 의해 꽃잎처럼 떨어져 죽을지라도, 정신은 혹한에 처절하게 부딪치면서 생명수를 찾고자 하는 욕망을 더욱 강하게 분출한다. 육체는 죽고 "오직 울음만 남은 젊은 영혼"[14]은 짐승처럼 낮과 밤을 지새우면서 얼음과 싸워 피투성이가 된다. 그 처절한 싸움을 통해 마침내 얼음을 녹일 수 있는 볼록렌즈를 쟁취한다.

〔……〕
정신은
뜨거워져서 나는,
한덩이 인화로 떨어져갔다
아궁이 깊은

우울의 바다로[15)]

얼음과 정면으로 대결해온 가열찬 정신이 '인화'가 될 때, 얼음 깎아 빚은 볼록렌즈는 탄생된다. 렌즈로 불을 지를 때, 겨울산의 두꺼운 얼음층도 녹아 내리면서 붉은 황토흙을 드러낸다. 죽어가는 육체가 황토흙에 흐르는 생명수를 흡수한다.

> [……]
> 지쳐 쓰러진 몸피에
> 번갯불 스칩니다
> 살여울 물소리는
> 피칠갑한 황토산 지나
> 아, 하며
> 육신의 마른 꽃대궁으로 빨려옵니다[16)]

살얼음의 추위에 피폐해져가던 육체는 죽었다. 그러나 가열찬 정신이 생명수를 태동시킴으로써, 그 생명수에 의해 죽은 육체는 되살아난다. 메마른 꽃대궁에 생명수가 공급된다. 생명수를 얻은 육체는 새롭게 태어나고, 더불어 혹한을 견뎌온 정신도 강인한 생명력을 얻어 거듭 태어난다. "썩지 않는 눈부심이란 없다"[17)]라는 경구는 이로써 큰 울림을 얻는다. 겨울산에 있던 육체는 죽어 썩었다. 대신 강인한 정신에 의해 썩은 육체는 눈부시게 부활한다.

얼음 같은 세계를 변혁시키기 위해, 역설적으로 겨울산의 혹한을 찾은 '음지식물'인 화자. 그는 그곳에서 정신분열과 육체의 죽음이라는

---

15) 송재학, 『얼음시집』, 앞의 책, 76~77쪽.
16) 위의 책, 58~59쪽.
17) 위의 책, 33쪽.

고통을 감수하면서, 강한 열정으로 정신의 불을 쟁취함으로써 새롭게 태어난다. 새롭게 태어난 화자는 "살얼음의 추위 살얼음의 번뇌"[18]를 이겨낸 얼굴이며, "탄식과 불에 엎드려온 얼음의 얼굴"[19]이다.

> 그는 돌아왔다. 칠월. 어느 날.
> 비름풀 밟으며. 들끓는 노을에
> 가슴 뜯긴 채. 몇 권의 책. 遲遲한
> 세월 마른 먼지로 풀썩일 때
> 절벽 아래. 으깨
> 지는 물과 바위. 흰 파편 따위 잊고.
>   죽음처럼 걸어왔다.
> 불 붙은 고요 길 위로. 숱한
> 사람들 산산이 부서져간 어둠의 켜켜로
> 이 땅 한숨 안으로. 검은 눈의 그가.
> 다가와. 불끈 손 내밀고.[20]

3. 생명의 근원 찾기

겨울산에서 가열찬 정신에 의한 불의 쟁취, 불에 의한 얼음 녹이기, 그리고 물과 흙과 일체되기를 통해 새롭게 태어난 화자. 그러나 그는 황토산 어디에서나 볼 수 있는 단순한 '흙과 물, 나무' 그 자체에 만족하지 않는다. 그는 표면이 아닌, '강물 안·나무 밑 뿌리' 라는 또 다른 심층을 욕망한다. 물의 심연과 나무의 뿌리 속에 들어있는 생명의 근

---

18) 송재학, 『살레시오네 집』, 앞의 책, 34쪽.
19) 위의 책, 47쪽.
20) 송재학, 『얼음시집』, 앞의 책, 11쪽.

원을 향해 그의 욕망을 투사한다. 그럼으로써 송재학의 시는 또 다른 중층 구조를 형성한다. 물과 흙의 표면이라는 표층 구조와 그 속의 근원이라는 심층 구조가 그것이다. 얼음 속에 있는 물로 향하던 화자의 욕망은 이제 물 속에 있는 생명의 근원으로 심화된다. 화자는 수련(睡蓮)처럼 물의 표면에 의식의 한쪽을 두고, 물 속 깊은 곳에 있는 생명의 근원에 욕망의 뿌리를 내린다.

물살이 내 귓속으로부터 밝아져 눈이나 입 코로 차가운 못물 넘치고 어두운 주홍의 노을까지 수련은 물의 생명 근처 기웃거립니다……오늘 꽃 필 무렵 상여 나갔읍니다 상여꾼의 앞소리 뒷소리로도 수련은 조금조금 열립니다……물은 두근거리며 쓸쓸함의 비밀로 세계의 가운데로 흐르며 불 켜고……못물은 수련 필 때 기다려 밤부터 새벽까지 뒤채고 신음하고 피흘렸는지 모르는데 이 고요한 수련이라니……수련, 희고 붉은 꽃잎마다 뚝뚝 묻어나는 물이나 불은 새벽의 참빗이 훑어내린 재(灰) 같은데 이 고요한 수련 또는 폭풍은![21]

수련처럼, 화자의 의식은 물의 표면의 고요함에 놓여 있으면서도, 물의 근원을 향한 욕망은 폭풍처럼 심연에서 소용돌이치고 있다. 소용돌이로 인해 새롭게 태어난 화자는 더욱 깊은 병에 걸린다. 그 병은 겨울 산에서 불을 욕망할 때의 병과는 질적으로 다르다.

〔……〕 병은 그러나 더 깊어갑니다 고요 가운데 내가 듣는 것이 나무 타는 소리거나 물 흐르는 소리거나 모두 내 속에 숨어 있는 소리에 이끌려 살갗이 짓물러 터지도록 긁어버리고 풍경 흔들리는 것에도 속불이 치솟는데 이미 육신은 고요가 아닙니다 〔……〕 병이 더할수록 꽃의 이유가 다가오는

---

21) 위의 책. 71쪽.

것을 느끼며 꽃가지 피는 고요 속에 우리를 뒤흔드는 우레가 얼마나 자주 비치는지 헤아립니다[22]

생명의 근원을 욕망하는 '내 속에 숨어 있는 소리'로 인해 표면의 고요함은 고요가 아니다. 심층에는 욕망이 우레처럼 울부짖고 있다. '고요 속에 우리를 뒤흔드는 우레'로 인해 병은 더욱 깊어간다. 화자는 산속에 매일 밤 '엎드린다'. 병을 치유하기 위해서. 물과 흙의 심층에 있는 근원에 더 가깝게 다가가기 위해서. 근원을 향해 뿌리를 내리고 있는 나무와 일체가 되기 위해서.

매일 밤, 산속에 엎드립니다 [……] 생나무 끊임없이 쓰러지고 흐르는 물과 타오르는 불의 눈부신 땅, 제 번뇌 비추는 얼음벽도 만나는 짐승이 밟고 가는 어두운 잠속입니다 괴로움마다 산 무너지고 절벽과 안개, 햇빛과 우레 뒤섞이는 곳 달빛과 울음, 불의 마음과 가시 사이 길은 피 흘리듯 침엽수림 아래 널려 있습니다 넘치고 부서지고 맑고 푸른 모든 눈물 향하여 나무는 자랍니다 몸 안의 휑한 실핏줄로 빨려오는 나무의 물보라 같은 힘 나무의 하염없는 나이테가 뻗어 침엽수림 이룹니다[23]

산 속에 엎드린 화자는 나무와 일체가 되어 "몸안의 휑한 실핏줄로 빨려오는 나무의 물보라 같은 힘"을 받아들인다. 그럼으로써 온갖 괴로움을 이겨내면서 나무가 자라 침엽수림이 되듯이, 화자 역시 '어린 푸른 소나무'에서 성숙한다. 성숙되어가는 화자는 "고운 불꽃이지/불똥도 튀지 않는 고요하고 좋은/장작 타는 냄새 남은 흰 재의 깨끗함"[24]을 욕망한다. 불이 되고자 하는 욕망을 거쳐, 화자는 이제 재(灰)가 되

---

22) 송재학, 『살레시오네 집』, 앞의 책, 62쪽.
23) 위의 책, 50쪽.
24) 위의 책, 35~36쪽.

고자 하는 욕망을 지닌다. 재가 된 화자는,

영산홍 그늘 속으로 들어간다 [……]
영산홍 물소리 서늘한 체관을 따라 내려가면 가장 낮은 땅에는 검은 뿌리
꿈틀이고, 길고 허연 눈코귀 없는 벌레들 몽시락거리고 진흙과 욕망과 차디
찬 지하수가 붉은 해와 만나고 있다
[……]25)

불이 되어 얼음을 녹여 물을 얻은 화자가, 다시 재가 되어 물과 나무
의 뿌리에 도달함으로써 궁극적으로 얻고자 하는 것은 무엇인가? 물
속에, 나무 뿌리에 있는 생명의 근원인 햇빛이다. 그 햇빛은 "이 땅에
없는 안식이/있는, 부서지는, 붉은, 햇빛 속"26)이다. '햇빛나라'는 "산
모롱이 흰 길로 햇빛이 눈부시고, 아버지의 나라'27)이기도 하고, "슬픔
이 켜놓은 등불 같은 아이들이 태어나는 곳"인 '살레시오네 집'이기도
하다. 또한 그곳은 지금은 사라진, 그러나 언젠가는 돌아가야 할 땅,
머나먼 '누란'이기도 하다.

땅의 이름은 누란이다. 사막 가운데 세월을 거쳐온 강물 흐르고 검은 부
리 새들이 종일 탑을 쪼으며 호수는 꿈 같은 푸른 비단을 펼쳤다 사람들은
양을 몰거나 모래소금을 찾고 은고기를 잡았다 아이는 서쪽의 파미르 고원
에 널린 노을 바라보며, 이윽고 늙은이는 굽은 등 펴고 모래에 묻힌다 오랜
바람 짧은 노래는 그 땅의 물이나 소금이다 지는 노을 검은 거울 품으며 여
인은 죽어도 지아비의 머리칼에 드러눕는다 [……]28)

25) 위의 책, 40쪽.
26) 위의 책, 11쪽.
27) 송재학, 『얼음시집』, 앞의 책, 41쪽.

4. 춘란의 향기

얼음나라에서 햇빛나라로 나아가기 위해 송재학의 시적 화자는 '고 뇌와 신념에 이어지는 필생의 삶'[29]을 살아가고 있다. 그는 결코 실제 햇빛이 비치는 구체물로서의 강과 산으로 수평이동을 하거나, 혹은 얼 음의 현실과는 무관한 저쪽 피안의 나라로 초월적인 이동을 하지 않는 다. 오히려, 그는 얼음 속에서 그것에 치열하게 부딪치면서 정신의 불 로 얼음을 녹이고, 나아가 재가 되어 물밑 저 근원에 있는 생명의 원천 인 햇빛을 찾아 끝없이 침강한다. 결코 도달할 수 없는 '햇빛나라'를 향한 수직적 침강으로 인해 그의 시는 깊은 서정적 울림을 획득한다. 그래서 우리는 그의 시를 여가선용의 자연기행시로 분류하는 것에 동 의하지 않는다. 죽음과 탄생이라는 인고의 과정을 거쳐온 송재학의 시 는 이제 '춘란'의 향기를 우리 시단에 서서히 피워 올리고 있다.

> [······] 가을에 꽃대가 올라오기 시작하는 춘란은 봄에야 꽃을 피운다 저 꽃대는 겨울을 견뎌야 하는 것이다. 그리고 사람의 하루하루가 연갈색 꽃대 에 깃들어야 한다.[30]

햇빛나라에 대한 욕망이 지속성과 가열성을 띠면서 춘란의 향기를 짙게 피워 올림으로써, 언젠가는 그 향기가 우리 시단에 가득하길 기 대해본다.

다음 시는 '얼음나라'에서 '햇빛나라'로 나아가고 있는 시적 화자의 고난의 역정을 압축적으로 보여주고 있다. 이 시에서, 바쿠닌이 걸어 온 삶의 역경은 바로 송재학의 시적 화자의 그것이며, 바쿠닌의 고뇌

---

28) 위의 책, 78쪽.
29) 송재학, 『살레시오네 집』, 앞의 책, 77쪽.
30) 송재학, 「춘란」(『현대시』, 1994. 2).

와 신념에 찬 정치적 실천은 송재학의 시적 실천에 해당된다. 우리는 여기서 모순된 현실을 극복하고 생명이 약동하는 세계를 이룩하기 위해 '얼음 속의 햇빛'을 욕망하는 시적 화자와 그 화자가 이룩한 빛나는 중층 구조의 한 원형을 만날 수 있다.

그는 제 살을 뜯어 붉은 피 위에 청동 갑옷을 입혔다 관절 속 뼈도 부숴버리고 빛나는 금속으로 바꾸어 천천히 혹은 빠르게 세상을 태울 불과 힘을 움켜쥔 채……걸어갔다 청동 가면을 통하여 모든 것 바라보고 칼을 들었다 그는 승리와, 더 많은 패배와 반역에서 자신을 상승시켰다 검은 구름이 때리는 수십 번의 우레……의 굉음이 늘 제 속에 있고 혁명의 끝인 죽음, 죽음의 끝인 길조차 우레 속에 있다 수없이 부딪혀오는 무거운 生을 그는 공기처럼 영혼처럼 생각하며 희망으로 시작되는 날짜를 적었다……감옥은 〔……〕 감정을 더욱 열렬하고 절대적으로 만들었다 〔……〕 즉 자유이다…… 그의 사슬은 추운 땅에서 시작되어 지상을 감았다 고요한 태풍의 잠 가운데 그는 육체를 단련시키고 사슬과 자유 더러는 공포를 향하여 청동이 깨질 때까지 불과 재의 일생을 거쳐 다시 햇빛으로 이루어진 나라로 돌아갔다[31]

---

31) 송재학, 『살레시오네 집』, 앞의 책, 84~86쪽.

자연 서정시가 줄 수 있는 미학적 감응력

장옥관론

1. 자연 서정시와 동일성의 세계

최근, 자연의 맑고 순수함을 노래하는 시가 우리 시단에 우후죽순처럼 쏟아져나오고 있다. 그런데 이 시들을 보면서 이들이 우리 시대에 주는 시적 감응력은 과연 무엇인가 하는 의문을 지울 수 없다. 이들은 대부분 일종의 주말여행 기분으로 자연을 가볍게 산책하고, 자연의 껍데기 모습만을 수사학적 비유로 현란하게 치장하고 있다. 그래서 이들은 대개 도시 이미지와 자연 이미지를 병치시키기 마련이다. 그러나 이미지의 단순한 병치만으로는 신격화된 자본의 강력한 힘에 대항할 수 없다. 오늘날의 신격화된 자본은 이전의 신성불가침의 영역으로 여겨지던 자연과 무의식마저 상품화하고 있다. 주말여행을 통해 포착된 자연 이미지는 실상 '녹색혁명'이라는 미명하에 상품으로 잘 포장된 자연의 이미지에 불과할지 모른다.

이들을 '자연 서정시'라는 범주로 묶을 때, 이들은 자연 서정시의 외양만을 흉내낸 저급한 '자연산책시'라 할 수 있다. 그렇다면 자연 서정시가 지향하는 본질적 요소는 무엇이며, 그 미학적 감응력은 무엇인가? 무엇보다 구체물로서의 자연에는 자연 서정시가 궁극적으로 지향하는 것이 존재하지 않는다는 인식이 필요하다. 자연 서정시가 지향하는 것이 상품물신주의 시대에 있어서 상실된 어떤 것의 회복이라면, 그것은 인간과 자연이 조화롭게 공존하는 동일성의 상태가 아닐까? 시원(始原)의 공간이라 명명함직한 이 동일성의 공간은 자본의 지구촌화라는 현단계의 현실에는 전무하다. 이전에 그 희미한 잔영이나마 간직하고 있던 구체물로서의 자연도 이제는 상품의 논리에 함몰되어 그 흔적조차 간직하고 있지 않다. 상실된 동일성의 공간을 회복하는 것, 그것이 오늘날 자연 서정시가 추구해야 할 궁극적인 지향점이다.

동일성의 세계는 자본의 논리가 지배하는 표층의 저 깊숙한, 보이지 않고 들리지 않는 심층에 내재해 있다. 그것을 포착하기 위해서는 표층에 의해 억압되어 있는 심층으로 우리의 인식을 지향시켜야 한다. 그럴 때, 우리는 자연이든 농촌이든 도시든 언제 어디에서나 동일성의 빛을 만날 수 있다. 상품으로 뒤덮혀 각질화된 삶의 표층으로 그 빛을 끌어올리려고 가열차게 노력할 때, 그 빛은 현실태로 현현하여 삭막한 현실을 밝게 비출 것이다. 『황금연못』(민음사, 1992) 이후 3년 만에 나온 장옥관의 두 번째 시집 『바퀴소리를 듣는다』(민음사, 1995)에 주목하는 이유는 그런 기대감 때문이다.

2. 생명의 꽃이 만발한 낙동

물푸레나무
코뚜레 뚫린 송아지 이마에

푸른 뿔이 돋는다

동쪽으로 뻗은 복상나무 겨드랑이

암내를 핥아가는 분홍 안개

다복솔 가칠한 능선

만삭의 보름달 불끈 떠올라

슬슬 어루만지는 구름

羊水에 감싸여 출렁이는 봉분

둥근 것은 고리가 되어

쟁쟁 울린다

ー「봄밤」전문

이 시는 '나무·송아지·안개·능선·보름달·구름·봉분' 등을 소재로 하여 그들을 의인화함으로써 자연산책시와 크게 구별되지 않는 듯하다. 그러나 자세히 음미하면 이 시에 주목할 만한 어떤 것이 숨어 있음을 알 수 있다. 그것은 관능적인 자연이 잉태한 신비로운 생명의 청정한 울림(둥근 고리의 울림)이다. 만삭의 보름달과 봉분이 연결되면서 그 봉분이 양수에 감싸여 있다. 상식적으로 봉분은 죽음을 연상시킨다. 그런데 이 시는 그런 우리의 연상을 전복시킨다. 봉분이 양수에 감싸여 있다 함으로써 죽음의 장소가 새로운 생명의 잉태장소로 치환된다. 새로운 생명은 이미 그 잉태되었음을 둥근 고리 소리로 시 전편에 쟁쟁하게 울리고 있다.

만약 이 울림을 상품으로 덧칠된 무덤 같은 세계의 심층에 내재된 진정한 생명체의 울림으로 해석할 근거를 마련할 수 있다면, 장옥관의 이번 시집에서 자연 서정시가 줄 수 있는 미학적 감응력의 최대치를 맛볼 수 있을 것이다. 울림이 무엇인가에 대한 해답을 찾기 위해서는 먼저 이번 시집 전편을 지배하는, '낙동'으로 상징되는 배경에 주목할 필요가 있다.

[⋯⋯] 낙동은 이미 너무 흔한 곳 낙동을 가려면 누구나 길 끊긴 눈밭을
지나 백양나무 환한 둥치를 거쳐야 한다.
—「낙동 가는 길」에서

두 개의 낙동이 있다. "너무 흔한 곳"으로서의 낙동과 "백양나무 환
한 둥치"를 거쳐야만 갈 수 있는 낙동이 그것이다. 전자의 낙동은 구체
적인 현실의 낙동이다. 낙동은 선산에서 910호 지방도를 타고 갈 수
있는 곳으로, 고드름 달린 왜식 목조 이층 목화다방과 덜컹대는 유리
미닫이 약방이 있는 곳이며, 학생 없는 단밀중학교에 녹슨 철봉이 있
고, 농약내 가시지 않은 논물이 있고, 여러 해째 열려본 적이 없는 무
거운 입술을 가진 지독하게 초라한 사내가 있는 곳이다. 구체적인 현
실로서의 낙동은 모든 것을 상품화하는 자본에 의해 이미 심하게 오염
되고 훼손되어 있다. 이러한 추악한 몰골은 이 시집 전편에 등장하는
현실적인 전(全)배경에 나타나는 공통된 양상이다. 가령,

장미원에는 장미가 없습니다
멍든 물 소리 머리로 돌부리 부딪는 복개천 지나
밥집이 된 장미원이 있습니다
[⋯⋯]
장미원을 지나면 산길이 막
시작됩니다 폐타이어가 뒹구는 손바닥 밭에는
쥐어뜯긴 시금치 이랑이 있습니다
[⋯⋯]
—「장미원 가는 길」에서

처럼, 자본의 가공할 탐욕 앞에서 전통적인 농촌과 자연은 상품화되고 그 쓰레기로 뒤범벅이 된다. "숯불구이 고기집들이 줄지어 들어"(「배시내 가는 길」)선 소읍, "병들어 이젠 얼지도 못하는 도랑물"(「아포리에서」) 등은 현실의 상품화 정도에 비추어볼 때, 조족지혈(鳥足之血)에 불과하다. 인간과 조화로운 관계를 유지하면서 인간의 무딘 감성과 정서를 정화시켜주던 마음의 고향으로서의 자연과 농촌은 이제 사라졌다. 사라진 그 공간에는 각종의 상품과 그 폐수물들이 자리를 대신하고 쥐들이 그것을 갉아먹고 있다. 그래서, 첫시집에 나타난

> 그 산속에 있었지요 온통 마른 가지 부딪는 숲길을 지나
> 길게 굽어 있는 오르막 넘어서면
> 골과 골 사이 번쩍이는 저녁의 황금연못
> 〔……〕
>
> —『황금연못』중「황금연못」에서

은 이번 두 번째 시집에서

> 〔……〕
> 마른 삭정이 아래 출렁이던 그 설레임
> 이제 가뭇없다 갈라진 못 바닥 드러나버렸다.
> 〔……〕
>
> —「홍채」에서

로 변한다. '황금연못'은 유한한 현실을 초월한 자리에 있는 무한하면서도 절대적인 곳이다. 그 연못의 심연에 이르는 길, 초월적 '집'으로 가는 '물고기의 길'을 찾아 자연을 방황하는 내용이 첫번째 시집이다.

그러나 두 번째 시집에 이르러 황금연못이라는 초월적 공간으로의 지향을 가능케 하던 순수자연은 이제 현실에 더 이상 존재하지 않는 것으로 드러난다. 황금연못은 출렁이는 푸른빛의 이미지를 잃고 거북등처럼 쩍쩍 갈라진 흉악한 몰골을 드러내고 있다. 집으로 가는 물고기의 길은 끊어졌다.

> 〔……〕
> 숨을 곳을 찾아 헤매돌던 발길
> 이제 더는 갈 곳이 없는 끊어진 길 앞에서
> 〔……〕
>
> ─「너도밤나무 숲으로」에서

시적 자아는 벼랑 끝에 서 있다. 이 지점까지 이른 대부분의 다른 자연 서정시들은 황금연못류에 대한 지향을 포기함으로써 자연을 산책하는 시로 가볍게 몸바꿈을 한다. 그러나 장옥관의 시적 자아는 그런 방식을 거부한다. 대신 시적 지향의 발판을 상실시킨 현실에 시선을 집중시킨다. "견고한 성채"를 이룬 이 세계에 외골수로 각지게 살다가 수많은 상처를 입은 채, 그 "체제의 원심력 밖으로 튕겨나간"(「曲」) 인물들을 3인칭 '그'를 통해 묘사하고 있는 시편들이 그것이다. 그는 이들의 상처 밑에 숨어 있는 "수줍은 물푸레나무의 눈부신 흰 속살!"(「사소함에 관하여」)을 본다. 상처받지 않고는 눈부신 흰 속살을 드러낼 수 없다는 것을 깨닫는다.

> 〔……〕
> 나무의 상처가 꽃이라고 누군가 말했지만
> 상처를 통하지 않고 가는 길이란

이곳에 없다는 걸 너도 곧 깨닫게 되겠지만

〔……〕

—「씨앗 속에」에서

　벼랑 끝에서 그는 상처입은 존재들과 나무에 핀 꽃을 보고 그것이 자신이 나아갈 방향임을 깨닫는다. 모든 것이 오염된 상태에서 황금연못 같은 곳에 도달할 수 있는 유일한 방법은 각질화된 현실에 처절히 부딪쳐 상처를 입고 그 상처를 통해 생명의 꽃을 피우는 것이다. 상처를 입으면서 도달하는 곳이 '백양나무 흰둥치를 거쳐야' 만 갈 수 있는, 생명의 꽃이 만개한 '낙동' 이다. 그 낙동은 현실에 부딪쳐 상처받은 자만이 볼 수 있는 '눈부신 흰 속살' 로, 오염된 '낙동' 의 심층에 내재해 있으며, 황량한 삶을 살아가는 오늘 우리가 지향해야 할 시원의 지표이다. 우리가 그것을 인식하려고 가열찬 노력을 할 때, 그것은 언제든지 현현할 수 있는 현실적 가능태이다.

〔……〕
영영 되살아나지 않을 간세포처럼
각질 이룬 시간의 껍질 위에서
우리는 노래하리라 한때 이곳에 삶이 있었다
캄캄한 무덤을 거쳐야 갈 수 있는
낙동이 여기, 있었다고,

—「낙동에서」에서

　"각질 이룬 시간의 껍질"은 상품화된 현실을 의미한다. 그 딱딱한 각질층에서 그는 "한때 이곳에 있던 삶"을 노래한다. 그 삶에는 '흰꽃덤불 눈부신 빛' 이 있고 생명의 청정한 울림이 있다. 그곳은 무덤 같은 각질화된 현실에 치열하게 부딪치면서 상처받을 때에만 도달할 수 있다. 황금연못이나 흰 속살을 드러내는 낙동은 모두 초월적 공간이라는 점에서는 동일하다. 그러나 황금연못이 순수자연을 매개로 하여 설정된 초월적 공간이라면, 낙동은 오염된 현실에 맞서 싸움으로써 도달할 수 있는 초월적 공간이기에, 그만큼 낙동은 황금연못보다 현실에 밀착되어 있고 또한 현실적 가능태에 훨씬 근접해 있다. 시적 전개 과정에 있어서 이러한 질적 상승은 하나의 지향점을 설정하고 그것을 집요하게 밀고나가는 가열찬 시정신의 결과이다. 이제 앞서 인용한 「봄밤」에 제시된 자연의 신비한 생명의 울림이 눈부신 흰 속살을 드러낸 낙동에서 울려나오는 소리임을 유추할 수 있다.

3. 둥근 바퀴가 들려주는 생명의 울림

장옥관이 지향하는 '낙동'은 도시 이미지와 자연 이미지를 병치시킨 시들에서 볼 수 있는 구체물로서의 자연이 아니다. 또한 '한때 있던 삶'을 찾아 유년기적인 추억의 공간으로 퇴행한 것도 아니며, 구체적 현실을 매개하지 않은 채 수직적인 상승을 한 것도 아니다. 그의 '낙동'은 각질화된 현실에 치열하게 부딪쳐 상처받음으로써 획득되는 것이다. 그가 어떻게 '낙동'의 흰 속살을 드러내는지를 다음 두 가지 측면에서 살펴볼 수 있다. 먼저 시적 언어에 대한 문제이다.

　[……]
　종이처럼 찢어지는 나비를 바라보았던 것 그 날갯짓 겹겹의 무늬를 이루며 껍질의 비유와 이미지가, 수사에 기대는 삶이 가루가 되어 천천히 부서져내리는 것을 바라보았다 나비가 사라지고 난 뒤 남은 무늬 비어 있는 그

의 방을 가득 채운다

[……]

―「말을 가지고 놀다」에서

각질화된 삶을 피상적으로 훑어보는 것은 "껍질의 비유와 이미지, 수사"에 기대는 것이다. 그것은 자연산책시에 나타나는 '도시:자연'을 병치한 이미지에 불과하다. 그런 시적 언어로는 결코 낙동의 속살을 현현시킬 수 없다. 껍질의 수사를 벗고 삶 그 자체에 처절하게 부딪침으로써 획득되는 시적 언어를 통해서만 낙동의 흰 속살을 현현시킬 수 있다.

둘째, 상처를 입으면서 꽃을 피우는 방식이다. 그것은 중심잡기와 구르기로 구체화된다.

[……]
먼저 몸을 바로 세우는 일, 중심에 똑바로 자리잡아
쏟아져 들어오는 이 힘을 맞받아 내어야 한다
눈 앞의 이 바위를 단숨에 쪼개야 한다
텅 텅 빈 시간의 속을 갈라
지지 않는 한 송이 불꽃의 아픔 심어야 한다.

―「바위를 쪼개다」에서

바위처럼 차갑고 거대한 현실이 있다. 그것은 강력한 힘으로 시적 자아를 압박하고 있다. 자아는 그것을 맞받아내면서 단숨에 쪼개야 한다. 각질화된 시간, 텅 빈 시간이 지배하는 현실을 단숨에 쪼개기 위해서는 그것과 타협하지 않고 모나고 각진 외골수의 삶을 살아가야 한다. 이처럼 모나게 살면서 현실을 적극적으로 비판하는 것만으로도 장옥관의 시는 빛난다.

그러나 그는 여기에 머물지 않고 영원히 지지 않을 '불꽃의 아픔'을 심으려 한다. 불꽃을 일으키기 위해 모난 돌이 딱딱한 각질층을 엄청난 마찰을 일으키면서 구른다. 불꽃이 인다. 불꽃에 자아는 상처를 입는다. "얼음에 데인 화상자국"(「침엽수를 노래함」)이 그것이다. 각질층도 상처를 입는다. 불꽃은 자아 속에 내면화된다. 불꽃은 돌의 내부에서 터질 듯한 팽팽한 기운을 형성하면서 일종의 진공상태를 마련함으로써, 돌로 하여금 그 어떤 강력한 외부 압력에도 견딜 수 있게 만든다. 모난 돌은 이제 일종의 바퀴와 같은 둥근 상태로 변한다.

> 둥근 소리가 납작 이그러져 굴러온다
> 재생타이어처럼 늙은
> 그의 몸은 눌려 옆으로 퍼진다
> 젖은 스펀지를 적시는 추적이는 빗소리
> 과적의 짐을 싣고서도 비어서 가벼운 힘으로
> 바퀴는 어디로 굴러 사라지고
> [……]
>
> ─「바퀴소리를 듣는다」에서

바퀴는 쉴 새 없이 각질화된 지층을 구른다. 구르면서 수많은 상처를 입히고 입는다. 재생타이어처럼 옆으로 퍼진다. 그런 피투성이 상처들을 입으면서도 계속 구른다. 불꽃은 더욱 강렬해지고 이윽고 각질층을 녹여버릴 강력한 불꽃이 활활 타오른다. 각질화된 세계의 표층을 뚫고 심은(아니 이미 심층에 내재되어 있던, 단지 각질층을 꿰뚫고 나오지 못한) 불꽃이야말로 "얼음 속에서 흰 무꽃 피우기"(「무꽃」)에 해당된다. 흰 속살을 드러내기 위한 시어, 그리고 생명의 강렬한 불꽃을 일으키면서

굴러가는 바퀴 소리가 결합된 장옥관의 시적 울림은 북소리에 비유될
수 있다.

　북은 왜 둥글어야 하는 걸까
　텅텅 제 속을 왜 비워야만 하는 것일까

　각지고 모난 삶 북 속에 감추고
　피울음 노래를 쫓아가는 다 늙은 사내

　살가죽을 벗겨 팽팽한 공기 속
　둥둥둥 둥싯 한 뼘씩 달이 뜬다

　모나고 각진 곳을 두드려
　둥글게 펴나가는 북소리
　[……]

—「북」에서

　텅 빈, 둥근 북은 각질층을 이룬 세계에 생명의 불꽃을 피우는 방법
을 터득한 시적 자아의 모습이다. 둥근 북은 모나고 각진 곳을 두드려
생명의 불꽃 소리를 둥글게 둥글게 이 세계에 퍼뜨린다. 그 북소리는
각지고 모난 삶으로 바위 같은 세계에 맞서면서 엄청난 상처를 입고
그것을 견뎌온 자아의 소리이기에 피울음 노래에 다름아니다. 거대한
세계에 맞서 자신의 살가죽이 벗겨지는 상처를 입으면서도 구르고 굴
러 드디어는 둥근 북이 되어 생명의 청정한 소리를 장옥관의 시는 울
리고 있다.

4. 녹색 대지와 우주의 관능미

장옥관이 피울음 노래를 통해 우리에게 들려주는 생명의 북소리는 무엇일까? 이것은 그의 시적 비전이 무엇이며, 그런 시적 비전을 통해 그의 시가 우리에게 주는 미학적 감응력은 무엇인가에 대한 물음을 내포하고 있다.

> [……]
> 놀라워라, 나는 이미 나무의 몸 속으로 들어와 있다
> 얕은 화분 꽉찬 뿌리에서 저 우듬지 새로 돋는 초록의 잎까지
> 세포벽 칸칸마다 솟구치고 달리는 빛의 잔치
> 그 벅찬 떨림을 온몸으로 받으며
> 생명의 그물코 온 우주가 하나로 이어져 있음을
> 비로소 깨닫는 그 순간,
> 갑자기 수천의 이파리들이 제 몸에
> 녹색의 불붙여 하늘로 오르는 것이었다
> 저마다 가지고 둥글어야 할 까닭을 흔들림으로
> 속삭임으로 조용히 내게 일러주는 것이었다
>
> ―「잎을 닦으며」에서

장옥관의 시적 상상력은 우주로 확산된다. "생명의 그물코 온 우주가 하나로 이어져 있음을 깨닫는 순간", "수천의 이파리들이 제 몸에 녹색의 불붙여 하늘"로 오른다. 하늘로 상승하는 장엄한 녹색 불꽃을 이루기 위해 그는 피투성이가 된 채 쉴 새 없이 구르고 또 구르는 것이다. 마찰의 불꽃은 녹색의 불꽃이 되어 각질화된 지표를 녹인다. 지표가 녹고 그 상처를 통해 심층에 내재해 있던 생명의 불꽃이 타오르면

서, 그것이 마찰의 불꽃과 결합되어 이제 전 지층을 녹인다. 불꽃은 되살아난 모든 사물의 생명을 담아 그것을 저 무한한 우주의 세계로 상승시킨다. 이 장엄한 상승의 시학은 우주의 맑은 정기를 지상으로 연결시키는 하강의 시학과 어우러지면서 살아 숨쉬는 대지와 우주가 한 몸이 되는 관능미를 연출한다.

복사꽃은 우주의 항문

잉잉대는 별자리 빨려 들어가고
오무린 입술 꽃가지 젖몸살 인다

들이쉬고 내쉬는 고요한 숨결 따라
임부의 부른 배 더욱 둥글어지고

당신은 도둑 아름다운 도둑
늙은 씨앗 속에 숨어 엿듣는다

두 짝 엉덩이 사이 숨긴 예쁜 꽃자리
힘줄 때마다 하나씩 달 뜨는 소리

—「복사꽃」 전문

지금, 장옥관의 시 세계는 녹색 생명이 넘치는 대지와 광활한 우주를 하나로 이으려 하고 있다. 그가 둥근 북소리를 통해 전달하려는 생명의 불꽃은 '낙동'의 흰 속살의 생명과 우주의 생명의 결합체이다. 대우주와 소우주가 하나의 원환을 이루면서 서로 상응하고 서로가 서로를 밝혀주는 길잡이 역할을 하는 세계, 그 세계에 닻을 내리려는 장옥관의 생명의 불꽃이야말로 자연 서정시가 우리에게 줄 수 있는 미학적 감응력의 최대치가 아닐는지. 다음 시를 읽으면서 그의 '눈먼 향기가 기억하는 노래의 푸른 무늬'가 오래도록 남아 그 영롱한 빛을 발할 것을 믿어 의심치 않는다. 나아가 그의 푸른 무늬가 더욱 처절한 상처를 동반함으로써 그 무늬가 더욱 짙어지길 기대한다.

　　톱날 같다, 저 소리

　　비탈진 生의 빗금
　　가파르게 기어오르는 저 피울음

　　온몸을 쥐어짜 팍팍한 나무
　　벼랑으로 벼랑으로 저를 이끄는 나무

　　마침내 아슬한 목숨의 그 꼭대기
　　눈부신 흰 꽃 한 송이 피워내는

　　눈 먼 향기가 기억하는
　　노래의 푸른 무늬 오래 남는다

　　　　　　　　　　　　　　　　　—「매미」전문

도시성과 유토피아적 꿈

서림론

1. 이서국의 도시적 부활

이서국! 오래 전 멸망해 그 흔적조차 찾을 길 없는 고대부족국가. 수천 년의 세월이 흘러 이서국은 청도로, 이서국의 '자주달개비' 자리는 콘크리트 덮개 덮힌 하구수로 변한다. 그 하수구 속에는, 모든 것을 상품화하는 자본의 무차별적인 탐욕 앞에 어쩔 수 없이 허물어진 청도의 오염된 실상이 적나라하게 담겨 있다. "랩 쪼가리 콜라 캔 코텍스"[1] 따위, "썩다 만 탯줄 뭉텅이, 비디오 테이프 줄, 일회용 기저귀,/모나미 볼펜 녹슨 철사"[2] 등이 지저분하게 널려 있는 지금의 청도. 서림은 이 청도가 고향임을, 아니 청도 사람이면 누구나 그러하듯이, 이서국의 후손임을 자처하면서 우리 시단에 그 모습을 드러냈다.

이서국이란 무엇인가? 이서국은 오늘 우리 사회를 지배하는 신격화

---

1) 서림, 『이서국으로 들어가다』(문학동네, 1995) 15쪽.
2) 위의 책, 20쪽.

된 자본을 지탱하는 이성중심적 사고와 논리와 체계, 그리고 탈미신화된 합리적 삶과는 거리가 먼 자리에 있다. 그곳에는 데카르트의 코기토(Cogito)도 칸트의 선험적 이성도 다윈의 진화론도 뉴턴의 자연과학도 발붙일 틈이 없다. 근대를 이끌어온 모든 기본 동력과는 무관한 자리에 있는 그곳은 "거꾸로는 옆으로이고 옆으로는 바로이고 바로는 거꾸로"[3]인 세계로, "쇠고기를 자로 재어 팔고/각종 술을 종류에 관계없이 무게로"[4] 팔며, "가볍게 날아가서 말의 벽을 뚫어내는/말의 집"[5]이 있는 곳이다. 각종 정보 메커니즘으로 지구가 하나되는 지금, 서림의 이서국은 분명 비현실적 공간이며 초현실적 공간이자, 호랑이 담배피우던 시절의 이야기임직한, 망각의 저편으로 사라진 과거의 공간일 뿐이다.

그런데 서림은 21세기라는 컴퓨토피아 시대를 얼마 두지 않은 지금, 2,000년의 시공을 뛰어넘어 청도가 이서국이고 이서국이 청도라고 말한다. 아니 "청도 사람에게 이서국은 세상을 보는 거울이다./이 세상이 이서국의 안이고 밖이다"[6]고 감히 말한다. 적어도 서림에게 있어서 이서국은 오늘 이 세계의 모순을 비쳐주면서, 나아갈 방향성을 지시해주는 밤 하늘의 별빛이자, 모든 삶의 가치 판단의 기준이 되는 중심적 거울이다. 이서국은 과거에 소멸된 것이 아니라, 오늘날에도 현실태로 서림의 정신과 영혼 속에 내재하여 살아 숨쉬고 있는 불꽃이다. 감나무가 거꾸로 서 있는 이 이서국의 삶과 정신을 비롯한 "모든 것은 오늘 청도에서도 그러하다".[7] 그것은 마치 유년기의 고향처럼 우리 삶의 무의식 저 깊은 곳에 잠재해 있는데, 우리들은 다만 그 영혼의 고향을 망각하고 살아가고 있는 것이다. 그래서 서림은 뫼비우스 띠와 클라인의

---

3) 위의 책, 30쪽.
4) 위의 책, 32쪽.
5) 위의 책, 54쪽.
6) 위의 책, 11쪽.
7) 위의 책, 30쪽.

병처럼, 안과 밖, 과거와 현재, 이서국과 청도가 구분되지 않고 상호 착종된 '이상한' 시를 씀으로써 우리가 잊고 있는 우리 영혼과 인류의 원초적 고향에 대한 그리움을 환기시킨다. 온갖 상품쓰레기로 오염되고 콘크리트로 뒤덮힌 삭막한 청도 땅의 틈새 사이로 서림은 이서국을 되살려낸다. 되살아난 이서국의 빛으로 그는 자본에 오염된 청도를 비추면서 우리들을 '푸른빛'의 세계로 인도한다.

> [……] 바람에 흔들리는 새치 사이로 옛 강이 슬며시 다시 흐르고 물새가 흩어진다 깊은 물 우에서 햇빛이 꺾여 푸른빛을 낸다 굽은 빛이 속살 깊숙이 파고든다 [……][8]

다시 부활한 이서국의 옛강에 넘쳐 흐르는 푸른빛. 그 빛으로 서림은 자본에 오염되고 타락할 대로 타락한, 청도로 상징되는 이 땅과 나무와 동물과 식물과 인간과 언어들을 감싸안아 정화시키면서 그것을 푸르게 물들인다. 그래서 그의 시에는 온통 푸른빛이 넘친다. 푸른빛을 통해 인간과 사물, 인간과 자연은 유비적 조화를 이루면서 일체된다. 푸른빛의 생명감으로 충일된 대지의 풍요로운 축제가 벌어지는 그 공간은 근대 이후 상실된, 인류의 영원한 고향이자 어머니의 자궁 속 같이 아늑한 시원의 공간이다. 시원에 대한 꿈을 상실한 채 상품 이미지화되어 살아가는 독자로서의 우리들은 이 푸른빛에 황홀해 하면서 그것에 대한 강렬한 지향성을 지니게 되는 것이다. 서림의 이서국은 이처럼 푸른빛으로 우리들 메마른 영혼에 생명의 정화수를 제공해주고 있다. 그런 이서국의 후예 서림이 푸른빛을 안고 '민들레 홀씨 하나'가 되어 도시로 입성을 하였다.

---

8) 위의 책, 86쪽.

클랙슨 소음과 디젤 기름에 절어
죽음 속에 갇힌 콘크리트 담벽,
갈라진 틈새 먼지 속에 고개 쳐든
민들레 하나, 단단히 뿌리를 내리고 있다.
혼신을 다해, 기름덩이 삭이면서―
이서국 남쪽 변방 田戶의 흙담에 붙어서
돌맹이 속으로 환하게 입김을 불어넣던 민들레,
홀씨 하나, 맹목의 욕망을 품은 채
흙먼지 바람에 실리고 실리어
1993년 봄 신림동 289종점
콘크리트 담벽에 끼어들어
잦은 숨을 몰아쉬고 있다.
[……][9]

 최근의 우리 시의 대부분은 자연을 찾아 도시를 떠나고 있다. 황폐화된 도시의 삶에 지친 영혼들은 때묻지 않은 자연을 찾아 강과 산으로 혹은 오지(奧地)로 떠난다. 그 떠남은 가벼운 주말여행이나 주말산행의 형태로 제출되거나 아니면 아예 농촌이나 자연으로의 이주로 제출된다. 그들은 상품 이미지로 획일화된 비인간적인 도시의 삶을 비판하고, 대신 살아 숨쉬는 자연과 전원의 아름다움을 노래한다. 아마도 이들 자연 서정시가 궁극적으로 지향하는 것은 서림이 선취한 이서국의 푸른빛과 같은 원초적 공간일 것이다. 그런데도 서림은 누구도 흉내낼 수 없는 이서국이라는 시적 원형질의 고향을 뒤로 한 채, 연약한 '민들레 홀씨 하나'가 되어 도시로 숨어든다.
 민들레 홀씨가 되어 도심의 콘크리트 담벽에 잠입한 목적은 분명하

9) 위의 책, 48쪽.

다. 그 목적은 도시비판을 위해서이다. 여기서 우리는 그의 도시비판이 '압구정동'을 비판한 유하의 시로 대표되는 1990년대의 해체시와는 다른 방법으로 제기될 것임을 유추할 수 있다. 왜냐하면 이서국이라는 시원의 공간을 맛본 서림이기에, 또 그것에 대한 '맹목적 욕망'을 간직한 서림이기에, 그의 도시비판은 이서국의 푸른빛의 현현으로 전개될 것이기 때문이다. 과연, 서림은 꿈이 사라진, 서정적 노래가 사라진 콘크리트 도시에 이서국의 푸른빛으로 표상되는, 자아와 세계가 서정적으로 합일되는 서정적 유토피아를 부활시키기 위해 철통 같은 도시의 경계를 뚫고 잠입한다. '이서국의 도시적 부활'로 명명될 수 있는 그의 도시적 서정시는 이렇게 탄생된다. 그 과정이 '도시의 노예로 전락하기→자기반성을 통한 거듭 태어나기→이서국의 푸른빛 되찾기'로 전개된다.

2. 유토피아적 꿈이 상실된 도시

오늘날 도시는 산업화의 초기단계에서처럼 농촌과 자연에 대비되는 특수공간이 아니다. 그것은 정보사회의 특질을 모두 함유하고 있는 일종의 보편적 상징개념이다. 멀티미디어 상상력과 상품 이미지로 무장한 채 파시스트적인 속도로 모든 것을 잠식하는 오늘날의 자본의 가공할 탐욕 앞에 자유로운 것은 아무것도 없다. 자연은 물론이고 인간의 무의식마저 이 자본의 논리와 틀에 함몰되어 있다. 그 어디를 가더라도, 그 누구를 만나더라도 우리가 마주치는 것은 바로 이 자본의 획일화된 틀이다. 우리 시대의 도시는 이 거대한 악마적 요소인 자본을 대표하는 상징물이다. 현란한 상품 이미지로 덧칠된 우리 시대를 '상품의 집'에 비유한다면 도시는 바로 이 상품의 집의 대표적인 상품기호이다. 도시로 표상되는 자본의 틀을 우리가 '도시성(性)'이라 명명할 수 있다면, 우리 시대는 이 도시성에 의해 완전히 지배당하고 있다.

> 더이상 내 詩가 꿈꿀
> 고향은 없다. 자연조차 없다.
> 「내셔널 지오그라피」 속에만 존재한다.
> 더이상 내 詩에 성스런 힘 실어줄,
> 자본의 가속도에 브레이크 걸어줄 민중도 없다.
> 오랫동안 물을 갈지 않아 썩어가는
> 우울한 이 수족관 도시,
> 빠져나갈 꺾수도 길도 없다.
> [......]10)

청도를 오염시킨 도시성이라는 거대한 괴물의 본거지인 도시에 진입하면서 서림은 절망한다. 그의 시적 고향인 이서국을 꿈꿀 수 있는 자연은 이미 멀티미디어 속의 가상현실로만 존재할 뿐이다. 더구나 1980년대처럼 자본의 가속도에 브레이크 걸어줄 민중도 더 이상 존재하지 않는다. 모든 사람들이 도시성에 함몰되면서 상품 이미지로 획일화된 대중들만 존재한다. 자연이 사라지고 획일화된 대중들만 있는 이 도시를 서림은 "거대한 수족관"으로 명명하고 있다. 그 수족관은 휘황찬란한 상품 이미지로 화려하게 치장을 하고 있지만, 수족관 내부는 그 이미지의 쓰레기들로 인해 심하게 부패해가고 있다. 악취를 풍기는 수족관을 빠져나갈 수 있는 길은 원천봉쇄되어 있다. 그 어디를 가더라도 수족관의 논리가 지배하고 있다.

---

10) 서림, 『유토피아 없이 사는 법』(세계사, 1997) 11쪽.

[……]
기계는 최상의 이데올로기네,
믿고 살 수 있는
유일한 종교네, 산소네, 샘물이네,
켤 때나 끌 때나 키스하네,
젖줄 빨듯 키스하네, 맡아봐
그의 몸엔 전기냄새가
황홀한, 무인격의 냄새가 나네,
가치중립, 판단중지는
최선의 방책이라네,
인터넷 천국을 만들거라네,
인터넷 없이는
숨도 쉴 수 없다네,
[……][11]

　컴퓨터로 대표되는 각종 정보 메커니즘만이 지배하는 곳이 우리 시대의 도시이다. 그곳은 인터넷 천국으로 모든 것이 정보 메커니즘의 코드 기호로 획일화되어 있다. 인간적 냄새는 눈을 씻고 찾아보아도 그 어디에도 없다. 각종 정보 메커니즘의 가상현실에 의해 우리의 꿈과 무의식의 욕망도 조작된다. 인터넷 천국에서 무엇이 옳고 그른지에 대한 가치판단은 불가능하다. 우리들 모두는 인터넷의 작동원리를 최상의 이데올로기로 알고, 그저 그것이 시키는 대로 움직이는 정보기호에 불과하다. 유기적 인격체로서 꿀 수 있는 꿈, 가령 이서국의 푸른빛에 대한 유토피아적 꿈은 이미 금기시된 지 오래이다.
　"나의 腦髓와/심장과/내장까지/제압해오는/숨막히는 저 光明의 빛"[12]

11) 위의 책, 25~26쪽.

이 어둠을 몰아낸 곳, "어둠이 패퇴당한 都心/어둠을 몰아낸 인간 理
性의 천국"[13]에 밤의 꿈과(이성에 대치되는) 무의식의 꿈을 꿀 여백은
전혀 없다. 백화점의 상품 이미지 광고[14]에 의해 획일화되는 우리들의
욕망, 나아가 꿈을 꾸는 것조차 불가능하게 만드는 불야성의 빛의 세
계, 그런 세계에 무비판적으로 길들여져 유토피아적 꿈을 상실한 줄도
모르고 인터넷 천국의 도시를 가볍게 유영하면서 찰나적이고 순각적
쾌락만을 추구하는 "체형미 클럽 바디 앤 바디에서/갓 뽑아낸, 보는대
로 먹어버리고 싶은/복제요정"[15]들이 거리를 활보하는 곳. 인간 정신
과 영혼이 제거된 채 육체와 물질과 기계들이 모든 것을 지배하는 인
터넷 천국, 그곳이 수족관 도시의 실상이다.

　이런 곳에 더 이상의 자연이나 민중이 존재할 리 만무하다. 이서국의
푸른빛은 "박토의 도시 한 귀퉁이에/서른 개 넘는 화분"[16]에서 겨우 그
명맥을 유지할 뿐이다. 그리고 이런 시대에 있어서 당대의 모순을 극
복하고 새로운 유토피아를 지향하던 "역사", 가령 1980년대의 광주민
중항쟁 같은 것은 "케케묵은 이데올로기"이자 "흘러간 종교"[17]로 취급
될 뿐이다. 각종 정보매체의 법칙과 논리로 획일화된 도시, 인터넷 천
국만이 우리 시대의 역사의 방향성으로 취급되는 도시, 싸워야 할 적
이 무엇인지를 모르는 채 파시스트적 속도로 치달리는 거센 물살에 몸
을 내맡길 수밖에 없는 코드 기호화된 대중만이 와글거리는 도시. 유
토피아적 꿈이 상실된 이러한 도시는 마치,

　　[……]

---

12) 위의 책, 69쪽.
13) 위의 책, 69쪽.
14) 위의 책, 68쪽.
15) 위의 책, 79쪽.
16) 위의 책, 39쪽.
17) 위의 책, 26쪽.

골인지점 없는,

멈추면 깔려죽는,

브레이크 없는 카 레이스,

[······][18]

처럼, 인간의 상품화와 컴퓨터 코드 기호화라는, 인간 파멸을 위해 자폭하려고 치달리는 고속열차와 같다. 당대의 모순을 극복하고 유토피아를 갈망하던 '역사'는 끝났다. 역사가 종언을 고한 도시, 유토피아적 꿈을 상실한 채, 인터넷 천국에서 자신의 몸을 팔고 있는 "늙은 창녀"[19]와 같은 역사, "배배 꼬여 뒤틀어진 현대사"[20]는,

[······]

환상이 이미 사라진, 하여

삐삐보다 소중하지 않은

다이어트 야채효소보다 매력 없는, 진부한,

더 이상 역사에서 사라지려는

사전 속으로 사라지려는

〈역사〉 [······][21]

일 뿐이다. 유토피아에 대한 꿈과 환상이 사라진 채 파멸을 향해 치달리는 수족관 도시에서 서림을 비롯한 우리들 모두는,

마음에 겨눈 적을 잃어버린,

18) 위의 책, 66쪽.
19) 위의 책, 71쪽.
20) 위의 책, 47쪽.
21) 위의 책, 47쪽.

겨눌 적조차 잃어버린,
꿈을, 휴식을 잃어버린,
마음을 모을 수 없는,
우울증[……][22)]

에 빠져 있다.

3. 도시 노예 지식인의 자기 반성

서림의 도시입성은 어쩌면 청도를 오염시킨 주범에 대한 적극적 비판방식의 하나로 채택된 것일지도 모른다. '범굴에 들어가야 범을 잡는다'는 속담이 여기에 적용될 수 있을 것이다. 그러나 서림의 이러한 애초 목적은 강력한 도시성의 위력 앞에서 좌절될 위기상황에 봉착한다. 민들레 홀씨가 피우려는 이서국의 푸른빛은 인터넷 천국의 도시에서 힘없이 사라질 운명에 처한다. 이러한 위험한 상황은 도시성의 강력함에서 비롯된 것이면서, 다른 한편으로는 서림의 40대의 대학 신임 교수 임용에서 비롯된 것이기도 하다.

나는 시방 갤리船에 겨우 올랐다.
알고 보면 나이 40에 막차 타고
간신히 이 세상 물살에 올라앉았다.
죽기살기로 이 밧줄
바싹 잡아야지, 이 배는
정신없이 漂流하고 있다.

22) 위의 책, 32쪽.

[……][23)]

40대 대학 신임교수로 임용된 것을 두고 서림은 막차를 타고 노예선에 올라 노예선에서 떨어지지 않으려고 밧줄을 잡은 것에 비유하고 있다. 곧 그의 도시입성은 수족관 도시에서 그 한 구성원인 대학교수 되기와 맞물려 있다.

[……]
그러나, 내 나이 마흔 넘어
꺾일 대로 꺾이고 깨어질 대로 깨어졌네,
한 가정의 家長으로 살아남기 위해
내 詩보다도 귀한, 귀함을 넘어
신성한 밥줄 때문에
휘일대로 휘어졌네,
[……][24)]

가장으로서의 신성한 밥줄 때문에 휘일 대로 휘인 서림. 이서국의 푸른빛으로 악마적인 도시성을 정화시키려던 애초의 의도는 변질된다. 이 세상의 미추(美醜)를 비쳐주는 중심으로서의 거울인 이서국, 그 후손임을 자처하면서 자본의 바벨탑이 결코 이 세계의 주인이자 중심이 아니라고 비판하던 서림은 푸른빛을 상실하는 그 순간 도시의 노예로 전락한다. 푸른빛이 주인이 되어 도시성을 노예로 삼으려던 의도는 전복된다. 청도와 이서국, 자본과 푸른빛, 안과 밖, 과거와 현재의 착종 상태를 통한 시적 긴장감은 사라진다. 역사의 일방화로 치달리는 인터

---

23) 위의 책, 52쪽.
24) 위의 책, 86쪽.

넷 천국의 도시처럼 긴장 관계의 한 축이 사라진 서림의 시적 세계는 돌이킬 수 없는 파멸의 나락으로 떨어지기 일보직전에 처한다. 이 전도된 상황에 전율하면서도 서림은 어쩔 수 없이 노예의 삶을 받아들인다.

> [……]
> 젊어 삼킨 지식이 영혼 속에
> 곰팡이로 포자치고 있네,
> 마흔 넘어 터득한 지혜,
> 이 시대 不惑의 신념은
> 잘 먹고 잘 싸는 것일 뿐,
> 백치 되는 일 뿐이네,
> [……][25]

이서국에 대한 유토피아적 꿈을 꾸는 것은 노예선에서 금물이다. 주인인 도시성이 시키는 대로 일하고 월급 타고 밥 먹고 하면 그만이다. 도시성을 비판하고 도시성 너머 유토피아를 꿈꾸는 '정신'과 '영혼'은 체제를 위협하는 범죄행위이다. "백치"가 되어 노예선에 길들여지는 것, 속물화되는 것만이 노예선에서 살아남을 수 있는 길이다. "속물주의자가 되어 비로소/정신의 자유를 얻었고/자유를 위해/달디단 이 세속도시 속으로/점점 더 파고"[26]드는 서림에게 있어서, 대학교수는 "피로가/뗏국물처럼 흐르는 정신적 막노동자"에 지나지 않는다. 애초에 "괴물같은 세상에 맞붙어 싸우고, 읽어내려고"[27] 터득한 지식은 이제 "맹목의 지식"이 되어버렸고, 오로지 좀더 고급한 지식인 노예로서 세

---

25) 위의 책, 28~29쪽.
26) 위의 책, 34쪽.
27) 위의 책, 89쪽.

속도시에 적응하기 위해 "패션처럼 밀고 들어오는 思潮"[28]인 잡다한 지식만을 헉헉대면서 받아들일 뿐이다.

속물주의자 도시 노예 지식인이 된 서림의 얼굴은 어떤 모습일까? 더 이상 푸른빛이 감도는 이서국의 후예의 얼굴이 아니라 비틀어진 현대사에 닳고 닳아 '팍팍해진 얼굴'이다. 유토피아적 꿈을 상실한 채, 노예선에 안주한 서림은 '복제요정'화된 도시의 다른 구성원들처럼 점차 모든 생명의 물기와 푸른빛을 잃어버린 채 건조한 박제품으로 전락해간다.

> [……]
> 늙고 눈먼 歷史는, 저 홀로 절름거리며
> 정신없이 달려가고 있는데,
> 나는 더 이상 나를 끌고 가는
> 歷史에 대해 묻지 않는다.
> 묻지 않고도 잘 산다. 아니,
> 잘 견뎌낸다, 질질 끌려가며……
> [……][29]

그러나 서림은 이서국의 후예답게, 인류의 원초적 고향에서 발산되는 푸른빛을 꿈과 욕망 속에 잉태한 시인답게, "늙고 눈먼 역사"에 끌려가는 것을, 노예선의 속물주의자 노예가 되는 것을 거부한다.

> [……]
> 입으로 主體再建을 말하면서도 나는

---

28) 위의 책, 27쪽.
29) 위의 책, 46쪽.

손으로는 때때로 解體를 감행하고 있다.
한때 變革을 노리면서도 나는 결국
세월에 농락당해 왔다.
사람들은 저마다
바늘구멍도 없는 갇힌 꿈을 꾸면서
사랑이란 이름으로
서로 목덜미를 물어뜯어 왔다.
[……][30]

주체재건이란 "새로운 소리, 새로운 인간적 주체의 소리, 새로운 중심이 될 수 있는 인간적 목소리"[31]를 재건하는 것이다. 이것은 애초에 그가 도시입성의 목적으로 설정한, 푸른빛으로 상징되는 서정적 유토피아를 지향함으로써 도시성을 비판하는 도시적 서정시의 본령에 해당된다. 인터넷 천국이자 상품 이미지 천국인 도시성을 비판하고 인간과 자연, 인간과 사물이 합일되는 세계를 지향하려던 애초의 의도를 서림은 자기반성을 통해 재인식한다. 도시입성 이후, 속물주의자 노예로 전락하여 도시성에 함몰되어 변혁에의 의지를 상실한 채, 세월에 농락당하면서 자신도 모르게 주체의 해체를 감행해왔던 것을 서림은 반성한다. 꿈을 상실한 서림, 그러나 이서국이라는 푸른빛의 꿈을 꾸었던 서림이기에, 이 반성의 순간 노예가 되어 안주하는 것을 거부하고 다시 푸른빛의 꿈에 대한 지향성을 드러낸다.

[……]
서울서 반갑던 수양버들 물기둥,

---

30) 위의 책, 72쪽.
31) 위의 책, 82쪽.

대구 아파트 단지 잡초뿌리에서 본다.
이 밤 북반구에서 봄은
자기도 모르게 끌려와
법칙보다 더 정확히 꿈틀거리고 있으리라.
서쪽으로 훨씬 더 기울은 오리온자리까지
봄 물기둥이 뻗치리라!
법칙보다 더 頑强한 힘이
사람의 흐트러진 꿈들을 조종하리라.

안 꾸고는 견뎌낼 수도 없는
돼먹지도 않은 나의 봄꿈.[32]

서림은 자본의 획일화된 법칙이 지배하는 콘크리트 도심에서 그 틈
새를 뚫고 분출되어 오리온 자리까지 뻗치는 봄 물기둥을 인식한다.
그 봄 물기둥이라는 환상을 감지할 수 있는 봄꿈이야말로 바로 이서국
의 푸른빛에 뿌리를 드리우고 있는 꿈이다. 자본의 법칙이 모든 것을
지배한다 하더라도 그 틈새를 뚫고 올라오는 민들레 홀씨처럼 이서국
의 푸른빛은 꿈틀거리면서 뻗어 올라 조만간 우주 전체를 푸르게 물들
이려 한다. 코드 기호화되고 상품 이미지화된 서림의 육체를 뚫고 이
서국의 영혼과 정신이 다시 피어오른다. 서림은 비로소 이 혼돈의 도
시를 정화시켜주는 이서국의 꿈을 되살린다. 그리하여 서림은,

　[……]
머리카락, 발가락처럼 달고
다닐 수밖에 없는 運命의 빛을 피해,

---

32) 위의 책, 72~73쪽.

질식되어 가는 내 숨구멍,

빛의 등짝에 숨은 어둠을 찾아

[……]33)

도시의 어둠 속을 방황한다. 도시의 빛과 어둠이 맞물린 접점에 숨어 있는 "이 세상 벗어나가는/아슬아슬한 門"34)을 찾아 '세상 밖'으로 나아가기 위한 서림의 도시적 서정성의 행보가 시작된다.

4. 도시적 서정시:이서국의 푸른빛 되찾기

이서국의 푸른빛으로 상징되는 '세상 밖'이란 '도시:자연'의 단순 이분법에 입각하여 설정된 탈도시적 개념이 아니다. 도시성이 모든 것을 지배하는 지금, 그것으로부터 자유로운 것은 없다. 그렇다고 해서 '세상 밖'은 현실도피적이거나 혹은 도달할 수 없는 과거적인 피안의 공간도 아니다. 그것은 우리들 각박해진 정신과 영혼 속에 내재되어 있는 꿈이자 유토피아이다. 다만 우리는 그것을 망각하고 있을 뿐인데, 우리가 그것에 대한 강렬한 지향성을 드러낼 때 얼마든지 이 콘크리트 바닥을 뚫고 현현하는 그런 것이다. 이서국은 꿈이자 현실이며, 과거이자 현재이고, 세상의 안이자 밖이다. 뒤집혀 있던 이서국의 감나무는 오늘 현실에서도 얼마든지 존재한다. 다만 '배제의 논리'가 지배하는 획일화된 도시성에 의해 그 감나무는 억압되어 있을 뿐이다. 청도와 이서국을 착종시켜 이서국의 푸른빛을 발산하던 서림은 다시 도시성이 지배하는 곳에 이서국의 꿈을 착종시킴으로써 상실된 유토

---

33) 위의 책, 70쪽.
34) 위의 책, 58쪽.

피아에 대한 꿈을 되살리려 한다.

> [……]
> 나 요새 힘드네,
> 이제 내 친구도 내 세대도
> 더 이상 즐겨 사용하지 않는
> '민중'이란 용어 다시 쓰려 하네,
> 80년대 민중주의자들이 인정하려 들지도 않는
> 내 나름대로 '민중적' 시를 쓰려 하네,
> 맑시즘을 버린지 12년이 지난 지금
> 나 신임교수 되어, 90년대식 민중시 꿈꾸고 있네,
> [……]35)

서림이 추구하는 1990년대의 "민중적 시"는 도시성에 차압된 채 박제화되어가는 노예들에게 유토피아적 꿈을 되살려주는 것으로 압축될 수 있다. 그의 민중은 1980년대의 자본가 계급에 대립되는 계급적 대상이 아니다. 그의 민중은 도시성이 지배하는 거대한 노예선에서 노예처럼 살아가는 우리 시대의 수많은 인간군상들을 의미한다. 노예선으로부터 탈출하여 진정한 인간 주체성을 회복하고자 하는 것에 서림의 "민중적 시"가 자리잡고 있고, 그것이 그가 지향하는 '도시적 서정시'이다. 서림의 도시적 서정시는 두 가지 방향으로 전개된다.

먼저 고통받는 노예들의 삶의 양태에 관한 천착이다. 서림은 노예선의 노예들을 두 부류로 구분한다. 먼저 "世上 한쪽 고삐 낚아챈 주병진"36)이나 "토플"과 "실력"과 "生産性 향상"만을 삶의 모토로 삼고 "3

---

35) 위의 책, 103쪽.
36) 위의 책, 52쪽.

시간 이상 자지 않는" 그룹 총수에 대한 존경심으로 살아가는 "XX그룹 戰士"[37]처럼 "갤리에/바싹 달라붙은 성공한 노예"[38]들의 그룹이 있다. 그리고 이러한 그룹에 편입되기 위해 "보다 安全한 두줄타기 곡예로/이 세상 물살 넘고자/마침내 본적을 바꾸어" 버리는 "곡예사의 殺身的인 짝사랑"을 연출하는 "전라도 깡촌" 출신의 박사학위 소지자[39]나 "피라미드조직 판매회사 영업사원"으로 변신한 전문대학 졸업 여성[40] 등의 그룹이 있다.

다음 "밧줄을 놓쳐버린, 갤리에서/튕겨져 나온 노예들"의 그룹이다. 서울역 지하도에서 "파리채에 뻗은 바퀴벌레"처럼 살아가는 거지들[41], 북한산 등산로에서 음료수를 팔아 겨우 생계를 유지하는 가난한 가족[42], 이층방을 지하실로 만들어 深海魚처럼 잠을 자는 中3[43], 막내동생만한 단골 고객 건달에게 매를 맞는 호텔 정문의 주차요원 늙은 보이[44], "파리떼에 물어뜯기면서도/삭은 콘크리트마냥 졸고 있는"[45] 생선장수 노파 등이 그들이다.

서림은 이들 노예선의 노예들의 비참한 실상에 천착하면서, 다른 한편으로는 그들에게 상실된 유토피아의 꿈을 전파한다. 그 전파는 빛과 어둠이 접점을 이루고 있는 틈새를 비집고 나오는 '야수소리'로 발현된다.

[……]
저 혼자는 그곳에 그 집에

---

37) 위의 책, 66쪽.
38) 위의 책, 53쪽.
39) 위의 책, 59~60쪽.
40) 위의 책, 61쪽.
41) 위의 책, 52쪽.
42) 위의 책, 36~37쪽.
43) 위의 책, 50~51쪽.
44) 위의 책, 65쪽.
45) 위의 책, 14쪽.

이를 수 없음을 탄식하며
절망의 검은 늪을 퍼내네,
검은 영혼을 풀어놓네,
실을 뽑듯 늘어놓네, 군데군데
끊어진, 헝클어진 실뭉치 펼쳐놓네,
막힌 가슴, 부글부글 끓어올라
터져벌릴 것 같은 가슴 속
이리저리 쏘다니다 터져나오네,
[......]⁴⁶⁾

이서국이라는 "그곳 그 집"에 도달하기 위해 서림은 "절망의 검은 영혼" 사이의 구멍난 틈새로 유토피아의 소리를 펼쳐놓는다. 비록 그 소리는 청도를 뒤덮던 이서국의 '북소리나 함성'에 다가가기 위한 전 단계의 '야수소리'에 불과하지만, 그 소리들이 모여 언젠가는 "산도 들도 도시도 감싸안는/넉넉한 목소리"⁴⁷⁾가 되어 도시와 세상을 정화시키면서 새로운 주체의 재건을 가능하게 하리라 서림은 믿어 의심치 않는다.

[......]
오존주의보가 내려도
폐에 구멍이 뚫려도
남극 뻥 뚫린 오존층 구멍이
내 머리 위까지 덮친들,
땡볕에 드러난 지렁이처럼

---

46) 위의 책, 18쪽.
47) 위의 책, 100쪽.

말라비틀어지며 기어갈 수밖에 없다.
황폐해진 여름날, 가로수 없는
달구어진 콘크리트 바닥을
내 詩는 그렇게 기어가야 한다.
아황산가스 오존을 마시며 삭여내며
모질게 독하게 싹 틔워야 한다.
지구가 돌아가는 데까지,
사는 데까지 살아봐야 한다, 내 詩는[48]

　서림은 뜨거운 콘크리트 바닥을 지렁이처럼 기어가면서 독하게 독하게 이서국의 민들레 홀씨를 피워 올린다. 그 홀씨는 때로는 "소음과 매연 속으로/바퀴같이 단단히/바퀴같이 잽싸게"[49]이 "사막"의 거리를 포복하면서 노예들의 비참한 삶을 포착하고, 그러면서 그들에게 잃어버린 '유토피아'에 대한 '꿈'을 전파하면서 그들을 이서국의 푸른빛의 세계로 인도한다. 도시성에 함몰된 노예들을 이서국으로 인도하기 위한 그의 도시적 서정시는 그래서 우리들 모두에게 푸른빛의 생명수로 다가온다.
　마지막으로 다음 시를 읽어보자. 이 시를 통해, 서림의 도시적 서정시가 이전처럼 청도와 이서국, 자본과 푸른빛, 과거와 현재, 인터넷 천국과 유토피아적 꿈의 대립을 통해 시적 긴장관계를 되찾고, 그 경계선에 서서 도시성의 모순에 치열하게 부딪치면서 시원의 공간에 뿌리 드리우고 있는 생명의 푸른빛을 독하게, 독하게 발산하려는 치열한 시정신을 읽을 수 있을 것이다. 그리고 우리 시대의 도시적 서정시의 한 전형을 만날 수 있을 것이며, 나아가 시가 더 이상 읽혀지지 않는 우리

---

48) 위의 책, 11~12쪽.
49) 위의 책, 23쪽.

시대에 있어서 시가 취해야 할 방향성이 무엇인지를 감지할 수 있을
것이다.

이 도시에서
그녀에게 詩는
푸른 숲이다. 이슬방울 맺히는
새벽 물푸레나뭇잎이다.
그녀에게 詩는
둥글고 부드러운 빵이다.
폭신폭신한 이불이다.
발기한 남근이다.
무기이다. 약이다. 술이다.
그녀는 詩로 숨을 쉰다.
詩의 푸른 숲에서
물푸레나무 잎사귀 속에서
헉헉거리며 산소를 마신다.
[······]
그녀에게 詩는, 황산같은
시어머니 학대에 저항하는 무기,
미친 듯 불 뿜는 자동소총이다.
싯퍼렇게 벼린 식칼이다. 마마보이
남편과의 불화를 견디는
신경안정제이다. 쌔고 쌘 양주이다.
中年의 골수 파고드는 허무의 늪
건너는 조각배이다. 노도 돛도 없는
가랑잎배이다. 꿈이 없어

싸나운 꿈자리로 하얗게 설치는

그녀에게, 詩는 독한 수면제이다.

싸나운 꿈을 먹고 피는

독한 꽃이다.[50]

---

50) 위의 책, 15~16쪽.

고독한 산책자와 푸른 지구의 집

이문재론

1. 새로운 길찾기와 집찾기

> 거미로 하여금 저 거미줄을 만들게 하는
> 힘은 그리움이다
>
> 거미로 하여금 거미줄을 몸 밖
> 바람의 갈피 속으로 내밀게 하는 힘은 이미
> 기다림을 넘어선 미움이다 하지만
> 그 증오는 잘 정리되어 있는 것이어서
> 고요하고 아름답기까지 하다
> [……]
>
> —「거미줄」에서

거미는 그리움으로 거미줄을 만들었다. 그리움! 고통스럽고 힘들었던 유년기, 그 아픈 정신적 외상을 안고 스무 살의 청년이 되어 뒤축이 닳아 떨어진 구두를 신고 방랑의 길을 떠나는 보헤미안. 첫 시집 『내 젖은 구두 벗어 해에게 보여줄 때』(민음사, 1988)의 해설을 쓴 최동호의 지적처럼, 이문재의 초기시는 유년기의 상처를 방랑자의 길에 대한 편력으로 뒤바꾸면서, 기억의 회상을 통해 아름답게 떠오르는 유년기의 집에서 새로운 삶의 터전으로서의 집에 대한 그리움을 '물과 햇빛과 초록빛의 시적 상상력'을 통해 아름답게 표출하고 있다.

그런 거미가 두 번째 시집 『산책시편』(민음사, 1993)에서부터 "기다림을 넘어선 미움"을 가슴 속에 품고 있다. "잘 정리되어 고요하고 아름답기까지 한 증오와 미움"을 가지고 거미줄을 "바람의 갈피" 속에 내밀고 있다. 곧 순수상상력으로 유년기의 아름다운 집을 찾아 길을 떠나던 시인이 이제는 현실의 강력한 폭풍 속에 자신을 내던지고 있다. 그럼으로써 순수상상력에 의한 '길찾기:집찾기'는 위기상황에 봉착한다.

> [……]
> 옛집을 떠올리는 순간만으로 덜컹
> 힘이 나 내달리던 적의는 이제 없다
> 이 따위로 서른 살을 넘고 말았다
> 찬술 더워지도록 오래 잡고
> 먼 길 끝을 본다, 내 지나온 길은
> 죄다, 저렇게 죄다 도마뱀 꼬리 모양
> 잘려나가고 말았으니
> 포클레인 한 대 불을 켜고
> 마을 우물을 메우고 있다
>
> ─「돌아보지 말거라, 네가 돌아보지 않아도

순수상상력의 집을 찾아 방랑의 길을 떠나던 시인이 이제는 서른 살이 넘는 성인이 되었다. 그리고 세상은 옛 집을 공장부지로 변화시킬 정도로 변해 있다. 서른을 넘어 성인이 되면서, 순수상상력의 세계로부터 이제 자신이 숨쉬고 살아가는 현실의 삶으로 시선을 이동한다. 현실에 눈을 떠보니 현실은 추억의 집을 파괴할 정도로 타락해 있다. 이 순간, 순수상상력의 나래를 펴고 유년기의 아름다운 추억의 집을 찾아 길을 떠나는 것은 중단된다. '길찾기:집찾기' 가 중단된 지점에서 그것을 중단시킨 현실에 대한 적의를 시인은 강하게 드러낸다.

> 그렇다, 나에게 말을 걸어오는 이것은
> 인격이 아니다, 먼 기억도 아니고 책갈피도
> 아니다, 바람에 뒤켠을 들키는
> 여름나무의 잎사귀처럼 나를 한순간
> 뒤집는 것도 불현듯 길을 막아서던
> 옛사랑이 아니다.
> 이 도시이다, 도처에서
> 이 도시가 나에게 말을 걸어오는 것이다
> 내가 있는 곳이란 이 도시의 중얼거림과 속삭임
> 담화문과 스파트뉴스 사이일 뿐이다
> 죽음이란 도시와의 대화에서 제외되는 것일 뿐
> [……]
>
> ─「두 눈과 귀 틀어막다」에서

시인에게 말을 거는 것은 유년기의 아름다운 기억도, 옛사랑도 아니다. 현실의 도시만이 말을 걸어온다. 그 말은 화자와 청자가 대등 관계로 연결되는 발화태가 아니다. 영상정보 매체를 통한 도시의 일방적인 중얼거림과 속삭임만 있다. 도시는 각종의 전자정보 매체로 무장한 채 거대한 상품의 전시장으로 변질된 자본의 신전이다. 그 신전은 파시스트적인 "무서운 이 시대의 속도"(「산성눈 내리네」)로 움직이면서 모든 것을 지배하고 상품화한다. 물신화된 자본의 성채는 과거의 아름다운 추억도, 그것의 회상을 통한 순수상상력의 꿈도 거세한다. 자본의 첨단기계는 우리의 무의식에까지 침입하여 그것을 기계화하고, 오로지 그 기계의 엄청난 회전속도에 편승하기만을 강요한다.

> 깜빡이는 것들은, 위험하다
> 엘리베이터 표시등, 병원 약국의 번호판
> 횡단보도 신호등, 카드공중전화의
> 액정화면, 컴퓨터의 커서……
> 이것들은 무시로 깜빡거리며
> 기다림, 기다림인 것을 변질시켜 버린다
> [……]
>
> ─「저 깜박이는 것들」에서

시인으로 하여금 유년기의 상실된 집에 대한 그리움과 기다림을 가능케 했던 순수상상력의 공간은 이 시대를 지배하는 각종의 정보매체에 의해 무화된다. 기다림은 변질된다. 진보의 논리를 앞세운 시간의 무서운 속도 앞에서 지난 과거의 회상이란 있을 수 없다. 인간의 무의식 속에 내재된 기억마저 기계화함으로써 일종의 마네킹과 같은 박제품으로 만드는 시대. 그 상징인 도시 속에서 시인은 하나의 정보매체의 부속품으로 전락한다.

[……]

내 눈이 보고 싶던 것이 무엇인지, 보고 싶은 것이 무엇인지를 알 수가 없게 되어버렸다. 잠 안쪽에서도 두 눈 뜨고 있어야 하느니

내 눈이 먼저 가 닿아 내가 불려가는 길, 사라졌다. 시선이 떠나가 돌아오질 않는다. 서울은 캄캄할 만큼 현란하고 현기증으로 증발할 만큼 무겁게 돌아간다. 즐겁다고, 쫓아가고 싶다고, 누릴 수 있다고, 견딜 수 있을 것이라고……

안구 패여나간 나는 말할 뻔하다. 뻥 뚫려 허당인 내 두 눈구멍 속으로 서울은 24시간 형광을 불밝혀 놓는다. 의안은 울지 않으니

[……]

　　　　　　　　　　　　　　　—「타워 크레인」(『서정시학』, 1995)에서

　가공할 욕망으로 모든 것을 탐식하는 서울이라는 거대한 자본의 성채 속에서 시인은 박제화되어 간다. 유년기의 집도, 그것에 대한 아름다운 기억과 회상도, 순수 상상력도 이 회색의 도시 속에서는 색바래져 간다. 생명의 초록색은 비생명의 회색으로 탈색된 채, 번쩍이는 무기질의 상품기호로 전락해버린다. 시인은 그런 도시의 맹목적인 욕망 앞에 노출되어 있으면서도, 그러나 그 욕망의 재물이 되기를 거부한다.

[……]

도시가 내미는 이 희고 고운 손들을

조심하라, 관능은 죽음과 가장 가까운

풍경인 것, 세련은 이미 무수한 죽임 위에

버티고 선 힘인 것이다

　　　　　　　　　　　　　　　—「두 눈과 귀 틀어막다」에서

"조심하라"는 이 거부의 자리는 실상 순수상상력에 입각한 '길찾기:집찾기'의 질적 변용이 시작되는 지점이다. 이전에 꿈과 순수상상력을 통해 시도되던 '길찾기:집찾기'가 이제 현실의 강력한 모순에 부딪치면서 새로운 '길찾기:집찾기'로 변용된다. 새로운 '길찾기:집찾기'는 현실의 위기상황을 어떻게 극복하여 시적으로 내재화하느냐에 따라 달라질 것이다.

2. 게으른 산책과 푸른 강

자본의 탐욕 앞에서 그 탐욕의 희생물이 되기를 거부하는 시인이 드러내는 잘 정돈된 증오는 무엇인가? 오늘날 우리 시단에서 자본에 대한 증오는 정신분열증세를 드러냄으로써 그 자본의 모순을 역설적으로 비판하는 것으로 나타나거나, 혹은 자본의 힘이 미치지 않는다고 판단되는 자연으로의 회귀로 나타난다. 이문재는 이와는 다른 방식으로 증오를 드러낸다. 그것이 무서운 파시스트적인 속도의 시대에 철저히 '게을러지는 것', 곧 새로운 길찾기이다.

> [……]
> 게으른 사람만이 아름다울 수 있다
> 아플 만큼 한번 게을러야 한다
> 해바라기처럼 나는 노을을
> 놓아주지 못한다 늘 저녁에게
> 잘못한다
>
> 게으른 사람만이 볼 수 있다

게으름은 속도가 지배하는 모든 논리에 대한 소극적인 거부와 반항이다. 게으름이 심화되면 그것은 유폐된 공간으로 자아를 응축시킨다. 두더지처럼 골방에 처박혀 왜곡된 근대를 거부하던 30년대의 모더니스트인 이상이 그 예이다. 그러나 이문재는 적당히 게으르다. 그래서 그는 여전히 머리를 기르고 다 떨어진 구두를 신고 보헤미안처럼 도시를 산책한다. 이상의 '자아 유폐'가 아니라 박태원의 '산책'을 택한다. 그 산책은 자본의 신전 속을 어슬렁거리는 산책이다.

〔······〕
이 도시는 느슨한 산책을 아주
싫어하는 모양입니다 산책은 아니
산책만이 두 눈과 귀를 열어준다는 비밀을
이 도시는 알고 있는 것이겠지요
도시는 사람들에게 들키고 싶어하지
않는다고 하더군요 저 반짝이는
유토피아에의 초대장들로 길 안팎에서
산책을 훼방하는 것이지요

도시는 단 한 사람의 산책자도
인정하지 않으려 합니다 느림보는
가장 큰 죄인으로 몰립니다
게으름을 피우거나 혼자 있으려 하다간
도시에게 당하고 말지요
이 도시는 산책의 거대한 묘지입니다

—「마지막 느림보」에서

도시산책이란 무엇인가? 보들레르의 시나 30년대 모더니스트 박태원의『소설가 구보씨의 일일』에 나타나는 산책자 모티프가 그 해답을 준다. 모던 보이 박태원에게 있어서 산책은 지각의 낯설게 하기와 관련이 있다. 물화되어가는 소비도시 경성을 산책하면서 박태원은 당대의 소시민들이 놓치고 있는 근대도시의 배면에 감추어진 추악한 병폐를 간파한다. 산책을 하면서 도시의 허상 뒤에 숨겨진 추악한 본질을 드러냄으로써 낯익은 기존의 지각을 낯설게 하고, 그 낯설음을 통해 근대도시 경성의 병리현상을 폭로하는 것이다. 이문재의 산책도 동일 선상에 놓여 있다. 그러면서도 그 특질을 달리한다.

아름다운 산책은 우체국에 있었습니다
나에게서 그대에게로 편지는
사나흘을 혼자서 걸어가곤 했지요
그런 발효의 시간이었댔습니다
가는 편지와 받아볼 편지는
우리들 사이에 푸른 강을 흐르게 했고요
〔……〕

—「푸른 곰팡이」에서

산책을 통한 지각의 낯설게 하기가 궁극적으로 지향하는 것이 "푸른 강"이다. 최첨단의 각종 정보매체가 지배하는 시대에 "사나흘" 걸려서 전달되는 우체국의 편지와 같은 삶. 무서운 속도로 내달리는 자본이라는 이름의 기계, 그 욕망의 거센 흐름을 느슨하게 함으로써 그 기계를 삐걱거리게 만든다. 그 삐걱거리는 틈새에 자본의 속도가 거세시킨 것들을 표출한다. 진보의 논리에 입각한 가공할 속도에 의해 단절된, 편지로 매개되는 인간적인 만남을, 그리고 과거의 아름다운 추억과 미래에 대한 꿈마저 물신화하는 자리에 그것에 대한 그리움과 기다림을 표출함으로써 반생명적인 회색의 도시에 생명의 푸른 강을 떠올린다. 그러니까 시인은 애초에 순수상상력만으로 추구하던 '길찾기:집찾기'가 좌절된 자리에서 현실과의 부딪침을 통해 산책이라는 새로운 길찾기를 확보하고 이를 통해 새로운 집찾기를 감행한다. 새로운 집은 이전의 순수상상력의 집이라는 비현실태가 아니라, 그것을 현실에 부딪침으로써 새롭게 질적으로 변용시킨, 현실적 가능태로서의 집이다. 새로운 집은 후술하겠지만, '푸른 강'에 이어진 '푸른 지구의 집'으로 질적 변용을 이룬다. 이처럼 시의 심층에 내재된 '푸른 강'으로 상징되는 생명적인 것과 자연적인 것에 대한 지향성으로 인해 그의 산책을 통한 현실에 대한 증오는 '잘 정돈되어 아름답기까지 한 것'이다. 이 정돈된 아름다운 증오에 의해 그는 시의 고급성을 유지한 채 자본에 대한 증오를 드러낸다. 그가 대중문화와 고급문화의 혼재를 비판하는 시각은 이에 기초한다.

> 〔······〕 인류의 문화적 소비만족도를 끌어올려주는 저 후기자본주의의 섬세한 소프트웨어의 위력이여, 잔디 구장에 깔린 붉은 양탄자와 의자가 걷히고 나면, 마이 웨이와 아베 마리아가 빅 쓰리에 의해 불리던 그곳에서 브라질과 이태리의 '꿈의 구연'이 펼쳐질 것이었다. 〔······〕
> ―「빅 쓰리 인 엘에이」(『서정시학』, 1995)에서

3. 환경시와 푸른 지구의 집

자본의 무서운 속도에 편승하는 것을 거부하는 몸짓인 새로운 길찾기로서의 게으름, 그것에 기초한 산책과 부사성(副詞性)을 통한 새로운 집에 대한 그리움의 표출, 이것이 이문재의 최근시의 경향이다. 이러한 산책과 부사성으로서의 새로운 길찾기가 새로운 집에 대한 지향성을 어떻게 심화시키느냐의 문제는 그가 산책을 통해 현실의 모순을 얼마나 깊이 있게 천착하느냐에 달려 있다. 현실과의 대결을 통해 그가 궁극적으로 추구하는 새로운 '길찾기:집찾기'가 과연 일정한 성과를 거둘 수 있는가의 여부는 다음의 일련의 환경시편에 대한 분석을 통해 점검해 볼 수 있다.

　　[……]
　　오존강 말라서, 오존강은 갈라져서
　　아 우리들 살던 옛집 푸른 지구
　　막무가내로 무너진다
　　하늘로 쏘아올린 화살 벼락처럼
　　내려온다 불의 비, 질타의
　　장대비, 섭리의
　　쇠못 같은 비, 거침없이 퍼부어진다
　　모두 잠긴다 떠내려가는 것
　　아무 것도 없다 지구에서 쏘아올린
　　화살과, 바다로 흘려보낸 뜰것들로
　　가득하고 가득하고 가득하다

　　늦었다고 생각될 때는 이미 늦은 것

오존강 건너
묵시록의 굵은 글자들, 우리가 별이라고 믿었던
빛들이 붉은 피를 떨군다
늦었다고 생각될 때 이미 묵시록은
시작되고 있었다

—「오존 묵시록」에서

　세기말의 시대 혹은 종말론의 시대라는 오늘날, 환경문제는 전 인류
와 지구의 생존과 직결된 문제이다. 자본의 신전이 게워내는 각종 공
해물질로 인해 천상은 오존층이 파괴되고, 지상은 상품쓰레기로 뒤덮
힌다. 이러한 환경오염을 부분적으로 비판하는 시는 우리 시단에 많이
있으며, 또한 '생태환경시' 혹은 '환경시'로 분류되는 시들도 많이 등
장하고 있다. 이들 시들과 이문재의 시와의 차이점은 무엇인가?
　우선 이문재는 환경문제를 대기오염, 혹은 수질오염 등의 국부적인
부분에 한정시키기보다는 그것을 총체적이고도 집약적으로 다루고 있
다. '오존강의 묵시록'이라는 상징어가 그것이다. 푸른 오존강이 있고
그 강에 별빛들이 칡넝쿨처럼 얽혀 있는 아름다운 옛집 푸른 지구가
있다. 그 집이 각종 공해물질에 의해 황폐화되고 있다. 별이 붉은 피를
흘리고 있다. 그러면서 황폐화된 오존강은 이제 그것을 황폐화시킨 것
들에 대해 복수를 감행한다. 지구와 인류의 종말이 닥쳐오고 있고, 그
런 세기말적 위기상황에 시인은 묵시록을 던지고 있다. 그 묵시록을
통해 우리는 자본의 현실에 부딪치면서 시인이 추구하는 새로운 '길찾
기:집찾기'가 무엇인가를 간파할 수 있다. 유년기의 아름다운 추억에
기초한 그의 집찾기는 환경비판시에 이르러 '오존강이라는 푸른 지구
의 집'이라는 새로운 집으로 확대되어 있다. 그의 현실 부딪치기를 통
한 새로운 '길찾기:집찾기', 곧 도시산책과 푸른 지구의 집은 일단 그

변용에 성공하였음을 보여준다. 문제는 양적 변용에 병행된 질적 변용
의 여부이다.

> [……]
> 사랑이라고 한때 말했던 관계들아
> 약속들아, 아직도 그리움으로
> 미지근한 것들아 미안하다 아, 나는
> 방부제로 연명해 온 것이었으니
> 썩은 땅 위 구멍뚫린 오존층 아래
> 묘비명처럼 천천히
> 그러나 깊이 새겨지는 한 마디
> 내 삶은 이미 환경문제였다
> 나는 공해배출업소였다
>
> —「고비사막」에서

환경문제에 대한 접근은 크게 세 가지로 분류된다. 오늘날의 환경오
염을 낳은 근본원인이 무엇이냐에 대한 인식에 따라 그것은 갈라지는
데, (i)과학기술 만능주의에 대한 비판, (ii)문명 비판, (iii) 새로운 가
치관의 추구가 그것이다. 오늘날 우리 시단의 '환경시'는 대부분 (i),
(ii)에 그 시선이 집중되어 있다. 물론 세 가지는 각기 나름의 장점을
지니고 있지만, 환경문제의 근본적인 해결은 새로운 가치관의 추구에
의해 가능하다. 이문재의 환경시가 갖는 두 번째의 특질은 그의 시선
이 (iii)에 집중되고 있다는 점이다.

오늘날의 환경문제를 야기한 근본원인이 근대자본주의라면, 이것을
이끌어 온 가치관과 인식관에 대한 전면수정으로 그 극복이 가능하다.
그것은 이성중심주의의 인간관의 극복으로 직결된다. 이성에 대한 절

대적 믿음으로 자연을 재가공하던 근대적 가치관이 결국은 자연의 황폐화와 오염을 낳았기에, 이제 그 극복을 위해서는 근대적 인간 스스로에 대한 자체반성을 통한 새로운 가치관의 획득이 필요하다. 새로운 가치관은 '인간:자연'의 대립항을 구축하는 이성적 사고체계가 아니라 인간과 자연이 일체가 되는 가치관일 것이다. 그 가치관 설정의 첫 단계가 인간 자신에 대한 비판일 것이며, 그 비판적 반성에 입각할 때, 오늘의 환경오염을 일으킨 주범이 우리들 인간 자신이라는 것을 깨닫게 된다. "나는 공해배출업소였다"가 그것이다. 그럴 때, '푸른 지구'로 확대된 새로운 집에 대한 그리움, 그 그리움에 기초한 지향성을 불가능하게 하는 것은 일차적으로 자본의 타락이겠지만 보다 근본적으로 자신의 가치관이라는 뼈아픈 자각이 들게 된다.

새로운 가치관의 추구를 위한 뼈아픈 자기비판은 시인에게 엄청난 절망을 안겨주지만, 그러나 이 절망을 깊게 하면서 그것을 극복해낼 새로운 가치관을 획득할 때, 전 지구로 확산된 새로운 집에 대한 그리움과 기다림은 일정한 질적 깊이를 확보할 것이다. 그 질적 깊이는 그가 얼마나 더 게을러지고 그의 산책이 얼마나 고통스럽고 고독해지느냐에 달려 있다. 이문재는 지금 자기비판과 그로 인한 절망이라는 새로운 길의 초입에 서 있다. 그의 새로운 '길찾기:집찾기'의 편력과정을 지켜보자.

병든 영혼과 황홀경의 세계

박정대론

1. 갈라진 시

박정대의 시는 갈라져 있다. 그의 시는 때로는 황량한 현실에 부딪쳐 고통스럽게 메말라가는 병든 영혼을, 때로는 아름다운 자연과의 교감을 통해 황홀경의 세계를 우리에게 보여준다. 그의 시는 영화 '동사서독'에 나오는 무사처럼 사막과 같은 현실과 대결하기도 하고, 또 때로는 천 개의 촛불이 환하게 불을 밝힌 아름다운 세계에 대한 강렬한 지향성을 표명하기도 한다. 이처럼 양 축으로 갈라져 있는 그의 시세계는 우리 시단의 극단을 이루고 있는 두 계열체의 측면을 동시에 함유하고 있다. 전자가 해체시 계열의 시적 특질과 관련이 있다면, 후자는 자연 서정시 계열의 그것과 관련이 있다.

대개 우리 시에서 자연 서정시의 경우, 자연을 몸 가볍게 찾아가서 정신의 상승을 외치는 경우가 태반이다. 이들 시에서 우리는 도시문명 이미지와 자연 이미지의 선명한 이분법적 대립 뒤에 위장된 주말산행

적인 가벼움만을 읽을 뿐, 삶과 문명에 대한 고뇌와 대결 의식, 그로부
터 빚어지는 긴장감을 느끼기는 어렵다. 한편 해체시의 경우, 신격화
된 자본이 지배하는 현실의 모순에 대한 비판이라는 본래적 의미를 상
실한 채, 그야말로 '해체를 위한 해체' 라는 유희적 행위만을 되풀이하
고 있는 실정이다. 이런 상황에서 박정대의 시는 이질적인 두 계열체
의 경계를 넘나들면서 그 미학적 깊이를 확보하고 있으며, 또한 그 질
적 변용을 통해 갈라짐을 통합하여 새로운 시적 특질을 생성해내려고
한다는 점에서 주목된다.

2. 병든 영혼과 황홀경의 세계

무화과 나무를 보았네
강릉 지나 견소라는 곳
마을 어귀를 돌다가
말로만 듣던 무화과 나무를 보았네
[……]

—「견소에서」에서

시인은 "견소"에서 "무화과 나무"를 본다. 어쩌면 그는 여느 다른 자
연 서정시처럼 삭막한 도시에 지친 심신을 달래기 위해 공기 좋은 자
연으로 가벼운 주말여행을 와서 무화과 나무를 보는지도 모른다. 그렇
다면 그는 무화과 나무의 아름다움과 때묻지 않음을 말하면서, 쉽게,
그것에 도시문명의 이미지를 이분법적으로 대비시킬 것이다. 그런데
박정대의 시는 그렇지 않다.

[……]
열매 속에서 속꽃 피는 게 무화과라고
누군가 말했던가
[……]

—「견소에서」에서

　시인은 무화과 나무 열매를 보고 그 속에 피는 "속꽃"을 본다. 이러한 인식은 예사롭지 않다. 자연물의 표면만을 보는 피상적 인식에서 벗어나 그의 인식은 그 이면으로 파고든다. 그리하여 시인은 자신을 열매 속의 속꽃과 동일시하고 그 속으로 걸어 들어간다. 그곳은 "그 어둡고 단단한 곳/바라보니, 그대 깊은 가슴 속"이다.

　무화과 나무 열매 속의 속꽃을 인식하고, 그것과 일체가 되려는 이러한 행위가 내포하고 있는 의미는 무엇일까? 그것을 우리는 「하늘의 뿌리」라는 시를 통해 감지할 수 있다. 시인은 하늘에서 내리는 비를 본다. 그는 비를 하늘의 뿌리로 인식한다. 하늘의 뿌리로서의 비는 '넉넉한 대지의 품 속'으로 뿌리를 내리려고 한다. 비는 시인 자신이다. 그러나 대지는 넉넉하지 않다. '갈가마귀떼'가 날고 '가혹한 시간과 공기'가 지배하는 곳이다. 그래서 비는, 아니 시인은 이 삭막한 '저자거리'에 뿌리를 내리지 못한다. 그리하여 그는 뿌리를 내릴 수 있는 '넉넉한 대지의 품속'을 지향한다.

[……]
하늘의 뿌리여
너는 왜 지상의 강물에 발을 담그는가
넉넉한 대지의 품 속으로 뿌리내리던
빗방울들의 육체여,

너는 지금 어디를 통과해 가고 있는가 밤새도록

비가 내려, 그 무슨 격렬한 표현처럼 나를 휩쌀 때

숫처녀와 썹하듯 그렇게, 오오 나는

하나의 세상을 통과하고 싶었는지도 모른다

다만, 속도에의 열망 같은 것이

나를 살아가게 하던,

이 잔인하고도 황홀한

시간의 늪 속에서

　　　　　　　　　　　　　　　　—「하늘의 뿌리」에서

　시인은 이 세계가 파시스트적인 속도가 지배하는 곳이라는 것을 분명
히 인식한다. 파시스트적인 무서운 가속도가 지배하는 곳에서 인간은
속도에 편승해야만 하는 한낱 부속품에 불과하다. 속도에 편승하지 못
하면 영원한 낙오자가 된다. 오로지 속도로부터 이탈되어서는 안된다
는 것, 그것만이 우리의 의식을 지배할 뿐이다. 속도에서부터 벗어나
조용히 우리의 삶을 되돌아보고 반성해볼 여유 따위는 애초에 존재하
지 않는다. 속도를 거부할 어떤 반역도 꾀할 수 없으며, 어떤 욕망도
가질 수 없다. 시인은 자신이 뿌리 내릴 "넉넉한 대지"가 이 세계가 아
님을 분명히 간파한다. "산다는 게 어쩌면/낡은 구식 쟁기와 같은 것이
어서/이미 경작할 마음의 밭이 없는 나"는 그래서 '죽음'을 생각한다.
무서운 가속도의 흐름을 거부하는 것은 일상적인 삶을 거부하는 것이
다. 그것은 어쩌면 죽음을 염두에 둔 속도에 대한 반역행위일 것이다.
그러한 위험을 무릅쓰고서라도 자신의 영혼이 뿌리 내릴 "넉넉한 대
지"를 찾아 "하나의 세상을 통과"하는 시적 과정을 시인 스스로 '병든
혼의 가혹한 질주'라고 명명한다.
　"넉넉한 대지"는 '무화과 나무 열매 속의 속꽃'이자, '애인'이 있는

곳이며, 그곳은 메말라가는 병든 영혼이 욕망하는 세계이다. 시인은 그 세계에 도달하기 위해 세상의 끝을 치달리는 삶을 살아간다. 그 삶은 '한장의 음화'와 같은 삶이다. 세상에의 안주를 포기한, 음화와 같은 삶은 음화에 드러나는 뼈의 앙상함처럼 앙상한 것이면서 '격렬한 고독'과 같은 것이다. 병든 영혼은 자신의 영혼이 치유될 수 있는 대지를 찾아 떠난다. 그의 길떠남은 먼저 '저자거리'에의 포복으로 나타난다. '저자거리'에 몸을 밀착시킨 채, 그는 '저자거리' 땅 속 깊이 있는 영혼의 고향을 찾아 지하로 파고든다.

> [……]
> 너에게로 가기 위하여
> 나는 날아가는 새들의 날개 끝에도 머무르지 않았고,
> 구름의 사소한 슬픔으로도 머무르지 않았었느니
> 정녕 바람의 온갖 예언들은 알고 있었으리
> 내가 왜 스스로 가장 작은 지상의 벌레가 되어 땅 속의
> 땅 속의 지하수로 가는 동굴을 파고 있었는지
>
> ─「사월 나무 한 그루」에서

땅 속의 지하수로 가기 위해 동굴을 파는 가장 작은 지상의 벌레, 그것이 시인의 영혼이다. 포복한 채 땅을 파고드는 그의 영혼은 무수한 상처를 입는다. 박정대 시에 나타나는 자연 서정시의 측면이 갖는 돋보임이 바로 이것이다. 모순된 삶으로부터의 일시적 도피나 주말산행적 휴식이 아닌, 현실에 처절하게 부딪치면서 영혼의 고향을 지향하는 시, 그의 표현대로 '병든 혼의 가혹한 질주'와도 같은 시, 그러기에 그의 시는 천박하기 이를 데 없는 수많은 자연 서정시와는 다른 자리에 서 있다. 그의 자연 서정시를 읽는 것은 고통스럽다. 그 고통스러움에

비례해서 그의 시는 또한 우리의 가슴 속 깊이 와 닿는다. 상처투성이의 영혼이 도달하고자 하는 '넉넉한 대지'는 어떤 곳일까? 그곳을 우리는 다음의 매우 훌륭한 한 편의 시에서 만날 수 있다.

호수 깊은 곳으로 검은 돌 하나가 가라앉고 있네
나비들은 허공의 물결인 듯 돛단배의 길을 열고 있네

그 사이로 흐르는 지상의 음악소리,

내가 촛불을 들고 오래도록 바라보는 유일한 꿈
천 개의 촛불이 애태우며 꿈꾸는 유일한 나

나무들,

—「나무들」 전문

나무는 시인의 욕망의 표상이다. 박정대 시에서 나무가 갖는 의미는 그의 또 다른 수작인 「사월 나무 한 그루」라는 시에 함축적으로 제시되어 있다. 아무 제약을 받지 않고 격렬한 욕망을 표명하는 짐승과 강물이 있는 곳, 그곳에서 뿌리 깊은 사랑을 하는 나무, 그것이 박정대가 욕망하는 세계이다.

[……]
보이는 곳의 사랑들은 모두 움직이고 있구나
태어난 자리에서 뿌리 깊은 사랑을 하는 온갖 나무들이여
저마다의 격렬한 희망을 표명하며 흘러가는 오 짐승이여 강물이여
너희들이 흘러가서는 마치 최초의 기쁨으로 스며드는

오, 그 알 수 없는 정밀한 욕망의 나무를 나에게
나에게만 가르쳐다오 나는 스무 해가 넘게 아무도 모르는
나 혼자만의 은밀한 나무를 꿈꾸어 왔나니
　　　　　　　　　　　　　　　—「사월 나무 한 그루」에서

「나무들」에 제시된 '지상의 음악소리'는 파시스트적인 속도가 지배하는 지상의 음악소리가 아니다. 그것은 수많은 상처를 입은 '벌레'가 도달한 '넉넉의 대지'로서의 지상이다. 그 지상에 음악소리가 흐른다. 아마도 그 음악은 시인과 '나무'와 '나비'와 '호수'와 '돛단배'가 영혼의 교감을 나누는 소리일 것이다. 인간과 나무, 나비와 인간이 일체가 된 지상, 그 지상은 어쩌면 꿈과 현실이 구분되지 않는 저 장자의 호접지몽(胡蝶之夢)의 세계일 수도 있고, 또는 인간이 역사와 시간을 도입한 이후 상실한, 아득한 시원의 고향일 수 있다. 천 개의 촛불이 불을 환하게 밝히는 이 황홀경의 세계를 향해 박정대의 영혼은 죽음을 무릅쓰고 지하로 침잠하고 있는 것이다. 이 황홀경의 세계야말로 복사꽃에서 우주의 항문을 보는 장옥관의 시처럼 자연 서정시가 도달할 수 있는 가장 깊은 미학적 층위에 해당될 것이다.

3. 레이지 버드와 불멸의 세계

한편, 박정대의 시는 해체시 계열에도 뿌리를 내리고 있다.「거울 속에 빠진 양조위」,「양조위」,「동사서독에 의한 變奏」,「레이지 버드에서」 등의 시편이 그것이다.「동사서독에 의한 변주」에서 시인은 자신을 영화의 무사와 일치시킨다.

〔……〕

눈을 감고 바라보는 세상의 저 편에까지 간다

그 소리의 끝에 무사히 도착한 바람이 고요히 복사꽃을 피운다

오동나무에 달이 뜨는 밤이면 나는, 날아다니는 무사들을 본다

〔……〕

　　　　　　　　　　　　　　—「동사서독에 의한 변주(變奏)」에서

　사막에서 복사꽃을 꿈꾸는 날아다니는 무사, 그것은 바로 황량한 '저자거리'에서 황홀경의 세계를 꿈꾸는 병든 영혼으로서의 시인 자신이다. 시인은 영상 이미지를 통해 자신이 살아가는 현실을 사막과 같은 것이라 규정하고, 그 사막에서 꿈을 간직한 채 외롭게 살다 죽어가는 무사와 자신을 동일화한다.

　그러나 그 순간, 시인은 그런 동일화가 파시스트적 속도가 지배하고 각종 영상매체와 상품 이미지가 지배하는 현실의 논리에 길들여지는 것임을 깨닫는다. 그래서 '양조위'를 푸른 거울 속에 빠뜨린다. 「거울 속에 빠진 양조위」라는 꼴라쥬 시에서 시인은 왜 '양조위'라는 영화 이미지를 거부하는지를 보여준다. 시인은 자신의 모습을 영상 이미지에서 찾을 수밖에 없음에 절망한다. 이미지와 가상(simulation)이 지배하는 세계, 실재는 은폐된 채 각종 영상정보 매체와 상품 이미지들에 의해 욕망은 획일화되고 모든 것이 상품화되는 곳이 현실이다. 그런 세계에서 영화의 이미지와 자신을 동일화하는 것이야말로 이미지 세계의 논리에 함몰되어 가는 것이다. 시인은 그것을 깨닫고 '양조위'의 이미지(사진)를 '푸른 거울 속'에 빠뜨린다. '계략처럼'.

　푸른 거울은 우리 시에서 윤동주의 자아성찰과, 이상의 자의식의 분열의 매개체였다. 그 매개체를 시인은 영상 이미지에 대한 비판의 매개체로 활용한다. 푸른 거울은 이미지 세계에 살아가는 우리들 자신의

모습을, 우리들 욕망의 타자를 비추어준다. 그런데 이미지 세계는 진정한 욕망의 타자를 만날 수 없는 곳이다. 이 세계에서의 욕망은 '양조위'로 상징되는 이미지에 의해 획일화되어 있다. 푸른 거울을 시인이 바라보든, 혹은 우리들이 바라보든, 만나게 되는 욕망의 타자는 '양조위'라는 이미지일 뿐이다. '나'를 '나'이게 하는 진정한 욕망의 타자는 더 이상 이미지 세계에 존재하지 않는다. 우리들 모두는 각자의 개체성을 상실한 채, 하나의 '양조위' 이미지로 이미지화되어 재생산될 뿐이다. 욕망이 획일화되고 박제화되면서 우리는 이 세계의 모순에 대한 인식과 비판 능력을 상실한 채 하나의 상품 마네킹으로 전락해가고 있다. 따라서 상품 이미지에 기댄 시를 쓰는 것은 이미지 세계의 논리를 확대재생산하는 것일 뿐이다. 그러기에 시인은 "내가 가장 혐오하는 시들은 시 속에 사진을 끼워 넣거나 영화 이야기 나부랭이를 시 속에 삽입하는 그런 시들"이라고 말한다. 그는 그런 시를 쓰기보다는 차라리 라디오의 음악소리를 듣겠다고 말한다.

이미지가 지배하는 세계에 있어서 시쓰기의 절망감을 역설적으로 토로하면서, 시인은 이 세계의 모순에 대한 비판을 통해 이미지 세계 너머, '문 밖의, 저 화면 밖의', 진정한 '생(生)'(「양조위」)의 세계로 나아가고자 하는 '계략'을 꾸민다. 그 계략은 무서운 가속도에의 편승을 거부하는 '게으름'으로 나타난다. '레이지 버드(lazy bird)' 되기가 그것이다. 그림과 각주 형식으로 된 「레이지 버드에서」라는 시에서 박정대는 자신을 게으른 새에 비유한다. 여섯 달 동안의 긴 여행을 통해 '천지'를 향해 날아가는 새, 그 새가 지향하는 곳은 '불멸'의 세계이다. 지상은 모든 것이 가볍게 변하고, 여섯 달이면 소설이 한 권 쓰여지는 무서운 속도와 상품논리가 지배하는 곳이다. 이 황량한 세계로부터 비상한 새는 아주 게으르게, 그러면서 '불멸'의 세계를 향해 날아간다. 그곳은, 앞서 살펴본 자연 서정시 쪽이 지향한 황홀경의 세계, 곧 인간과 자연이 조화롭게 공존하는 '넉넉한 대지'의 세계와 등가를 이룬다. 박정대의 해체시는 상품 이미지가 지배하는 현실에 대한 비판을 통해 불멸의 세계로 비상한다. 이 불멸의 세계로야말로 오늘날의 해체시가 궁극적으로 나아가야 할 지평이다.

4. 해체시와 자연 서정시의 지향점

유행에만 민감한 채 개성을 상실하고 시적 진실마저 방기해버림으로써, 왜소해질 대로 왜소해진 오늘의 우리 시가 나아갈 지평이 무엇인지를 박정대의 시는 잘 보여주고 있다. 자연 서정시든 해체시든, 우리 시대의 모순을 극복하고자 하는 치열한 시정신이 결여될 때, 그것은 천박한 시가 될 수밖에 없다. 파시스트적 속도, 상품 이미지, 각종 영상정보 매체가 지배하는 이 시대에 우리 시가 지향해야 할 것은 분명하다. 인간과 자연이 조화롭게 공존하면서, 모든 것이 진정한 욕망의 타자로 교감하는 곳, 그곳이야말로 우리가 상실한, 그러나 반드시 회복해야 할 선험적인 고향이며, 우리 시대의 시(문학)가 나아가야 할 지평이다. 그 공간은 우리가 그것에 대한 강렬한 지향성을 지닐 때, 그래서 우리 시대의 모순과의 치열한 대결을 통해 이미지와 가상을 벗겨낼 때, 언제 어디서든 볼 수 있고 만질 수 있는 현실적 가능태이다.

비상과 포복, 상승과 하강의 상상력, 해체시 계열과 자연 서정시 계열의 넘나듦을 거듭하면서, 박정대의 시는 이 황량한 세상, 그 끝에 있는, 혹은 그 이면에 내재된 현실적 가능태로서의 선험적 고향을 지향한다. '레이지 버드'가 지향하는 불멸의 세계, '나무'가 욕망하는 세계를 통해 우리는 박정대의 시가 우리 시의 두 계열체가 도달할 수 있는 미학적 층위의 아주 깊은 영역에 뿌리를 드리우고 있음을 알 수 있다.

이러한 깊이는 황량한 현실에 가열찬 정신으로 부딪치는, 그로 인해 '병든 영혼'만이 도달할 수 있는 미학적 깊이이며, 그곳에 그의 황홀경의 세계가 자리잡고 있다. 주말여행류의 자연 서정시나 자본의 신전을 가볍게 유영하는 해체시 따위는 결코 이 황홀경을 맛볼 수 없다. 오로지, 그것은 시쓰기를 두고,

　　[……] 지금 살아 있음의 유일한 증명이기도 한 것이네 그리고 '오동나무 잎사귀의 드리머인 저 빗방울들 좀 봐'라고도 쓸 수 있는 것이라네

　　　　　　　　　　　　　　　　　　　　　　　—「外一篇)」에서

라고 감히 말할 수 있는 시인만이 맛볼 수 있는 세계이다.

　이제 박정대의 시는 새로운 질적 변용을 꾀해야 하는 자리에 놓여 있다. 그것은 자연 서정시와 해체시의 양 극단에 뿌리를 드리우고 있는 그의 시세계가 질적 통합과정을 거쳐 새로운 시적 특질을 잉태하는 것과 관련이 있다. 레이지 버드의 방법과 나무의 꿈꾸기의 방법이 충돌하여 새로운 하나의 방법으로 질적 변용을 꾀하는 자리에 설 때, 그의 시는 우리 시에서 그만의 독특한 시 세계를 개진해 나가게 될 것이다. 더불어 그가 지향하는 황홀경의 세계는 훨씬 더 깊은 미학적 의미를 확보하면서 우리에게 더욱 진한 감동을 줄 것이다. 이를 위해 어쩌면 박정대 시인의 영혼은 더욱 '격렬한 고독'의 상태로 빠지거나, 더욱 '병든 영혼'이 되어야 할지 모른다.

'마음의 시'가 주는 감동적 울림

안도현론

1. 가슴앓이와 그리움

안도현의 시가 가슴앓이를 하고 있다. 세기말의 전환기인 지금, 대부분이 시를 외면하거나 상품화하는 와중에서도 안도현은 '순진하게' 시 때문에 가슴앓이를 하고 있다. 때로는 무작정 눈길을 걸어 군산 바다에 가서 한 접시 숭어회를 먹으면서 취하거나, 혹은 장생포 바닷가에 홀로 서서 오지 않는 고래를 그리워하면서 깊은 가슴앓이를 하고 있다. 그의 시에 나타나는 가슴앓이는 특정한 외부대상, 가령 사랑하는 연인이나 혹은 거대한 혁명적 이념 등에 얽매여 있지 않다.

그의 시적 인식은 가시적인 외부대상을 향하되 일상의 사소한 것에 집중되어 있다. 그러면서 우리 눈에 보이지 않지만, 우리 마음 한 구석에 자리잡고 있는 어떤 것을 강렬하게 그리워하고 있다. 그 그리움이 가슴앓이의 원인이다. 그의 시는 우리가 일상과 자연에서 사소하게 지나쳐버리는 작고 하찮은 것들, 가령 감자나 모과나무나 물푸레나무 등을 포착하여 그것들을 마음의 눈을 통해 호흡하면서 가슴을 앓고 있다.

> 눈이 오면, 애인 없어도 싸드락싸드락 걸어갔다 오고 싶은 곳
> 눈발이 어깨를 치다가 등짝을 두드릴 때
> 오랜 된 책표지 같은 群山, 거기
> 어두운 도선장 부근
>
> 눈보라 속에 발갛게 몸 달군 포장 마차 한 마리
> 그 더운 몸 속으로 들어가고 싶은 거라
> 갑자기, 내 안경은 흐려지겠지만
> 마음은 백열 전구처럼 환하게 눈을 뜰 테니까
>
> 세상은 혁명을 해도
> 나는 찬 소주 한 병에다
> 숭어회 한 접시를 주문하는 거라
> 밤바다가, 뒤척이며, 자꾸 내 옆에 앉고 싶어하면
> 나는 그날 밤바다의 애인이 될 수도 있을 거라
> [……]
>
> —「숭어회 한 접시」에서

눈오는 밤, "애인" 없이 홀로 눈처럼 "싸드락싸드락" 걸어서 "오래된 책표지" 같이 친근하고 소중한 "군산" 바닷가 포장마차에서 밤바다를 애인 삼아 소주 한잔에 취하는 시인. 모순투성이의 세상에 절망하여서, 아니면 그냥 덧없이 소일 삼아 "빈둥거리면서" 혹은 낭만적 운치를 찾아 겨울 밤바다를 찾은 것일까? 그렇다면 『그리운 여우』에서부터

나타나는 그의 시편들은 첫 시집인 『서울로 가는 전봉준』에서 보여주던 매서운 현실인식이 무화되면서 쓸거리를 잃고 그저 그런 내용을 끄적거리는, 시인이라는 이름만을 겨우겨우 유지하는 그런 작품에 불과할 것이다.

그러나 안도현은 그런 저급한 시를 쓰고 있는 것이 아니다. 이 시는 얼핏 보면 '―거라' 체에 의해 마치 빈둥거리면서 건성건성 쓰여진 듯이 보일 수도 있다. 그러나 그런 위장막을 걷어내면, 이 시에서 우리는 캄캄한 밤바다 저 너머에 있음직한 어떤 것에 대한 그리움으로 인해 외롭게 속앓이를 하고 있는 시인의 모습을 만날 수 있다.

> [……]
> 강도 바다도 경계가 없어지는 밤
> 속수무책, 밀물이 내 옆구리를 적실 때
>
> 왜 혼자 왔냐고,
> 조근조근 따지듯이 숭어회를 썰며
> 말을 걸어오는 주인 아줌마, 그 굵고 붉은 손목을
> 오래 물끄러미 바라보는 거라
> 나 혼자 오뎅 국물 속 무처럼 뜨거워져
> 수백 번 엎치락뒤치락 뒤집혀 보는 거라
>
> ─「숭어회 한 접시」에서

하루하루의 생활고에 찌든, "굵고 붉은 손목"을 가진 포장마차 주인 아줌마의 "왜 혼자 왔냐"는 물음에 시인은 묵묵부답 "오뎅 국물 속 무"만 바라보고 있다. 그런데 이런 태도는 가진 자 내지 지식인이 가지지 못한 자나 무지한 이들에게 보내는 자기 기만적인 연민에서 비롯된 것이 아니다. '—거라' 투의 어법을 걷어낼 때, 세상의 그 누구도 알아주지 못하는 안도현만의 외로움과 고독감을 진하게 느낄 수 있다. 그리고 옆구리를 적시는 밤바다 그 시커먼 심연 속, 혹은 그 너머에 있는 어떤 것에 대한 그리움으로 인해 "오뎅 국물 속 무"처럼 수백 번 뒤치닥거리면서 가슴앓이를 하고 그것을 한잔의 술로 삭여내는 시인의 모습을 아프게 만날 수 있다. 또한 찌들고 가난한 주인 아줌마 앞에서 한없이 자신을 낮추고 부끄러워하는 모습도 만날 수 있다.

무엇 때문일까? 이전에 '세상의 혁명'과, 힘겹게 세파를 헤쳐나가는 가난한 이들에게 날카로우면서도 따뜻한 시선을 보내던 시인이 이제 그들을 앞에 두고서 스스로를 부끄럽게 여기면서 어떤 것에 대한 강렬한 그리움을 표명하고, 그로 인해 외로움에 빠져드는 이유는 무엇일까? 그것은 앞서 인용한 이 시의 2연에 나타나는 "흐릿한 안경"에 대비되는 "백열전구처럼 환하게 눈을 뜬 마음" 때문이다. 안도현은 눈으로 보이는 것들, 곧 아픈 세상과 그런 세상을 아프게 살아가는 이들에 대한 따뜻한 애정과 연민을 애써 '—거라' 투로 무시하는 척한다. 그러면서 실상은 그들의 아픔을 함께 나누면서 가시적인 것 너머에 있는 '마음'의 세계로 시적 전환을 꾀하고 있다. 그렇다면 안도현 시의 가슴앓이의 원인인 '마음의 시'의 본질은 무엇일까?

2. 마음의 눈으로 쓰여지는 시

안도현의 '마음의 시'는 1930년대 김영랑의 시처럼 현실에 대한 모든 인식을 차단한 채 '내 마음의 순수함'을 노래하는 그런 서정시와는 거리가 멀다.

[……]
매미는
울기 위해
지금, 울지 않는다
보이지 않고 들리지 않는다고
매미의 시절이 갔노라고
섣불리 엽서에다 쓰지 말 일이다
몸 속에는 늘 꿈지락거리며 숨쉬는 게 있는데
죽어도 죽지 않는
그게, 바로 흔히들 마음이라고 부르는 거란다

　　　　　　　　　　　　　　　　—「가을, 매미 생각」에서

　'보이지 않는' 매미, '들리지 않는' 매미 울음소리. 여름이 지나가면서 매미의 시절도 지나갔다. 그런데 현실적으로 보이지 않는 매미를 두고 시인은 아직 그 시절이 가지 않았노라고 말하고 있다. 그렇게 말할 수 있는 이유는 "몸 속에 늘 꿈지락거리며 숨쉬는/죽어도 죽지 않는" '마음' 때문이다. 눈으로 보고 귀로 듣는 가시적 현실에서 매미는 사라졌지만, 시인의 마음 속에 그 매미는 늘 살아 있다. 매미라는 작고 보잘 것 없는 대상을 마음으로 느끼고 일체가 되는 것, 그 마음 속의 매미를 시로 나타내려는 것, 그것이 안도현의 가슴앓이의 본질이다. 곧 안도현은 눈으로 보고 귀로 듣는 현상적이면서 가시적인 차원에서 시를 쓰는 것이 아니라, 그것을 마음으로 느끼고 호흡함으로써 현상적 차원에 내재된 어떤 본질적인 것을 쓰고자 한다.
　관습적 의미에서 시를 대상에 대한 비유로 규정할 수 있다면, 그 대상은 우리가 흔히 접하는 현실의 구체적인 것이거나 혹은 김영랑의 시에서처럼 마음 그 자체일 수도 있다. 그런데 안도현의 '마음의 시'는 그런 단순 대상을 시화하는 것이 아니다. 현실의 대상을 경험적 시지 각으로 인식하되, 그것을 다시 마음을 통해 느낌으로써 가시적 대상에 내재된 보이지 않고 들리지 않는 본질적인 것을 시화하려 한다. 그러기에 그는 지금 우리에게 익숙한 관습적 의미의 시, 말하자면 대상을 감각적 이미지로 변용시키는 시를 쓰고 있지 않다. 대신 그는 '마음의 시'를 쓰고 있다.

그런 시를 쓰는 이유는 세상을 바라보는 인식을 깊이 있게 심화시키기 위해서이다. 다시 올 여름에 보다 성숙된 모습으로 울기 위해 지금 울지 않는 매미처럼, 안도현은 이제 세상을 읽는 보다 깊이 있고 성숙된 시적 인식을 확보하기 위해 관습적인 시를 쓰지 않는다. 대신 '마음의 시'를 쓰려 한다. 왜 그는 이렇게 가슴앓이를 하면서 힘든 '마음의 시'를 쓰려는 것일까? 그의 시적 명성을 고려할 때, 그가 시를 대충대충 쓰더라도 우리는 별로 따가운 시선을 보내지 않는다. 그의 시는 쉽고 편안하게 읽히면서도 순간 순간 시적 재능을 번득이기 때문이다. 그런데 안도현은 참으로 순진하게 시에 미쳐 있다. 얼마나 시에 미쳐 있는지 안도현은 김용택 시인과 감자를 먹으면서도 그의 '마음의 시'로 인해 가슴앓이를 하고 있다.

[……]
문득 감자의 어린 시절이 생각나는 것이었다
감자는 먼저,
땅 속에서 어떻게든 싹을 틔우려고 무진장 애를 썼을 것인데
그 중에 성질이 급한 놈은 데굴데굴 구르기도 하고
어떤 놈은 통통 튀기도 하면서
이놈의 세상이 왜 이렇게 어둡냐고
답답해서 못 살겠다고 소리를 바락바락 질렀겠지

그러다가 어느 날 제 몸 바깥으로 솜털 같은 것이 빼죽이 나왔을 테고
깜짝 놀랐겠지, 무슨 큰 병이나 난 게 아닐까 하고
그것이 제가 틔운 싹이라는 것을 비로소 알고 그때부터는
뭐랄까, 혁명에 대한 예감이랄까
죽자살자 싹을 위로 치켜올렸겠지
아픈 줄도 모르고 땅 거죽을 머리로 들이받았을 거야
연초록 잎사귀를 땅 위로 펼칠 때까지 말이야

[……]
나는 또 감자의 성장기를 상상해 보는 것이었다
그래, 연초록 잎사귀를 땅 위로 밀어 올린 뒤부터가 문제야
땅 속에서는 실뿌리가 수없이 뻗어 나와
흙을 움켜잡기 시작했을 것이고
그 윗줄기에 처음에는 유경이 젖꼭지처럼 조그마한 물집 같은 게 생겼겠
지
불에 덴 뒤에 부풀어오르는 것
물집, 물집이라는 말은 아프다
흉터가 앉을 자리이기 때문이지
세상의 허벅지에 누군가 火印을 찍은 자국들,
감자알들, 제각기 하나의 둥글둥글한 세계,
언젠가 썩어야 한다는 것을 알면서도
감자는 점점 몸이 부풀어 갔을 거야
날이 갈수록 주렁주렁 매달리는 기쁨과 슬픔을
반반씩 키우며 속이 꽉 찬 감자가 되어 갈 때
감자꽃은 하얗게 피었을 테고
어라, 감자꽃이 피었네, 하며 나는 그 곳을 지나쳤겠지

[……]

                                        ──「감자 익는 냄새」 2, 4연에서

감자를 먹으면서, 아니 바라보면서 안도현은 그의 시에 대해 생각하고 있다. 그는 감자의 성장과정을 그의 시적 성장과정에 비유하고 있다. 아니 일체시키고 있다. 사소한 감자 따위에 말이다. 2연에 나타나는 "어둡고 답답한 세상"에 대해 "데굴데굴 구르고" "통통 튀기면서" "혁명에 대한 예감"을 가지고 "죽자살자 싹을 위로 치켜올린" 유아기 때의 감자는 첫 시집 『서울로 가는 전봉준』 이후부터 최근의 시집 『그리운 여우』까지의 그의 시가 아닐까? 4연에서, 땅 속으로 뿌리를 내린 감자알들, 그리고 그 감자알들이 피운 하얀 감자꽃이야말로 『그리운 여우』에서부터 나타나기 시작한 안도현의 '마음의 시'의 본질일 것이다. "세상의 허벅지에 누군가 火印을 찍은 자국"들인 수많은 "흉터"를 지닌 시인이 이제 그 상처를 안고 그 동안의 시적 과정에 대한 내면의 성찰을 꾀한다. 그리하여 작고 하찮은 "감자꽃" 하나도 "제각기 하나의 둥글둥글한 세계"를 간직한 채 조금씩 조금씩 '속'을 꽉 채워가고 있음을 깨닫는다. 시인은 가시적인 것에만 매달려 그동안 무심히 지나쳤던 것들 속에 내재된 소중하고 고귀한 본질을 마음을 통해 느끼게 되는 것이다. 감자꽃이라는 사소한 것 속에 내재된 둥근 세계, 곧 현상 속에 내재된 본질적인 것을 마음으로 느끼고 그것과 일체가 되려는 것, 그것이 '마음의 시'이다.

아주 작고 하찮은 것이
내 몸에 들어올 때가 있네

도꼬마리의 까실까실한 씨앗이라든가

내 겨드랑이에 슬쩍 닿는 민석이의 손가락이라든가
잊을 만하면 한번씩 찾아와서 나를 갈아엎는
치통이라든가 귀틀집 처마 끝에서 떨어지는 낙숫물 소리라든가
수업 끝난 오후의 자장면 냄새 같은 거

내 몸에 들어와서 아주 작고 하찮은 것이
마구 양푼 같은 내 가슴을 긁어댈 때가 있네

[……]
소주, 아주 작고 하찮은 것이
내 몸이 저의 감옥인 줄도 모르고
내 몸에 들어와서 나를 뜨겁게 껴안을 때가 있네

　　　　　　　　　　　　　—「아주 작고 하찮은 것이」에서

　일상에서 우리가 사소하게 지나치는 아주 작고 하찮은 것들을 안도
현은 그냥 지나치지 않는다. 그 모든 것들을 자신의 마음으로 끌고들
어와 뜨겁게 껴안으면서 그 동안 보지 못했고 듣지 못했던 그들의 소
중한 세계 때문에 가슴앓이를 하고 그것을 시로 나타내려고 한다. 시
로 나타내되, 관습적인 의미의 시로 나타내는 것이 아니다.

[……]
삶이란,
버선처럼 뒤집어 볼수록 실밥이 많은 것

나는 수없이 양철 지붕을 두드리는 빗방울이었으나
실은, 두드렸으나 스며들지 못하고 사라진

빗소리였으나
보이지 않기 때문에
더 절실한 사랑이 나에게도 있었다

양철 지붕을 이해하려면
오래 빗소리를 들을 줄 알아야 한다
맨 처음 양철 지붕을 얹을 때
날아가지 않으려고
몸에 가장 많이 못자국을 두른 양철이
그 놈이 가장 많이 상처 입고 가장 많이 녹슬어 그렁거린다는 것을
너는 눈치채야 한다
[……]

—「양철 지붕에 대하여」에서

　양철 지붕이 시 그 자체라 한다면, 그 지붕을 두드리기만 할 뿐 스며
들지 못하는 빗방울은 '마음의 시' 이전의 시쓰기라 할 수 있다. '마음
의 시'는 "오래 빗소리를 들을 줄 알아야" 하는 시이며, "'보이지 않기
때문에/더 절실한 사랑"이 있는 시이다. 시를 어떤 기교적 차원이나 상
업적 차원, 혹은 무기적 차원으로 쓰는 것이 아니다. 시를 수단화하거
나 도구화하는 것이 아니다. 시인의 명성을 위해 시가 있는 것이 아니
다. 그런 시는 시적 매춘행위이다.

　[……]
네 외투를 벗기게 된다면 그리고
네 치마를 벗기게 된다면 그리고
이 세상의 더럽게 순결한 담요 위에

마지막으로 너의 팬티 한 장만 남겨 둔다면
너의 마음은 벗기지 못하고 그때
너의 몸이 작은 짐승같이 바들바들 떨게 된다면
그 떨림 끝에

가령, 네 눈동자에 눈물이 그렁그렁 고이게 된다면
[……]

—「가령, 네 눈동자에 눈물이」에서

시의 도구화는 시의 '마음'을 벗기지 못하고 육체만을 탐닉하는 것이다. 안도현은 그 동안의 시가 시의 마음을 아프게 하고, 그럼으로써 눈물을 흘리게 했다는 아픈 자책을 통해 '마음의 시'로 나아가려 한다. '마음의 시'는 시의 진정한 맛, 본질적인 맛을 알고 시를 쓰는 것이다. 시를 위해 시인이 있는 것이다. 아니 시와 시인이 일체가 되어 시와 마음으로 교감을 하면서 시의 본질을 이해하려는 것이다. 그것은 육체만을 탐닉하던 이전의 시쓰기가 아니다. 그것은 시의 마음을 알고 쓰는 시, 대상을 마음으로 껴안고 그 소중한 세계를 드러내는 시이다. 이를 두고 안도현은 『그리운 여우』의 후기에서 다음과 같이 말하고 있다.

이 세상하고 나란히 어깨를 대고 걸어가기, 혹은 세상의 키에다 시의 키를 맞추기.
가당찮게도 내 문학의 꿈은 그런 것이었다. 그리하여 세상이 아프면 그 상처에다 빨간약이라도 발라주고 싶었고, 더러는 몸 아픈 세상 대신 시한테 앓아누우라고 시의 옆구리를 쿡쿡 찌르기도 하였다. 세상이 아, 하고 소리지르면 시도 아, 하고 울던 시절.
그런데 언제부터인가 시는 혼자서 아, 하고 울지 않았다. 시는 외로워 보였다. 아마 시가 나를 끌고 다니기 시작한 게 그 무렵이었을 것이다. 나는 굳이 참견하지 않았다. 팔목에 힘을 빼고, 목소리를 낮추고, 발자국 소리를 죽이고 발 닿는 대로 걸었다.

사실 안도현의 '마음의 시'는 90년대 들어 변화된 우리의 시적 상황과 무관하지 않다. 세상과 아픔을 함께 하던 시의 시대는 90년대에 들어서면서 위기에 봉착한다. '적이 사라진 시대'에 시인들은 아픔의 근원을 상실한 채 방황하면서 시의 마음을 아프게 하였다. 어떤 이는 몸가볍게 변신을 하면서 새로운 시대에 야합하여 시를 상업화하거나, 또 어떤 이는 시를 아예 내팽개쳐버리기도 하였다. 시는 외로워졌다. 시는 더 이상 울지 않았다. 그 외롭고 쓸쓸한 시를 안도현은 끝까지 버리지 않는다. 시에 대한 그의 치열한 사랑은 시가 외로우면 외로울수록 더욱 짙어간다. 그럴수록 그 스스로도 외로워진다. 외롭고 고독한 시인이 역시 외롭고 고독한 시와 마음의 교감을 통해 일체가 된다. 그 일체된 공간에서 이제는 아무도 관심을 가지지 않는 하찮은 것들을 감싸 안으면서 그들의 소중한 세계를 드러내려는 것. 그것이 안도현의 '마음의 시'이다. 그러나 그런 시를 쓰는 것은 고통스럽고도 힘든 일이다.

> 바깥으로 뱉아 내지 않으면 고통스러운 것이
> 몸속에 있기 때문에
> 꽃은, 핀다
> 솔직히 꽃나무는
> 꽃을 피워야 한다는 게 괴로운 것이다
> 내가 너를 그리워하는 것,
> 이것은 터뜨리지 않으면 곪아 썩는 못난 상처를
> 바로 너에게 보내는 일이다

꽃이 허공으로 꽃대를 밀어올리듯이

[……]

살아 남으려고 밤새 발버둥을 치다가
입안에 가득 고인 피,
뱉을 수도 없고 뱉지 않을 수도 없을 때
꽃은, 핀다.

—「꽃」에서

시가 버림받는 황량한 세상, 세기말적인 절망을 가볍게 토로하거나 혹은 새로운 세기의 도래를 외치면서 들떠 있는 시적 상황. 안도현은 그런 시적 매춘행위를 거부한다. 몸 속 깊은 마음에 잉태되어 있는 "뱉아 내지 않으면 고통스러운 것"을 "꽃"으로 드러내는 "꽃나무"야말로 안도현 자신이다. 밤새 가슴앓이를 하다가 "뱉을 수도 없고 뱉지 않을 수도 없을 때" 피는 '꽃'과 같은 시가 '마음의 시'이다. 안도현의 '마음의 시'는 이처럼 깊은 가슴앓이를 동반하는 것이기에 고통스럽고 고독하다.

3. 인간과 자연이 일체되는 둥근 세계

시인 안도현은 시에 미쳐 있다. 감자를 먹을 때도, 숭어회를 먹을 때도 봄소풍을 가서 김밥을 먹을 때도 오로지 시만을 생각한다. 그는 이제 도구화된 시가 아니라 '마음의 시'를 쓰고자 한다. 주위의 모든 대상을 시적으로 인식한다. 감자나 매미나 모과나무나 양철 지붕 같은 아주 작고 하찮은 것을 따뜻한 시선으로 바라본다. 그리고는 그것들을 마음으로 껴안는다. 마음 속에서 대상들은 일제히 껍데기를 벗고 그들이 그 뿌리나 속에 감추고 있던 둥글고 둥근 소중한 세계를 드러낸다. 그것을 시로 쓴다. 아니 시가 말하는 대로 시인 안도현은 그저 따라간다. 시의 마음과 시인의 마음이 일체가 된다. 그 일체된 공간 속에서 인간과 인간적 생활, 그리고 자연의 강과 나무와 생물들이 어우러진다. 그것은 의인법이라는 단순한 수사적 차원을 넘어서고 있다.

[……]
나는 처마 밑에서 비 그치기를 기다리고 있다가
모과나무, 그가 가늘디가는 가지 끝으로
푸른 모과 몇 개를 움켜 쥐고 있는 것을 보았다
끝까지, 바로 그것, 그 푸른 것만 아니었다면
그도 벌써 처마 밑으로 뛰어들어 왔을 것이다

—「모과나무」에서

　의인법은 인간이 중심이 되어 자연의 사물을 인간화하는 것이다. 그런데 안도현은 자연 앞에서 인간임을 자랑하지 않는다. 그는 비를 피하기 위해 처마 밑에 숨어 있는 왜소한 인간일 뿐이다. 반면 모과나무는 비를 맞으면서 푸른 모과를 움켜쥐고 있다. 그 아름답고 숭고한 모과나무의 자태를 시인은 마음으로 느끼고 그 의미를 깨우친다. 아무리 사소한 것일지라도 그 속에 내재된 고귀한 세계를 깨닫고 그것과 일체되려는 시인의 이러한 시적 치열함과 성실성은 그의 시편 도처에 제시되어 있다.

　눈이 내려오신다고

늙은 소나무 한 그루
팔 벌리고 밤새 눈 받다가
팔 하나 뚜둑, 부러졌다

이까짓 것쯤이야
눈이 내려오시는데, 뭘
이까짓 것쯤이야

—「천진난만」 전문

   눈 내리는 날, 시인은 밤을 하얗게 지새우면서 늙은 소나무를 본다. 눈의 무게를 못이겨 가지가 부러지는 소나무를 두고 시인은 "팔 하나 뚜둑, 부러졌다"고 말한다. 2연에서 "이까짓 것쯤이야"는 소나무의 말이자 시인의 말이다. 소나무와 시인은 일체가 되어 있다. "눈이 내려오신다"고 좋아하면서 밤새 눈을 받다가 팔이 떨어져나간 소나무와 시인. 그들은 아파하지 않는다. 그렇다고 눈을 위해 자신을 희생했다고 생각하지도 않는다. 눈과 일체되기 위해서는 팔 하나쯤은 떨어져도 무방하다는 것. 육체가 아닌 마음을 지향하기에 육체의 떨어져나감은 '이까짓' 것에 불과한 것이다. 중요한 것은 늘상 보는 눈을 두고 그것을 마음으로 받아들여 일체가 되는 일이다.

   안도현의 시는 눈과 귀를 탈각시키고, 육체를 벗어버리면서 고독해진다. 그는 이제 마음으로 모든 것과 교감을 한다. 수많은 상품 이미지들, 혹은 각종의 정보 메커니즘의 외피에 그는 현혹되지 않고 마음의 눈을 통해 사물들 속에 감추어진 둥근 세계와 일체가 된다. 그 세계에서 모든 것은 살아 숨쉬고 있다. 안도현의 '마음의 시'에서 인간은 자연의 일부이자 자연과 혼연일체가 되어 있다.

점심 먹을 때였네

누가 내 옆에 슬쩍, 와서 앉았네

할미꽃이었네

내가 내려다보니까

일제히 고개를 수그리네

나한테 말 한 번 걸어 보려 했다네

나, 햇볕 아래 앉아서 김밥을 씹었네

햇볕한테 들킨 게 무안해서

단무지도 우걱우걱 씹었네

―「봄 소풍」 전문

사소한 할미꽃의 소중함을 모르는 인간은 안도현의 '마음의 시'에 존재할 수 없다. 할미꽃과 마음으로 일체가 되는 세계. 할미꽃의 말을 알아듣고 그들의 말을 시로 쓰는 세계. 이처럼, 인간과 자연과 시와 시인이 조화롭게 어우러지는 세계를 지향하는 '마음의 시'가 주는 한 감동적인 시적 울림을 우리는 다음 시에서 만날 수 있다.

남대천 상류 물푸레나무 속에는

연어떼가 나무를 타고

철버덩거리며 거슬러 오르는 소리가 들린다

나무가 세차게 흔들리는 것은 바로 그 때문이다

물푸레나무 가지 끝에 알을 낳으려고

연어는 알을 낳은 뒤에 죽으려고

죽은 뒤에는 이듬해 봄 물푸레나무 가지 끝에

수천 개 연초록 이파리의 눈을 매달려고

연어는 떼지어 나무를 타고 오른다

나뭇가지가 강줄기를 **빼** 닮은 것도 바로 그 때문이다
　　　　　　　　　　　　　—「강과 연어와 물푸레나무의 관계」 전문

　물푸레나무는 강이고 연어의 산란장소이다. "수천 개의 연초록 이파리의 눈"을 매달기 위해 연어는, 아니 강은, 아니 물푸레나무는 마음 속 깊은 곳에서 일체가 된 채 요동치면서 흔들린다. 심한 가슴앓이를 하고 있다. 그 흔들림, 그 가슴앓이를 통해 나무와 물, 그리고 연어가 살아 숨쉬는 '마음의 시'가 탄생하는 것이 아닐까?
　그러나 그런 시적 감동을 우리에게 주기 위해서 안도현은 계속 가슴앓이를 해야 하는 고통을 감수해야 할 것이다. '마음의 시'를 추구하는 것은 외롭고도 고독한 것이다. 하루가 다르게 숨가쁘게 변해가는 이 시대에 있어서 안도현은 심하게 요동치고 가볍게 휩쓸리는 세상으로부터 버림받은 작고 사소한 것들에서 우리가 잃어버리고 있는 소중하고도 고귀한 세계를 그리워하면서 가슴앓이를 하고 있는 것이다.

　　네가 떠난 뒤에 바다는 눈이 퉁퉁 부어 올랐다
　　해변의 나리꽃도 덩달아 눈자위가 붉어졌다
　　너를 잊으려고 나는 너의 사진을 자꾸 들여다보았다
　　　　　　　　　　　　　　　　　　　—「연락선」 전문

　세상을 마음으로 느끼고 그 속의 소중하고도 본질적인 것을 갈구하는 것은 어쩌면 시지프스적 고통을 동반할지 모른다. 안도현이 지향하는 인간과 자연과 시와 시인이 일체되는 그런 세계는 이 세상 어디에도 존재하지 않을 것이다. 그렇지만 감자꽃에서 이미 그런 둥근 세계를 맛본 시인이기에 결코 그 세계를 잊지 못하는 법이다. 없지만 있는 것, 보이지 않지만 느껴지는 것, 그것에 대한 형언할 수 없는 그리움으

로 인해 시인은 고통스러운 가슴앓이를 하고 있다. 연락선처럼 다가왔다가 다시 사라지는 그런 소중한 것들을 마음속에 간직한 채, 시인과 "바다"와 "해변의 나리꽃"이 하나가 되어 그리움과 절절한 고독감으로 눈물 짓고 있는 것이다.

고래를 기다리며
나 장생포 바다에 있었지요
누군가 고래는 이제 돌아오지 않는다, 했지요
설혹 돌아온다고 해도 눈에는 보이지 않는다고요,
나는 서러워져서 방파제 끝에 앉아
바다만 바라보았지요
기다리는 것은 오지 않는다는 것을
알면서도 기다리고, 기다리다 지치는 게 삶이라고
알면서도 기다렸지요
고래를 기다리는 동안
해변의 젖꼭지를 빠는 파도를 보았지요
숨을 한 번 내쉴 때마다
어깨를 들썩이는 그 바다가 바로
한 마리 고래일지도 모른다고 생각했지요

―「고래를 기다리며」 전문

오늘도 안도현은 바닷가에 고독하게 서서 눈에 보이지 않는 고래를 기다리고 있을 것이다. "기다리는 것은 오지 않는다는 것을 알면서도 기다리고, 기다리다 지치는 게 삶"이라는 것을 알면서 시인은 마음의 고래를 끝없이 기다릴 것이다. 기다리면서, 시를 사랑하는 안도현은 자신의 주위의 사물들과 마음으로 따뜻한 교감을 나누고 그들의 소중한 세계를 하나씩 하나씩 마음속에 받아들일 것이다. 감자를 먹으면서, 봄소풍을 가서, 양철 지붕에 떨어지는 빗소리를 들으면서, 바닷가에서 숭어회를 먹으면서, 모과나무를 보고 물푸레나무를 보면서, 남대천의 연어를 보면서, 언제 어느 때이든지 그는 '마음의 시'만을 생각할 것이다.

세기말이라 아우성치면서 위장된 절망과 죽음을 외치는 무리들, 아니면 미증유의 행복을 가져다 주었다고 외치면서 이 시대와 야합하여 살아가는 부나방 같은 무리들. 그 진흙탕 속에 시를 미친 듯이 사랑하는 순진한 안도현과, 외롭고 고독하게 가슴앓이를 하는 안도현의 '마음의 시'가 있다는 것, 아마 그것이야말로 이 황량한 시대에 우리가 시를 아직도 읽는 이유가 아닐까? 안도현의 '마음의 시'가 겪는 가슴앓이를 통해 우리는 세기말과 신세계의 틈바구니에 끼여 질식하고 있는 지금의 시적 절망상태의 탈출구를 찾을 수 있을 것이다. 그의 가슴앓이가 더욱 깊어져 우리에게 더 큰 감동적 울림으로 다가오기를 기대하는 것은 시를 읽는 한 사람으로서의 가슴 설레임이 아닐까?

시정신의 치열성과 시적 진실에 대하여

김명수, 황동규론

1. 시정신의 치열성

시인의 상상력은 다양한 대상을 통해 다양한 각도로 나래를 편다. 때로는 모순된 현실로, 때로는 존재의 내면으로, 때로는 아름다운 자연이나 전원으로 상상력은 비상한다. 그 대상이 무엇이든, 중요한 것은 시적 진실성이다. 이 진실성은 삶과 문학에 대한 시정신의 치열성에 의해 확보된다. 시인이 어떤 것을 추구하든, 혹은 어떤 것에 절망하든, 그것에 치열하게 부딪칠 때, 그래서 시적 진실과 시대적 진실이 공감대를 이룰 때, 시적 진실은 배가될 것이며, 그런 시적 진실에서 우러나오는 서정적 울림에 우리는 진한 감동을 느끼게 된다.

그러나 삶과 문학을 가볍게 유영하는 시들에서 우리는 이러한 가열찬 시정신을 만나기 어렵다. 이들은 어떤 시적 고뇌도 없이 단순히 수사적 기교나 말장난의 성찬만을 늘어놓고 있다. 그리고는 가면을 쓴 채 마치 자신의 삶과 문학의 전부를 투영시킨 것처럼 위장하지만, 그런 시에 시적 진실이 배어 있을 리는 만무하다.

오늘날 많은 시들이 쏟아져나오고 있다. 자연기행시, 농촌서정시, 존재론적 시, 민중적 서정시, 도시서정시, 해체시 등 수많은 종류의 시들이 우리 시단을 장식하고 있다. 그러나 풍요 속의 빈곤이라 할까? 몇몇 작품을 제외하고는, 이들 시 중에서 가열찬 시정신을 통해 시적 진실을 확보하고 있는 경우는 거의 드물다. 대개가 시류에 영합하여 거죽만 흉내내거나, 텅 빈 내용을 수사적 기교로 위장하고 있는 실정이다. 우리 시대를 '시가 부재하는 시대'라고 하는데, 이 모든 책임은 현실적 상황에 있는 것이 아니라, 이처럼 시적 진실을 방기하는 시 그 자체에 있다.

이 글에서 언급하고자 하는 김명수, 황동규의 시집은 나름으로 치열한 시정신을 통해 시적 진실을 확보하고 있다. 김명수는 자신에 대한 끝없는 반성을 통해 순수에 대한 열정을 집요하게 지켜나가면서, 가난한 이들에게 '아름다운 세상'의 노래를 들려줌으로써 민중시의 진실을 보여주고 있다. 황동규는 14년 동안 수많은 '풍장'을 통해 지상과 우주는 영원한 원환을 이루며, 그 둥근 원환 속에서 모든 사물이 살아 숨쉬고, 그러면서 생명은 영원하다는 진리를 깨닫고야 마는 치열성을 보여주고 있다.

2. 이념 상실의 시대와 순수에의 열정:김명수

김명수의 다섯 번째 시집 『바다의 눈』(창작과 비평, 1995)은 산업화와 도시화로 인해 버림받고 상처받은 이들의 비참한 삶에 시선을 고정시키고 있다. 그 시선에는 어떤 이념적 색채나 휜소한 구호 등의 불순물이 섞여 있지 않다. 시인은 주변부로 밀려난 이들을 따뜻하고 애정 어린 시선으로 포용하면서 그들에게 아름답고 순수한 세계에 대한 꿈을 들려주고 있다. 이러한 그의 시적 자세는 오늘날 우리 시단에서 방향 감각을 상실한 채 방황하고 있는 민중시에 비추어볼 때, 주목된다.

어떤 비는
하늘에서 쏟아져 황토물로 흘러가고
어떤 비는
땅에 고여 호수가 되고

당신의 함성은 어디로 갔나─

긴 가뭄 풀씨 하나
싹도 못 틔우고
땅 깊이 스며서 무엇이 되나
바위 아래 스며서 무엇이 되나

—「지하수」 전문

시인은 80년대를 포효하던 함성, 신념과 확신에 찬 그 우렁찬 함성 이 아무 싹도 틔우지 못하고 사라지는 것을 안타까워 한다. 그는 '적이 사라졌다'고 하면서 신념상실에 따른 허무감을 드러내거나, 지난날의 아름다운 추억을 미화하거나, 혹은 발빠르게 변신을 거듭하는 민중시 를, 마치 황토물처럼 대지를 순간적으로 적시다 싹 하나 틔우지 못하 고 이내 사라져버린 것에 불과하다고 비판한다.

[……]
풍우 속에 나무는 상처를 지니고

설한 속에 나무는 무늬를 키우나니

우리의 삶도, 우리의 역사도
비바람 없이 어찌 내일을 맞으리

상처를 안은 나무여
바람.속에 나이테를 지니는 나무여

어제의 바람은 그치고
오늘의 바람이 불고 있다

어제의 바람은 꽃잎을 지게 하고
오늘의 바람은 나뭇잎을 흔든다

—「어제의 바람은 그치고」에서

적은 사라지지 않았다. 지난 80년대의 바람이 꽃잎을 지게 한 것이
라면, 오늘 90년대의 바람은 나뭇잎을 흔들 정도로 강력하다. 적은 아
직도 존재하며 따라서 함성도 사라져서는 안 된다. 더욱 강력하게 불
어오는 비바람에 거침없이 마주설 때, 그래서 그것을 꿋꿋이 이겨낼
때, 80년대의 함성도 싹을 틔울 수 있을 것이다.

[……]
내일의 폭풍우는
다시 치리라
내일의 폭풍우와 다시 또 맞설
방파제 한 줄기

우뚝 남아 고적하다

—「오늘 아침 방파제 보인다」에서

폭풍우는 아직 끝나지 않았다. 그것은 내일도 계속 불어닥칠 것이다. 그럼에도 불구하고 많은 민중시가 이 폭풍우의 존재를 감지하지 못하거나 혹은 외면한 채 방향전환을 꾀하고 있다. 시인은 홀로 남아 '고적하게' 그것들과 맞서 싸우면서 새로운 싹을 틔우기 위해 고군분투하고 있다.

> 바다는 육지의 먼 산을 보지 않네
> 바다는 산 위의 흰 구름을 보지 않네
> 바다는 바다는, 바닷가 마을
> 10여 호 남짓한 포구 마을에
> 어린아이 등에 업은 젊은 아낙이
> 가을 햇살 아래 그물 기우고
> 그 마을 언덕바지 새 무덤 하나
> 들국화 피어 있는 그 무덤 보네

—「바다의 눈」 전문

바다는 결코 먼 산이나 흰 구름을 보지 않고 바닷가 마을의 구체적인 삶에 주목한다. '먼 산'이나 '흰 구름'은 현실을 초월한 추상적 이상이나 거대이념에 비유될 수 있다. 시인은 그런 허위의식적인 것을 지향하지 않는다. 대신 그는 '지금, 이곳'의 가난한 이들의 삶에 천착하면서 그것을 시화한다.

바다의 눈은 때로는 분단된 조국의 현실로(「해안초소」, 「설악이 금강에게」), 때로는 도시화에 의해 밀려난 가난한 이들의 삶으로(제4부 「안산에서」), 때로는 산업화로 인해 황폐해져가는 고향 산천으로(「고향 안 개」, 「반변천」 등), 때로는 노동자의 힘든 삶으로(「야방고」, 「야간 근무자」 등) 향하면서, 그들의 아픈 상처를 시화한다. 그러면서 그들을 애정어 린 눈길로 감싸안은 채 다가올 아름다운 세상을 들려준다.

> [……]
> 눈 쌓이고 매운 바람 분다고 하지 마라
> 눈 속에 겨울 속에 소중한 뜨락은 탄생한다
> 등불을 켤 시간이다
> 착하고 어여쁜 처녀들이여
> 이제 네 손으로 문을 닫고
> 더 큰 문을 열 시간이다
> 바람 부는 문을 닫고 내면의 등을 켤 때
> 아름다운 세상을 지닐 시간이다
> 그대가 꿈꾸는 아름다운 세상
> 빛이 어둠 속에 피어난다
> 너는 이제 꽃이 피어나는 뜨락의 주인이다.
>
> ―「겨울 처녀들」에서

'태일정밀 기숙사 여공들'에게 시인은 고단한 현실에 절망하지 말고 꿈과 희망을 가지라고 한다. 이처럼, '눈 내리는 겨울'과 같은 현실에 서 내면의 등불을 켜고 다가올 아름다운 세상을 꿈꾸는 시인의 눈은 맑고 순수하고 아름답다. 그 눈에는 이전의 과격한 민중시가 보여주 던, 설익은 이념의 흔적이나 공소한 외침 따위가 배어 있지 않다. 다만 여성 근로자들의 고달픈 삶을 애정어린 눈으로 바라보는 시인의 따스 한 체온과 그들을 아름다운 세상으로 인도하고자 하는 소망이 있을 뿐이다. 시인이 지향하는 '아름다운 세상'은 무엇인가?

> 멀고도 아득한 시간이었네
> 기억조차 캄캄한 과거였어라
> 사슴이여 호랑이여 동무들이여
> 족제비와 도마뱀이 이웃이 되고
> 돌고래가 물개에게 바다를 나눠 주니
> 인간은 바다와 하나였었네
> 인간은 들판과 하나였었네
> 〔……〕
>
> —「기억의 저편」에서

　인간과 자연이 하나가 되는 세상, 이미 사라진, 그러나 기억의 저편에서 항상 우리를 부르는 그 평화스러운 세계가 아마 시인이 지향하는 '아름다운 세상'일 것이다. 그 세상의 도래를 위해 시인은 폭풍우와 맞서는 방파제로 홀로 우뚝 선 채, 상처받고 고통받으면서 고군분투하고 있다. 시인의 이러한 강인하고 일관된 자세는 끊임없는 자기반성을 통해 이루어지는 것이기에 앞으로도 지속될 것이다.

> 〔……〕
> 두려워하자
> 저 청정한 가을 하늘 아래
> 모든 아름다운 시듦 앞에
> 이제는 차차 드높아지는
> 가을의 맑은 햇살 앞에
> 일년의 씨를 영글게 하고

대지를 향해 고개 숙인

산등성이 이름 모를 풀포기 앞에

젊은날 꿈꾸었던 아름다운 순수 앞에

나 속에 두려운 내가 숨었다

—「너 속의 너」에서

　수확의 계절인 가을날, 대지를 향해 고개 숙인 이름 모를 풀포기 앞에서 젊은 날에 간직했던 아름다운 순수에 대한 꿈을 잃어가고 있는 자신을 두려워하는 '나'를 가진 '나'. 그 '나'에 의한 끝없는 자기반성과 자기성찰을 통해 시인은 시대가 바뀌고 이념이 상실되어도 자신의 순수에 대한 꿈을 잃지 않는 것이다. 모두가 꿈을 버리고 '거짓에 익숙한 혀'를 놀리고 '분노에 눈감는 비겁'을 드러내지만, 시인은 겸허하게 자신을 반성하고 그 반성을 통해 순수를 열망함으로써 작은 싹을 대지에 틔우고 있다. 이 순수에의 열정이 낳은 짧은 서정적 단편들, 가령 「발자국」, 「이별」, 「사랑」, 「새잎」 등은 흠 하나 없는 완전한 결정체로 빛나면서 우리에게 진한 감동을 주고 있다.

모록이 피어 있는 보랏빛 엉겅퀴에

꿀벌 한 마리 파고들었네

손끝으로 건드려도

엉겅퀴꽃 속 꿀벌 나오려 하지 않네

시켜서 이루어질 리 없는 전일한 합일이여

하얀 망초꽃도 그 곁에 피어 있어

초여름 햇살조차 내려앉으니

나 또한 끼여들 작은 공간이여

나 있어 이 산야에 흠이 없다면

꽃과 벌 사이의 아늑한 길에
오래도록 발 멈춰 나도 서 있네
—「작은 공간」 전문

'엉겅퀴, 꿀벌, 하얀 망초꽃'이 자연스럽게 '전일한 합일'을 이룬 작은 공간, 그 공간과 일체가 된 시인의 모습은 바로 순수에 대한 시인의 치열한 열정이 낳은 '아름다운 세상'의 한 모습일 것이다. 그의 순수에 대한 열정이 더욱 가열차게 깊어지면서 빛나는 열매를 맺기를 기대한다. 그러면서 이 시인이 가난한 이웃들에게 보내는 따뜻한 애정의 눈길이 그들의 삶에 보다 밀착될 때, 그가 열망하는 순수에의 열정도 보다 깊은 서정적 울림을 동반할 것이라는 점을 지적해두고 싶다.

3. 탈문명화를 통한 원초적 생명의 본질 찾기:황동규

1982년부터 시작되어 장장 14년간에 걸쳐 진행된 황동규의 연작시 '풍장'이 드디어 70편으로 완성되어 시집『풍장』(문학과 지성사, 1995)으로 출간되었다. 인생의 전환점인 사십대 중반에서 시작되어 어느덧 인생의 황혼기라 할 수 있는 예순을 앞둔 시점에서 완성된 이 연작시에서 무엇보다 주목되는 것은 시적 치열성이다.

황동규는, "혹시 진화란 퇴화로부터 뒷걸음치는 것?/발 헛디디며 계속 뒷걸음질치다/벽에 등 대고 선 인간의 몸통과 손발"(「풍장 26」)에서 보듯, 발전론에 입각한 진화를 거부한다. 대신 그는 퇴화를 택한다. 진화란 무엇인가? 그것은 현대자본주의 문명을 이끌고 온 핵심동력에 해당된다. 시인은 그런 진화를 거부함으로써 그것으로부터 산출된 문명을 거부한다.

[……]
인간으로 그냥 낡기 싫어
뒤로 돌아
생명의 최초로 되밟아가려다
생명 속에 떴는지.

—「풍장 22」에서

자본주의 문명은 생명의 본질에 껍데기를 씌움으로써 생명을 매장시킨다. '인간'은 문명에 의해 생명이 탈각된 존재에 불과하다. 그것은 합리성과 수학적 명증성으로 무장한 자본주의 문명에 의해 획일화되고 규격화되고 계량화된 비생명체에 불과하다. 시인은 사물화된 인간과, 그런 인간을 생산해내는 문명을 거부한다. 곧 탈문명의 자리에서 진화를 거부하고 '생명의 최초' 단계로 퇴화하려 한다. 이처럼 탈문명화를 통해 상실된 생명의 본질을 되찾으려는 자리에 풍장이 놓여 있다.

[……]
바람을 이불처럼 덮고
화장(化粧)도 해탈(解脫)도 없이
이불 여미듯 바람을 여미고
마지막으로 몸의 피가 다 마를 때까지
바람과 놀게 해다오.

—「풍장 1」에서

풍장을 통해 육신은 "몸의 피가 다 마를 때까지" 메말라간다. 육신은 죽는다. 그러나 육신은 비록 죽지만 그 육신으로부터 "새처럼 가벼운 원혼"(「풍장 37」)이 되살아난다. 되살아난 혼은 모든 문명적인 구속과 감시로부터 벗어나 자유롭게 바람과 함께 노닐면서 떠돈다.

> [……]
> 실과 바람 사이
> 바람과 난(蘭) 사이
> 풍란과 향기 사이
> 에서 노란 색깔과 초록 색깔이 알록달록 가벼이 춤추는
> 뼈들이 골수 속에 코를 박고 벌름대는
> 이 향기.
>
> —「풍장 7」에서

문명의 흔적을 완전히 지우고 새롭게 태어난 영혼은 "가벼이 춤추면서" 향기를 맡는다. 문명의 탈을 쓰고서는 그 향기를 맡을 수 없다. 시인은 수없는 풍장을 통해 자신의 영혼을 더욱 가볍게 하고, 그 가벼운 영혼으로 향기를 맡는데, 그 향기가 발산되는 자리가 지상과 우주 사이이다.

> 숲에서 나와
> 가까이,
> 땅의 얼굴에 얼굴 가까이,
> 그 얼굴의 볼에 가볍게 볼 비비고
> 그 얼굴의 입에 입 가까이,
> 혀 가까이,
> 목구멍 가까이,
> 가볍게

몸이 가벼워져 거꾸로 빙빙 돌며 떠오르는 곳

회오리바람 이는 곳, 내 죽음 통하지 않고 곧장 승천하는 곳.

―「풍장 15」 전문

영혼은 가볍게 땅으로 하강한다. 하강한 영혼은 땅의 얼굴과 볼과 입과 목구멍 속으로 들어가 그들의 숨결을 느끼고 그것과 일체가 된다. 그리고는 다시 가볍게 상승하여 광활한 우주로 승천한다. 곧 땅과 우주 사이를 영혼은 가볍게 하강하고 상승하면서 이전의 문명적 감각으로는 느낄 수 없던 향기를 맡는다.

인간만이 아니라

살아 있는 모든 것의 속에 사는,

미물(微物) 속에서도 쉬지 않고 숨쉬는,

[……]

원래의 편안한 모습으로 되돌아가려는,

저 본능!

[……]

―「풍장 21」에서

문명에 의해 억압되고 통제되었던, 살아있는 모든 것 속에 있는 '본능'이 영혼이 맡고자 하는 '향기'이다. 이 향기를 맡기 위해 시인은 기꺼이, 즐겁게 풍장을 택한 것이다. 그러기에 풍장에 나타나는 죽음은 유한적 존재인 인간이 반드시 겪을 수 밖에 없는 일회적인 죽음이나 혹은 삶으로부터의 절망감에서 비롯된 충동적인 자살과는 다르다. 그것은 원초적인 생명을 되찾으려는 시인의 가열찬 정신에서 비롯된 것이며, 문명에 의해 제거된 생명을 되찾는 유일한 방식이 문명의 모든 찌꺼기를 제거할 때 가능하다는 점에서 필연적인 선택이면서, 또한 '새처럼 가벼운 혼'을 통해 '춤추는' 생명의 '향기'를 맡을 수 있다는 점에서 그것은 황홀한 것이기도 하다.

　이제 가벼워진 영혼은 '향기'를 찾아 끝없는 여행을 떠난다. "이 세상 가볍게 떠돌기"(「풍장 12」)로서의 여행을 통해 영혼은 "말할 수 있을 때 말하고/말할 수 없을 때/마음놓고 중얼거린다."(「풍장 10」). 중얼거리면서 그는 문명의 시각에서는 볼 수 없는 원초적인 생명을 감지한다.

〔……〕
아 안 보이던 것이 보인다.
콘크리트 터진 틈새로
노란 꽃대를 단 푸른 싹이
간질간질 비집고 나온다.
공중에선
조그만 동작을 하면서
기쁨에 떠는 새들.
호랑나비 바람이 달려와
마음의 바탕에
호랑무늬를 찍는다.
찍어라, 삶의 무늬를,
어느 날 누워 깊은 잠 들 때
머릿속을 꽉 채울 숨결 무늬를,
그 무늬 밖에서 숨죽인 가을비 내릴 때.

　　　　　　　　　　　　　　　—「풍장 12」에서

여행을 통해 가볍게 떠도는 혼은 지상의 콘크리트 터진 틈새로 피어 나는 푸른 싹의 생명과 기쁨에 떠서 하늘을 나는 새들의 환희를 통해 삶의 숨결무늬를 자신 속에 채워 나간다. 지상과 우주의 생명으로 삶의 무늬가 채워지면서 그 영혼은 더욱 성숙되고, 성숙되는 만큼 생명의 본질에 더욱 깊숙이 다가간다. 그러면서 성숙되어가는 영혼은 삶과 죽음은 동일한 것이며, 죽음은 생의 종말이 아니라 새로운 생명의 시작이라는 것을 깨닫는다(「풍장24」). 삶과 죽음은 단절된 것이 아니라 하나의 원환을 이루고 있다는 이러한 인식은 지상과 우주의 원환으로 확대되어, 삼라만상은 지상과 우주의 원환적 세계에서 태어나고 소멸하고 다시 태어난다는 진리를 깨닫는다(「풍장 25」).

어젯밤에는
흐르는 별을 세 채나 만났다.
서로 다른 하늘에서
세 편(篇)의 생(生)이 시작되다가
확 타며 사라지는 것을 보았다.

오늘 오후 만조 때는
좁은 포구에 봄물이 밀어오고
죽었던 나무토막들이 되살아나
이리저리 헤엄쳐 다녔다
허리께 해파리를 띠로 두른 놈도 있었다.

맥을 놓고 있는 사이
밤비 뿌리는 소리가 왜 이리 편안한가?

—「풍장 16」 전문

하늘에 흐르다 소멸된 별은 지상에서 나무 토막이 되어 다시 되살아
난다. 되살아난 나무 토막은 소멸되어 우주에서 재탄생할 것이며, 그
것은 다시 지상으로 내려올 것이다. 지상과 우주의 영원한 원환, 그리
고 생성과 소멸을 거치면서 끝없이 이어지는 생명의 영원함, 이 진리
를 깨닫기 위해, 시인은 풍장을 통해 가벼운 혼이 되어 지상으로 깊숙
이 하강하기도 하고, 다시 저 머나먼 우주로 상승하기도 했던 것이다.
이제 풍장은 시인에게서 하나의 쾌감이자 환희이다.

함박꽃 가지에서
사마귀가 성교 도중 암컷에게 먹히기 시작한다,
머리부터.
머리가 세상에서 사라지는 이 쾌감!
하늘과 땅 사이에 기댈 마른 풀 한 가닥 없이
몸뚱어리 몽땅 꺼내놓고
우주 공간 전부와 한번 몸 부비는
저 경련!

— 「풍장 30」 전문

우주공간 전부와의 교감이 주는 쾌감과 환희를 얻기 위해 그는 수없
는 풍장을 해왔던 것이다. 이제 그는 이 깨달음을 통해 자연과 우주의
어떤 미세한 사물과 만나더라도 생명의 본질과 우주의 숨소리를 듣는
다.

선암사 매화 처음 만나 수인사 나누고
그 향기 가슴으로 마시고
피부로 마시고

내장(內臟)으로 마시고
꿀에 취한 벌처럼 흐늘흐늘대다
진짜 꿀벌들을 만났다.

벌들이 별안간 공중에 떠서
배들을 내밀고 웃었다.
벌들의 배들이 하나씩 뒤집히며
매화의 내장으로 피어……

나는 매화의 내장 밖에 있는가,
선암사가 온통 매화,
안에 있는가?

　　　　　　　　　　　　　　—「풍장 40」 전문

　매화와 꿀벌을 통해 이루어지는 이 영혼의 교감은 감히 누구나 쉽게
할 수 있는 것이 아니다. 그것은 수없는 풍장을 통해 지상과 우주는 영
원한 원환을 이루며, 그 둥근 원환 속에서 모든 사물이 살아 숨쉬고,
그러면서 그 생명은 영원하다는 진리를 깨달은 성숙된 영혼의 소유자
만이 할 수 있는 것이다. 이제 시인은 어디를 가서 무엇을 만나든, 비
록 그것이 하찮은 하루살이라 할지라도 그 속에 내재된 원초적인 생명
의 소리를 듣고 그것과 일체가 되어 환희에 찬 교감을 한다.

　냇물 위로 뻗은 마른 나무가지 끝
　저녁 햇빛 속에
　조그만 물새 하나 앉아 있다
　수척한 물새 하나

생각에 잠겼는가
냇물을 굽어보는가
물에 비친 자신의 모습을 보는가
조으는가

조으는가
꿈도 없이

—「풍장 70」전문

시인은 14년 동안 점철된 혼의 여행을 마무리짓고 있다. 가볍게 떠돌던 혼은 지상과 우주의 섭리를 깨달은 혼으로 성숙해 삼라만상과 일체가 되어 교감을 하고 있다. 그 혼이 저녁 햇빛 속에서 생각에 잠겨 물에 자신을 비쳐본다. 왜일까? 아마도 14년이라는 긴 세월 동안 생명의 본질과 우주의 섭리를 깨닫기 위해 가열찬 정신으로 치열하게 부딪쳐 왔고, 그래서 이제는 해탈 혹은 망아의 경지에 이르러 자신을 조용히 되돌아보는 것은 아닐는지. 그의 '풍장'이 마감되었지만, 아마도 그는 우주와의 교감이 주는 쾌감을 잊지 못해 다시 방황을 계속할지도 모른다.

오늘날 우리 시단에는 많은 시들이 쏟아져나오고 있다. 그러나 이들 시에서 치열한 시정신을 만나보기는 극히 어렵다. 가령 자연을 찾아 떠나는 시들을 보자. 이들 중 오늘날 황동규의 시처럼 영혼의 교감과 우주의 섭리를 깨닫기 위해 떠나는 시가 몇편이나 될까? 대부분 여가 선용 내지 주말여행의 기분으로 다녀와 자연여행시라고 발표하고 있다. 설령 황동규처럼 우주의 섭리나 진리를 얻었다고 외치더라도 몇몇을 제외하고는 대부분 흉내내기나 눈속임에 머물고 있을 뿐이다. 이들에게, 하나의 깨달음을 얻기 위해 14년간 치열하게 부딪쳐온 자신을 조용히 되돌아보고 있는, 저녁 햇빛 속의 물새 하나는 어떤 모습으로 비칠까?

제3부

동일성의 시론

고독한 무의미 시인이 낳은 빛나는 처용

김춘수 시론

1. 시적 원형질으로로서의 통영, 그리고 습작시기

1-1. 통영, 그 원초적 동일성의 고향

시인 김춘수는 1922년 11월 12일(음력 9월 24일)에 경남 통영읍 서정 61(현재 경남 충무시 동호동 61)에서 아버지 金永八, 어머니 許命夏의 3남 1녀 중 장남으로 태어났다. 그의 가계는 엄격한 유교 집안이면서, 조부는 인동 고을원을 지낸 만석꾼이었고, 선친도 삼천석꾼이었던 부유한 집안이었다. 또한 "선친은 서울 유학을 하고 동경도 다녀온 개화된 분"[1]이라는 기록이나 외가의 외사촌형이 동경 유학을 갔다는 기록[2] 등에서 알 수 있듯이 대단히 지적인 집안이었다. 일제시대에는 보기 드문 유복한 환경에서 어린 김춘수는 행복한 유년시절을 보낸다.

그러기에 불우한 어린시절을 보내면서 입은 정신적 외상을 극복하기

---

1) 이 글에서 사용하는 주된 텍스트는 『김춘수 전집』 1, 2, 3 권 (문장, 1982)이다. 이하에는 권 수와 페이지만 표시한다. 3권 265쪽.
2) 2권 360쪽.

위해 문학을 운명적으로 택한 다른 문인들과는 달리, 김춘수는 우연적으로 그리고 뒤늦게 문학의 길에 들어선다. 그의 시에 삶의 애환이나 고통이 절절히 배어 있지 않은 것은 이러한 사실과 무관하지 않을 것이다. 그의 나이 너댓 살쯤일 때, 그는 강보에 싸여 어머니와 함께 세칭 '장개섬'이라는 작은 섬에 간다. 그곳에서 하늘과 바다를 온통 뒤덮고 있는 갈매기를 처음으로 본다. 그리곤 유치원에 입학해서 원장이 보여준 서양 그림책에서 그 새를 다시 본다. 그러나 그 새는 갈매기가 아니라 "기다란 날개를 편 하얀 몸뚱이"[3]의 비행기이다. 바다의 갈매기와 유치원의 그림책에서 본 비행기가 동일시되는 삶, 그 평화로운 유년 시절을 보낸 김춘수에게 있어서 훗날 그의 시적 원형으로 자리잡는 것은 그 시절의 평화로움이 투영되어 있는 고향 통영의 아름다운 바다와 유치원에서의 이국체험이 어우러진 기억이다.

내 고향의 봄은 바다에서 와서 바다 너머로 가 버린다. 新綠節도 그렇다. 봄에는 바닷물이 연두색이 되었다가 新綠과 함께 짙은 초록으로 바뀐다. 閑麗水道를 건너서 불어오는 바람은 봄에는 진달래꽃빛을 하고 느릅나무 어린 잎사귀를 흔들어준다. 바람이 毛髮을 소금물로 더욱 부드럽게 해 주고 송진 냄새를 한길이나 골목에도 흩뿌리게 되면 계절은 어김없이 新綠節로 바뀐다. 식탁에는 숭어, 미더덕, 짚신게……이런 것들이 사라지고 생멸치가 오른다.[4]

'통영' 보다는 사투리 '토영'으로 친근한 지금의 충무. 한반도의 최남단에 위치한 작은 항구로 "봄에는 귤과 탱자가 익고 겨울에는 눈이 무르팍까지 쌓이고 눈 개인 다음날은 雪晴의 그 하늘 깊이 山茶花가

---

3) 3권 391쪽.
4) 3권 104쪽.

지고, 바다가 눈부신 빛깔로 제 살을 드러내곤 하는 그런 겨울날".[5] 어린 김춘수는 한밤에 잠을 설치면서 멀리서 바다가 우는 소리를 듣곤 한다.

> 落葉은 지고
> 눈이 내린다
> 잠들기 전에 너는
> 겨울 바다가
> 우는 소리를 듣고
> [……]

—「낙엽은 지고」에서

시인은 훗날 통영을 떠나 대구와 서울로 거처를 옮기면서도, 바다가 우는 소리를 듣는다. 그 환청에 실려 되살아나는, 바다의 이미지에 담긴 아름답고 평화롭던 유년기의 공간이 「처용단장」 연작시로 형상화되면서 '처용'을 분만한다.

김춘수는 5세 때 미션 계통의 유치원에 입학하여 1년간 다닌다. 원장은 호주에서 온 선교사였고, 보모는 그 선교사의 부인으로 서양 여자이면서 늘 한복을 입고 있었다. 기독교적 분위기가 물씬 풍기는 그곳에서 그는 천사와 하느님이라는 단어를 배웠고, 크리스마스 때 만국기가 펄럭이는 곳에서 아동극을 보면서 신선하고 낯선 분위기에 젖는다.

> 濠洲아이가
> 韓國의 참외를 먹고 있다.

5) 2권 356쪽.

濠洲 宣教師네 집에는
濠洲에서 가지고 온 뜰이 있고
뜰 위에는 그네들만의
여름하늘이 따로 또 있는데,

길을 오면서
행주치마를 두른 天使를 본다.

—「幼年時」전문

　유치원 뜰과 선교사 집 마당 사이에 탱자나무 울타리가 있고, 울타리
틈으로 보인 얼굴이 희고 눈이 푸른, 전혀 사람 같지가 않는 선교사 집
남매를 통해 그는 전혀 다른 세계의 신선한 이미지를 체득한다. 이 이
국적 분위기 체험이 첫 시집『구름과 장미』에서 '장미'라는 상징으로
표상된다.
　바다와 유치원을 통해 형성된 어린 시절의 이 기억은 김춘수에게 강
렬한 무의식으로 자리잡는다. 갈매기와 비행기(자연과 문명), 바다와
하늘, 인간과 사물, 꿈과 현실이 공존하는 이 공간이야말로 어머니의
자궁 속 같은 원초적 동일성의 공간일 것이다. 사회적 상징체계에 편
입되어 그 언어를 배우면서 우리는 이 공간을 망각한다. 그러나 우리
들 무의식 속에는 이 공간에 대한 욕망이 항상 내재되어 있다. 김춘수
는 그의 무의식 속에 내재된 이 공간에 대한 지향을 그의 시적 원형으
로 삼는다. 존재론적 시에서부터 「처용단장」 연작의 무의미시에 이르
는 과정에서 그의 시가 궁극적으로 지향하는 것은 바로 이 유년기의
평화롭던 고향에 대한 기억에서 유추된, 인간과 사물이 조화롭게 공존
하는 원초적 동일성의 세계이다.

1-2. 문학과의 우연적인 만남, 그리고 릴케와의 운명적인 만남

김춘수는 1929년에 당시의 통영읍에서 4, 50리 떨어진 안정의 간이 보통학교에 진학한다. 서너 달 만에 통영공립보통학교로 전학하는데, 시골학교에서 옮긴 영향으로 1학년 때까지는 두각을 드러내지 못했으나, 2학년부터 졸업 때까지 계속 수석을 차지한다. 1935년에 보통학교를 졸업하면서, 졸업식 때 졸업생을 대표해 답사를 하고, 경상남도 지사 표창을 받는다. 졸업 후 경성으로 유학을 하여 5년제 경성공립제일고등보통학교(4학년 때 경기공립중학교로 교명이 바뀜)에 입학한다. 당시 김춘수를 비롯한 3형제가 모두 경기중학교를 졸업하거나 다녀 '수재 집안'으로 알려져 신문에 화제기사가 실리기도 한다. 2학년 재학 때 선친이 4남매의 교육을 위해 경성부 종로구 명륜동 3가 72—6으로 이사를 하면서 그는 하숙생활을 청산한다. 이때 본적도 서울로 옮겼으며, 통영에는 조모를 비롯한 일부 가족들이 남는다. 중학교 시절 김춘수는 농구 선수를 한동안 하였고, 또 학년 대표로 육상 단거리 선수를 지내기도 하였다.[6]

김춘수는 졸업을 석 달 앞두고 1939년에 중학교를 자퇴한다. 무슨 특별한 이유가 있어서라기보다도, 졸업을 앞두고 닥친 걷잡을 수 없는 불안감과 4년 수료면 고등학교나 대학 예과는 지원할 자격이 있다는 계산착오에서였다.[7] 결국 그 해 입시를 놓치고, 북경으로 갈까 하다가 그 해 11월에 일본 동경으로 건너가 간다에 있는 학원에서 적당한 고등학교를 목표로 수험 준비를 한다. 그는 "전공을 꼭 무엇을 하겠다는 생각없이 그저 선친이 권한 법학을 해볼까 하는 막연한 생각"[8]을 가지고 있던 중, 그의 인생에 있어서 결정적인 전환의 순간을 맞는다. 그러니까 1940년 4월 초순경 동경 신전(神田)이란 곳에서 N大(일본대학)의

---

6) 3권 194쪽.
7) 3권 186쪽.
8) 2권 358쪽.

예술과 전문부 예과에 다니던, 사각모를 쓴 옛 벗을 만나, 그곳 대학이 4년 수료자를 위해서 전문부에 예과를 두고 있다는 것을 알고 간단한 테스트를 거쳐 그 대학 창작과에 입학을 한다.[9] 부유한 집안에서 태어나 여리고 곱게 자란 김춘수는 그의 일생에 있어서 일대전환이 되는 이 일을 계기로 문학에 발을 디디게 된다. 이 무렵 그의 문학에 절대적 영향을 끼치게 되는 릴케와 운명적으로 만난다.

　　18歲 때의 늦가을이다. 나는 日本 東京 神田의 大學街를 걷고 있었다. 그 거리는 한 쪽 편이 왼통 古書店으로 구획져 있었다. [……] 즐비한 古書店들의 어느 하나의 문을 들어서자 서가에 꽂힌 얄팍한 책 한권을 나는 빼어 들었다. [……] 하숙집에서 포장을 풀고 내가 사온 책을 들여다 보았다. 라이너 마리아 릴케라는 詩人의 日譯 詩集이었다. 내가 펼쳐본 첫번째 詩는 다음과 같다. (릴케 시 인용 생략) 이 시는 나에게 하나의 啓示처럼 왔다. 이 세상에 詩가 참으로 있구나! 하는 그런 느낌이었다. 릴케를 통하여 나는 詩를 (그 存在를) 알게 되었고, 마침내 詩를 써 보고 싶은 충동까지 일게 되었다.[10]

릴케와의 만남을 통해 김춘수는 시의 존재를 알게 되고, 이후 릴케와 관련된 것은 전부 섭렵한다. 이 릴케는 그의 초기시인 존재론적 시에 결정적인 영향을 미친다.

김춘수의 문학에 또 다른 영향을 미친 것이 당시 일본대학 예술학원 창작과에서 강의를 하던 하기하라 사쿠타로 교수의 시론 강의와 중견 소설가로 영어를 가르치던 이토세이의 강의였다. 40대의 1급 시인으로, 시론을 강의하던 시간강사인 하기하라는 강의 준비 없이 즉흥적으

---

9) 3권 186쪽.
10) 2권 358쪽.

로 강의를 하였는데, 가령 봄날 창문을 열고 '구름' 이라는 제목을 내세운 뒤 그것과 관련이 있는 문학작품을 생각나는 대로 강의하였다. 이로부터 김춘수는 문학을 이론적으로 하기 보다는 즉흥적으로 하는 것, 곧 강의식 수사나 이론이 아니라 시적인 수사가 옳다는 것을 배운다. 또 동경 상과대를 졸업하고 영어 교양과목을 맡아 에드거 앨런 포우의 소설을 영어 원서로 강의한 이토세이로부터 분석적이고 조직적인 두뇌 훈련을 받는다(시인과의 대담에서).

릴케와의 만남, 그리고 하기하라와 이토세이로부터 입은 영향하에서 김춘수는 시인이 되기 위해 상당한 습작을 하였고 그 중의 두세 편은 고국의 신문 학예란에 투고·기재되기도 하였다.[11] 그러던 중, 뜻하지 않게 그의 인생에서 가장 고통스러웠던, 그리고 이후 그로 하여금 역사허무주의로 빠지게 만든 불행한 사건에 휩쓸린다.

1-3. 역사의 폭력에 대한 체험과 그 부정

1942년 12월 겨울 방학을 맞이하여 동경 세나가야의 하숙에서 귀향할 짐을 꾸리던 김춘수는 요코하마 헌병대 소속 헌병보인, 한국인 동포로 서북 사투리를 쓰던 安에게 끌려간다. 그 이전 겨울 방학을 앞두고 호기심으로, 또 귀성 여비도 마련할 겸, 나가사끼에서 화물선 하역작업을 하는 동포 학생 두 사람을 따라 하역작업에 참여하였다. 작업 도중 휴식 시간에 安의 유도심문에 말려 총독 정치와 대동아전쟁의 양상, 그리고 일본 천황에 대한 불경한 소리를 지껄이게 된다. 그것이 화근이 되어 불경죄로 헌병대에 끌려가 약 한 달간, 그리고 세다가야署 감방에서 육 개월간 유치되었다가 여름을 바라보며 출감한다.[12] 이 일로 학교에서 퇴학을 당하고 일본 경찰에 의해 부산 수상署까지 수갑이

---

11) 2권 350쪽.
12) 3권 170쪽.

채워진 채 호송당한다. 이후 그는 '不逞鮮人'이라 낙인 찍혀 해방 때까지 숨어 살게 된다. 그러면서 그는 1944년 부인 明淑瓊과 중매결혼을 한다.

김춘수는 일제말기에 겪은 이 체험과 한국전쟁의 체험으로 인해 '역사=이데올로기=폭력'이라는 인식을 갖는다. 이 인식이 그를 역사허무주의에 빠지게 만들고, 그것이 60년대 말 이후의 그의 시작 방향을 결정짓는다.

나는 역사의 의지라는 것을 생각하게 되었다. 역사는 선한 의지도 가지고 있을는지 모르나 나에게는 악한 의지만을 보여주었다. 나는 역사를 악으로 보게 되고 그 악이 어디서 나오게 되었는가를 생각하게 되자 이데올로기를 연상하게 되고, 그 聯想帶는 마침내 폭력으로 이어져갔다. 나는 폭력·이데올로기·역사의 삼각관계를 도식화하게 되고, 차츰 역사 허무주의로, 드디어 역사 그것을 부정하는 지경에 이르게 되었다.[13]

2. 존재론적 고독과 그 본질에 대한 탐구:1945--1950년대말

해방을 맞이하여 김춘수는 그의 고향에서 청마 유치환 선생을 만나면서 본격적인 시작 활동을 전개한다. 1945년 통영에서 유치환, 윤이상, 김상옥, 전혁림, 정윤주 등과 통영문화협회를 결성해 근로자를 위한 야간 중학과 유치원을 운영하면서 연극, 음악, 문학, 미술, 무용 등의 예술 운동을 한다. 또한 극단을 만들어 연기자로 경남지방 순회공연을 하기도 한다. 1946년 그는 통영중학교 교사로 부임하여 1948년까지 근무한다. 이 무렵 그는 1946년 9월에 나온 『해방 1주년 기념 사

---

13) 『김춘수 시전집』(민음사, 1994) 521쪽.

화집』에 시「哀歌」를 발표한 이후,『죽순』,『백민』,『예술신문』,『영문』
등에 시를 본격적으로 발표하면서, 통영에서 유치환, 윤이상, 전혁림
과 거의 매일 만난다. 1946년 歲暮에 청마 선생의 주선으로, 그때 마산
에 살던 신진들인 조향, 김수돈과 함께 동인 사화집『魯漫派』제1집을
발간한다. 이 사화집은 제2집부터 김수돈이 탈퇴하고 조향의 盡力으로
2인 사화집으로 꾸며졌고, 제3집을 마지막으로 폐간된다.[14]

    1948년 9월에 "詩作에 있어서 槪念的 用語 乃至 表現을 避하고 말을
精鍊함으로써 그로 構成되는 분위기로서 音樂이 音樂의 세계를 이루
듯 시의 세계를 이루려는 노력이 현저함"이라는 유치환의 서문을 단
첫 시집『구름과 장미』(행문사)를 통영에서 자비로 출간한다. 첫 시집
에 대해 박목월은 신문에 간곡한 신간평을 해주고, 병석에 있던 조지
훈은 재미있게 보았다는 엽서를 보내주는바,[15] 이에 김춘수는 상당히
고무된다. 1949년 마산중학교로 자원해 전근을 하면서 주거지를 마산
시 중성동 58번지로 옮기고, 1951년까지 근무한 뒤, 1951년부터 1952
년까지 마산고등학교에 재직하는데, 이 때 김수돈, 정진업, 김세익 등
과 가깝게 교우한다.

    1949년 두 번째 시집의 서문을 얻기 위해 서울로 서정주를 방문한
다. 당시 시집을 내면서 선배들의 서문을 받는 것이 통례라, 그 해 겨
울 세모 해거름녘에 미당이 자주 가는, 손소희가 경영하는 명동의 '마
돈나'에서 서정주를 만난다. 키가 자그만하고 헤어진 중절모에 땟국에
찌든 까만 두루마기를 입은 서정주는 술에 만취가 되어 있었고, 김춘
수는 시집에 대한 서문을 부탁하고 허락을 받은 뒤 귀경한다(대담).
1950년 3월에 "前著『구름과 薔薇』에 比하야 越等한 進境이나 飛躍을
뵈이고 있는 것은 아니라"는 서정주의 서문을 단 두 번째 시집『늪』

14) 2권 350쪽.
15) 2권 350쪽.

(문예사)을 상재한다.

1950년 한국전쟁을 통해 김춘수는 일제말기에 당한 역사의 첫번째 폭력에 이어 두 번째 폭력을 체험한다. 6·25가 일어나자 그는 마산 근교 안성의 조그마한 마을로 피난을 갔다가 그 곳이 되레 위험해 다시 마산으로 되돌아온다. 실제 마산은 전쟁터는 면했지만, 김춘수는 전쟁으로 인해 식솔들을 이끌고 피난을 떠나면서 이데올로기의 등쌀을 몸소 체험한다. 전쟁 기간의 답답하고 초조한 날들을 보내며 그 심정을 토로한 시들을 묶어 세 번째 시집 『旗』(문예사)를 출간하는데, 그 후기에 김춘수는 "나는 나의 모든 어지러운 생각을 整頓해 가야만 했다. 이런 素描의 形式으로라도 나는 나를 未來에로 建設해 가야만 했다."고 적고 있다.

1952년 진주에서 설창수, 구상, 이정호, 김윤성 등과 시동인 『시와 시론』을 결성한다. 이 동인지는 대구의 언론계에서 일하던 구상이 주재하였는데, 단 한 호만 내고 폐간된다. 여기에 김춘수는 시 「꽃」과 함께 첫 산문인 「시 스타일론」을 발표한다. 1953년 4월에 네 번째 시집 『燐人』(문예사)을 로뎅의 데생을 복사해서 표지 장정으로 삼고 등사판으로 제본까지 손수하여 출간한다. 1954년 3월에는 기존 시집에서 가려 뽑은 작품을 시선집 『第一詩集』(문예사)으로 묶어 간행하고, 그 해 9월에 『세계근대시감상』을 간행한다. 1956년 5월에는 부산대 강사 시절에 제자인 고석규의 발의로 유치환, 김현승, 송욱, 고석규 등과 동인지 『시연구』를 간행하였지만, 고석규의 타개로 창간호에 그치고 만다. 부산대학교, 해군사관학교 등에 출강하던 김춘수는 그 동안 『문학예술』에 연재해오던 글을 모아 첫 시론집인 『한국현대시형태론』(해동문화사)을 1958년 10월에 상재하고, 그 해 12월에 제 2회 한국 시인협회 상을 수상한다.

1959년 4월에 문교부 교수자격 심사규정에 의해 김춘수는 국어국문학과 교수자격을 인정받는다. 이 일은 일제 때 '불령선인'으로 낙인찍혀 영어(囹圄)생활을 하고 학교를 퇴학당하면서 입은 정신적 상흔을 어느 정도 치유해준다. 1959년 6월에 존재론적 시 계열의 완성태인 다섯 번째 시집 『꽃의 소묘』(백자사)를 상재하고, 이 시집과 동일한 내용을 담고 있는 여섯 번째 시집인 『부다페스트에서의 소녀의 죽음』(춘조사)을 11월에 상재하면서 30대의 시작 활동을 일단락 짓는다. 더불어 그 해 12월에 제7회 자유 아세아문학상을 조병화와 함께 수상한다.

첫 시집 『구름과 장미』에서 다섯 번째 시집인 『꽃의 소묘』로 이어지는 30대의 시작 과정은 릴케에의 경도를 완연히 드러내면서 존재의 본질을 탐구한 시기라 할 수 있다. 한마디로 이 시기의 시들은 가시적인 존재의 배후에 숨어 있는 비가시적인 존재, 곧 "얼굴을 가린 나의 新婦"(「꽃을 위한 序詩」)의 본질을 탐구해 들어간 시기이다. "꽃처럼 곱게 눈을 뜨고, 不毛의 이 땅바닥을 걸어가 보자"(「序詩」)로 시작되는 첫 시집 『구름과 장미』에서, "눈 뜨면/물 위에 구름을 담아 보곤/밤엔 뜰 薔薇와/마주 앉아 울었노니"(「구름과 장미」)라고 하는바, 여기서 구름과 장미는 다음과 같은 의미를 갖는다.

구름은 우리에게 아주 낯익은 말이지만, 장미는 낯선 말이다. 구름은 우리의 古典詩歌에도 많이 나오고 있지만, 장미는 전연 보이지가 않는다. 이른바 舶來語다. 나의 내부는 나도 모르는 어느 사이에 작은 금이 가 있었다. 구름을 보는 눈이 장미도 보고 있었다. 그러나 구름은 감각으로 설명이 없이 나에게 부닥쳐왔지만, 장미는 관념으로 왔다. 〔……〕 장미를 노래하려고 한 나는 나의 생리에 대한 반항으로 그렇게 한 것이 아니라, 그것은 하나의 이국취미에 지나지 않았다.[16]

---

16) 2권 381~382쪽.

'고전=감각=구름'과 '이국취미=관념=장미'의 대칭이 첫번째 시집을 지배한다. 구름으로 상징되는 전통적인 것에 대한 탐구는 「歸蜀途 노래」, 「밝안祭」 등으로, 장미로 상징되는 이국취미는 「禮拜堂」, 「窓에 기대어」, 「막달아 마리아」 등으로 나타난다. 이후 두 번째 시집을 거치면서 구름은 서정주와 유치환의 시적 영향으로 구체화되고, 장미는 릴케에로의 지향성으로 나타나는데, 점차 김춘수는 장미의 상징성을 통해 존재의 본질을 탐구해 들어간다. 이러한 지향성은 "廣大無邊한 이 天地間에 숨쉬는 것은/나 혼자뿐이다"(「밤의 詩」)라는 존재의 본질적인 고독감 때문이다. 이 고독감은 전쟁으로 표상되는 현대의 부조리한 세계에서 "密林을 잃은 草原을 잃은/어쩌노 우리들의 살결은 造花의 生理를 닮아"(「집(2)」)가는 존재에 대한 인식에서 비롯된다. "하늘과 땅의 永遠히 잇닿을 수 없는 相剋의 그 들판에서 조그만한 바람에도 前後左右로 흔들리는 運命"(「갈대」)에 처해 있는 존재의 위기를 극복하기 위해서는 존재가 평화롭게 공존할 수 있는 존재의 본질적인 공간, 하이데거적인 의미로 '존재의 집'을 지향해야 한다. 그 본질적 공간에 대한 지향이 '장미'라는 유추를 거쳐 "알프스의 山嶺에서 외로이 쓰러져 간 라이나·마리아 릴케의 旗"(「旗」)로 표상되고, 그 旗는 다시 '꽃'이라는 정서적 감각물로 변용되면서 꽃을 소재로 한 일련의 시들을 통해 존재의 본질을 탐구해 들어간다. 이 과정을 김춘수 스스로 다음과 같이 압축적으로 요약해놓고 있다.

나는 나의 관념을 담을 類推를 찾아야 했다. 그것이 장미다. 이국취미가 철학하는 모습을 하고 부활한 셈이다. 나의 발상은 서구 관념철학을 닮으려고 하고 있었다. 나도 모르는 사이 나는 플라토니즘에 접근해 간 모양이다. 이데아라고 하는 非在가 앞을 가로막기도 하고 시야를 지평선 저쪽으로까지 넓혀 주기도 하였다. 도깨비와 귀신을 나는 찾아 다녔다. 先驗의 세계를

나는 *遊泳*하고 있었다.[17]

이러한 존재의 본질 탐구를 통해 김춘수가 궁극적으로 도달하고자
한 것은 그의 시적 원형을 이루는 유년기의 평화롭던 동일성의 공간이
다. "始源의 衝動"(「最後의 誕生」)으로 명명될 수 있는 그 곳은 "우리들
두 눈에/그득히 물결치는/시작도 끝도 없는/바다"(「능금」) 혹은 "草綠
의 샘터에/빛 뿌리며 섰는 黃金의 나무"(「죽음」)가 있는 곳이다.

3. 타령조에서 처용단장으로 이어지는 무의미시의 추구: 1960년대~1970년대말까지

3—1. 타령조와 언롱

1960년에 김춘수는 마산의 해인대학(현 경남대학교)에 조교수로 발
령받게 되고, 이듬해 4월에 경북대학교 문리과대학 국어국문학과 전임
강사로 발령받는다. 당시 문리과대학 학장인 하기락 교수의 주선으로
전임강사가 된 경북대학에서 김춘수는 근 20년을 재직하는데, 처음에
는 대구시 매당동에서 거처를 하다가 후에 만촌동으로 집을 옮긴다.
그는 이 대학에서 후진 양성뿐 아니라 많은 시인들을 길러냈고, 문단
에서는 순수시의 이론과 이 계열의 작품에 지대한 영향력을 미친다.
이후 81년 대학을 떠날 때까지 김춘수의 삶은 대학교수로의 강의와 후
진 양성에 주력하였고, 간혹 고향인 충무를 왕래하면서 옛 고향에 대
한 아련한 추억을 떠올리기도 하는, 어쩌면 시인으로서는 단조로운,
대학교수로서는 당연한 생활을 한다.
그러나 안정되고 단조로운 생활과는 달리 이 시기의 그의 시는 엄청

---

17) 2권 383쪽.

난 질적 변화를 겪는다. 1961년 6월에 시론집『詩論』(문호사)을 간행하고, 1963년에는『현대문학』6월호에 단편소설「처용」을 발표한 후, 1966년에는 경상남도 문화상을 수상한다. 여섯 번째 시집 이후 근 10년 만인 1969년 11월에 나온 일곱 번째 시집인『打令調·其他』는 1959년부터 1969년까지 발표한 시들을 모아 묶은 것이다. 이 시집에서부터 김춘수는 무의미시로 진입한다.

1959년 12월에『사상계』에「타령조」연작을 발표하기 전, 김춘수는 관념 공포증에 걸린다.『부다페스트에서의 소녀의 죽음』에서 "言語는 말을 잃고/잠자는 瞬間,/無限은 微笑하며 오는데/茂盛하던 잎과 열매는 歷史의 事件으로 떨어져 가고,/그 銳敏한 가지 끝에/明滅하는 그것이/詩일까,"(「裸木과 詩 序章」)라는 회의를 표명하면서, 김춘수는 "어떤 관념은 시의 형상을 통해서만 표시될 수 있다는 것을 눈치챘고, 어떤 관념은 말의 피안에 있다는 것도 눈치"[18]챈다. 곧 존재론적 시를 쓸 때에는 "세상 모든 것을 還元과 第一因으로 파악해야 하는 집념의 포로"가 되어 있었는데, 이제는 그런 시작 방법으로는 "실재를 놓치고 감각을 놓치고 지적으로는 불가지론에 빠져들어 끝내는 허무를 안고 딩굴 수 밖에 없다는 것"[19]을 깨닫는다.

한계에 부딪친 존재론적 시에 대한 지양태가 바로 관념과 대상으로부터의 자유라는 무의미시(Nonsence Poetry)이고, 그 첫 실험이 「타령조」 연작에 나타나는 음악성(타령조와 言弄이라는)의 강조이다. 타령조와 언롱에 의한 음악성의 강조는 기존의 시적 담론체계의 파괴를 동반한다. 곧 사회적 상징체계의 말을 파괴하고 그 피안을 탐구해 들어가려는 시가 무의미시다. 말의 피안은 무의식의 영역이며, 그곳에는 유년기에 각인된 원초적 동일성의 공간이 내재해 있다. 그 공간에 대한

---

18) 2권 383쪽.
19) 2권 383쪽.

지향성을 무의식의 언술을 통해 드러내면서 점점 그 무의식 속으로 깊숙이 진입해 들어가는 과정이 그의 무의미시의 전개과정이다.

3-2. 역사허무주의자와 처용, 그리고 서술적 이미지

음악성을 강조함으로써 의미를 배제하려는 그의 무의미시는 1969년 4월 『현대시학』 제1집에 「處容斷章 1」을 발표하면서 「처용단장」 연작시로 연결되어 한층 구체화된다. 1972년에 시작법보다는 이론에 중점을 둔 대학 교과서용 시 이론서 『시론』(송원문화사)을 출간한 후, 1974년 시선집 『처용』(민음사)에 「처용단장」 제1부를 실어 발표한다. 「처용단장」 제1부를 13개월에 걸쳐 13편의 단장으로 쓰면서 그는 위를 반이나 잘라내는 대수술을 받기도 한다. 1976년 5월에 수상집 『빛속의 그늘』(예문관)을, 8월에는 시론집 『의미와 무의미』(문학과 지성사)를, 그리고 11월에는 「처용단장」 제2부를 담은 시선집 『김춘수 시선』(정음사)을 간행함으로써 무의미시를 일층 깊게 탐구해 들어간다.

「처용단장」 연작은 다음 두 가지 측면에서 비롯된 것으로 추론된다. 첫째 당시의 김수영의 시적 행로에 대한 김춘수의 라이벌 의식과 관련이 있는 것으로 보인다. 처음에 모더니즘 시를 쓰던 김수영이 4·19 이후 역사와 현실참여를 외치면서 참여문학으로 진입하자, 「타령조」 연작을 통해 무의미시를 추구하던 김춘수는 심한 좌절감을 느낀다.

이 무렵, 국내 시인으로 나에게 압력을 준 시인이 있다. 故 김수영씨다. 내가 「타령조」 연작시를 쓰고 있는 동안 그는 만만찮은 일을 벌이고 있었다. 소심한 기교파들의 간담을 서늘케 하는 그런 대담한 일이다. 김씨의 하는 일을 보고 있자니 내가 하고 있는 試驗이라고 할까 練習이라고 할까 하는 것이 점점 어색해지고 무의미해지는 것 같은 생각이었다. 나는 한동안 붓을 던지고 생각했다.[20]

이후 김춘수는 김수영과 『한국문학』의 집필동인으로 같이 활동하지만, 아마도 그는 김수영을 넘어서는 방법을 찾으려 무척이나 고심했던 것 같다. 김수영이 걸어가는 현실참여의 길이 아닌 길에서 김수영과 맞설 수 있는 방법으로 택한 것이 "역사주의 세계관을 배척하는 신화적, 윤회적 세계관의 기교적 실천이요 놀이"[21]인 「처용단장」이다.

둘째, 1960년대말부터 찾아온 역사허무주의이다. 일제 때의 감옥 체험과 한국전쟁, 그리고 4·19를 거치면서 1960년대 후반부터 그는 "현실 무감증 현상이 노출되고 역사에 대한 회의가 생기면서 이기적인, 도피적인, 또는 방관자적인, 무관심주의적인 상태"[22]에 빠진다. 그는 현대를 "폭력과 성행위의 애너키즘"[23]이라 파악하고, '역사=이데올로기=폭력'의 삼각관계에 무방비로 노출된 개인의 숙명에 고민한다. 그것을 심리적으로 극복하기 위해 그는 "극한에 다다른 고통을 견디며 끝내는 춤과 노래로 달래 보는 인고주의적 해학"[24]을 택한다. 그것이 「처용단장」 연작시이다. '처용'에는 김춘수의 유년기가 투영되어 있다.

처용은 어떻게 나에게로 왔을까? 그는 東海龍의 아들이다. 그렇다. 나는 바다가 되어 버린 것이다. 동해가 아니라, 한려수도로 트이는 남쪽 바다. 다도해. 봄에 유자가 익고, 겨울에 죽도화가 피는 그러한 바다. 바다는 자라고 있었고 자라는 동안 죽기도 하고 깨어 나기도 했다. 죽은 바다를 어떤 사나이가 한쪽 손에 들고 있기도 하고, 山茶花가 질 무렵, 다 자란 바다가 발가벗고 내 앞에 드러눕기도 했다. 발가벗은 바다의 가장 살찐 곳에 山茶花가 지기도 하고, 어떤 때는 크나큰 해바라기 한 송이가 져서는 점점점 바다를

---

20) 2권 351쪽.
21) 『김춘수 시전집』, 앞의 책, 524쪽.
22) 위의 책, 520쪽.
23) 2권 573쪽.
24) 2권 574쪽.

다 덮기도 했다.[25]

　김춘수의 무의식 속에 고스란히 살아 있는 유년기의 그 평화롭던 고향, 바다와 하늘, 인간과 사물, 꿈과 현실이 조화롭게 공존하는 그 원초적 동일성의 공간의 산물인 처용을 통해 김춘수는 역사와 이데올로기의 폭력을 고발한다. "처용은 역사에 희생된 개인이고 역신은 역사이다. 이 때의 역사는 역사의 악한 의지 즉 악을 대변한다".[26] 곧 처용연작은 "개인을 파괴하는 역사의 악 또는 이데올로기의 악을 내 자신의 경험과 처용을 오버 랩시키면서 드러내려고 한 것"[27]이다.

　"고전의 현대화를 통한 신화적 세계"[28]에의 탐구라 할 수 있는 처용연작을 통해 김춘수가 궁극적으로 지향하는 것은 처용이 아무런 상처를 받지 않고 평화롭게 살아갈 수 있는 원초적인 동일성의 공간이다. 궁극적인 지향점은 동일하면서도 「처용단장」 제1부와 제2부는 그 시작 방법론에서 특질을 달리한다.

　『타령조·기타』에서 추구되던 음악성을 통한 의미 배제는 「처용단장」 제1부에 이르러 묘사 연습으로 이어져 시에 있어서의 관념의 배제로 연결된다. 관념의 배제는 서술적 이미지의 추구로 구체화된다. 그는 이미지를 서술적 이미지와 비유적 이미지로 구분한다. 전자는 이미지 그 자체가 목적인 이미지이며, 후자는 이미지를 관념의 수단으로 쓰는 불순한 것이다. 따라서 관념 배제를 위한 이미지는 전자의 이미지로, 그것은 "묘사된 어떤 상태만을 인정하되 그 상태에 대한 판단(관념의 설명)은 삼가"[29]하는 이미지이다. 여기서 그는 다시 서술적 이미지를 두 가지로 나누고, 그 중 시와 대상과의 거리가 없어진 서술적 이미

25) 2권 575쪽.
26) 『김춘수 시전집』, 앞의 책, 523쪽.
27) 위의 책, 523쪽.
28) 위의 책, 524쪽.
29) 2권 396쪽.

지에 의한 시를 무의미시로 채택한다. "현대의 무의미시는 대상을 놓친 대신에 언어와 이미지를 실체로서 인식하게 되었다고 할 수 있다."[30]

그에 의하면, 시란 원래 대상(풍경, 사회, 현실)의 구속을 받아야 그 의미가 있다. 곧 "대상과의 거리가 유지되는 동안 시인은 항상 자기의 인상을 대상에 덮어씌움으로써 대상에 의미부여를 하게 되는 것"[31]이다. 대부분의 시가 그러하다. 그렇다면 김춘수가 주장하는 대상과의 거리가 없어진 무의미시란 무엇인가? 그것은 대상과의 거리가 유지되는 대부분의 시와는 무엇이 다른가? 그것은 바로, 그가 「처용단장」 제1부의 시작 방법론으로 내세운 "인상파풍의 寫生과 세잔느 풍의 추상과 액션 페인팅"[32]이 혼합된 방법론이다. 이 세 가지 방법은 모두 회화에 있어서 기존의 전통적인 방법에 반기를 든 20세기 초의 추상예술에 해당된다. 그러면서 각각은 나름대로의 특성을 지닌다. 인상파의 경우, 그것은 물체의 고유한 색채에 대항 부정, 대상파악의 방법으로서의 윤곽선의 제거를 특징으로 한다. 대상에의 종속에서 색채를 해방시킨 이 인상파에서, 우리는 전통적인 의미에서의 회화의 대상이 서서히 그 중요성을 잃어가게 되는 맥락을 파악할 수 있다. 그리고 큐비즘의 원조라 할 수 있는 세잔느의 추상은 원근법이라는 일원시점에서 탈피하여 여러 지점에서 볼 수 있는 복수시점을 통하여 분할된 대상을 기하학적으로 재구성하는 방법이다. 한편, 액션 페인팅(Action Painting)은 추상표현주의에 해당되는 것으로, 미국의 플록(Pollock)이 대표적인 인물이다. 이것은 미술의 원천이 무의식에 있다는 초현실주의자들로부터 큰 영향을 받은 것으로, 그 중요한 특징은 '대상을 지운다'는 것이다. 곧 캔버스는 대상의 재현, 재구성, 분석 또는 현실적이며 구체적인 이미지가 있는 어떤 것을 표현하는 장으로서보다는 행위하는 장으

30) 2권 376쪽.
31) 2권 376쪽.
32) 2권 387쪽.

로서 의미를 띤다. 어떤 이미지의 추적이 아닌, 행위의 자발성은 그리는 것에의 부단한 함몰을 뜻한다. 창조하는 것 자체가 테마가 되는 플록의 그림은 한마디로 구성주의적인 짜임새를 깨뜨리는 세계, 의식을 벗어난 세계, 의식의 통제를 비껴난 세계로서의 자동기술과 일치한다. 몰아상태에서 지속되는 행위야말로 자동기술에 다름아니다.

대상으로부터 색채의 해방, 다원시점을 통한 대상의 재구성, 무의식의 자동기술에 의한 창작행위 자체의 드러냄, 이 세 가지 방법론이 혼용된 것이 「처용단장」 제1부의 시작 방법론이다. 따라서 이 방법론에 입각한 서술적 이미지는 이전의 타령조보다 무의식의 언술에 보다 깊이 진입한 형태라 할 수 있다.

寫生이라고 하지만, 있는(實在) 풍경을 그대로 그리지는 않는다. 집이면 집, 나무면 나무를 대상으로 좌우의 배경을 취사선택한다. 경우에 따라서는 대상의 어느 부분은 버리고, 다른 어느 부분은 과장한다. 대상과 배경과의 위치를 실지와는 전연 다르게 배치하기도 한다. 말하자면 실지의 풍경과는 전연 다른 풍경을 만들게 된다. 풍경의, 또는 대상의 재구성이다. 이 과정에서 논리가 끼이게 되고, 자유연상이 끼이게 된다. 논리와 자유연상이 더욱 날카롭게 개입하게 되면 대상의 형태는 부숴지고, 마침내 대상마저 소멸한다. 무의미의 시가 이리하여 탄생한다.[33]

3-3. 주술적 리듬과 원초적 동일성의 세계로의 지향

대상의 상실은 불안과 허무를 가져온다. 타령조와 언롱을 거쳐 대상과의 거리가 없어진 서술적 이미지에 의한 김춘수의 무의미시의 탐구는 허무에 부딪치게 된다. 그 허무의 초극은 이미지의 초극을 통한 주술적 리듬의 세계로의 진입으로 나타난다. "대상의 철저한 파괴는 이

---

33) 2권 387쪽.

미지의 소멸 뒤에 오는 것"[34]이라는 생각하에, 그는 '脫이미지'와 '超이미지'를 주장한다.

이미지를 지워 버릴 것. 이미지의 소멸—이미지와 이미지의 연결이 아니라(연결은 통일을 뜻한다), 한 이미지가 다른 한 이미지를 뭉개 버리는 일. 그러니까 한 이미지를 다른 한 이미지로 하여금 소멸해 가게 하는 동시에 그 스스로도 다음의 제 3의 그것에 의하여 꺼져가야 한다. 그것의 되풀이는 리듬을 낳는다. 리듬까지를 지워 버릴 수는 없다. 그것은 無의 소용돌이다. 이리하여 시는 행동이고 논리다.[35]

이미지의 소멸을 위한 이미지의 되풀이가 리듬을 낳게 되며, 이 리듬을 타는 것, 곧 "염불을 외우는 것"이 「처용단장」 제2부이다. 이 시에서 과연 주술적 리듬이란 무엇이며, 그 리듬을 통해 궁극적으로 지향하는 바가 무엇인지를 살펴보자.

돌려다오.
불이 앗아간 것, 하늘이 앗아간 것, 개미와 말똥이 앗아간 것,
女子가 앗아가고 男子가 앗아간 것,
앗아간 것을 돌려다오.
불을 돌려다오. 하늘을 돌려다오. 개미와 말똥을 돌려다오,
女子를 돌려주고 男子를 돌려다오.
쟁반 위에 별을 돌려다오.
돌려다오.

—「들리는 소리」에서

---

34) 2권 398쪽.
35) 2권 395쪽.

먼저, 시행의 각 문장이 의사소통의 기본골격은 유지하나, 주어가 모두 생략되어 있음을 볼 수 있다. 시적 통사구조에서 주어 생략은 흔한 일이지만, 그런 경우 의미전달에 큰 지장을 주지 않는다. 그런데 여기서는 주어가 생략됨으로써 의미전달과 시적 대화에 큰 장애를 초래하고 있다. 이처럼 주어나 문장의 핵심어를 생략하는 경우는 실어증의 한 유형에 해당된다. 이러한 사태는 의식상의 언술(énoncé)에 무의식의 언술이 개입된 형태이다. 무의식은 사회적 상징체계가 그의 욕망을 억압하고 거세시켰다고 느끼고, 그 거세된 욕망을 표출한다. 그 욕망은 무수하기에, 빼앗긴 무수한 욕망의 언술들이 의식의 언술을 뚫고 분출된다. 위 시에서 '~앗아간 것'이나 '~을 돌려다오'에서 '~'에 해당되는 모든 것이 사회적 상징체계에 의해 빼앗긴 무의식의 욕망의 이미지이자, 현실의 대상과의 거리를 소멸한 '서술적 이미지'이다.

다음, 서술적 이미지도 '돌려다오'의 반복(8번)에 의해 소멸된다. 여기서 주목할 것은 '돌려다오'라는 단어가 어형변화를 동반하지 않고 일종의 부정사의 형태로 고정되어 있다는 점이다. 이것은 실어증의 유형중, 구문규칙을 상실하고 문장을 낱말더미, 곧 一語文(one sentence utterance)과 一文(one word sentence) 형태로 퇴화시키는 인접성 장애의 경우에 해당된다. 인접성 장애는 어린이가 사회적 상징체계에 의해 메타언어를 배우는 과정의 역순을 취한다. 이것은 기존의 담론체계를 거부하고, 대신 어린아이의 무체계적인 낱말더미의 수준으로 퇴화한 것이다. 그 퇴화의 징표가 '돌려다오'의 부정사적 형태로의 고정이다. 그러한 부정사적인 낱말의 반복은 무의식적 언술의 반복이며, 그 반복이 주술적인 리듬을 낳는다. 주술적 리듬은 소멸된 서술적 이미지보다 실상 무의식적 욕망의 언술에 더 깊숙이 뿌리를 내리고 있다. 그렇다면 이 무의식의 주술적 리듬을 통해 궁극적으로 지향하는 바는 무엇인가?

키큰해바라기.
네잎토끼풀없고
코피.
바람바다반딧불.

毛髮또毛髮. 바람.
가느다란갈라짐.

                    —「들리는 소리」에서

  완전한 일문(一文) 형태를 취하고 있는데, 일문은 의식상이 완전히
제거되고 무의식적 언술만으로 이루어질 때 가능하다. 따라서 무의식
의 욕망이 무엇인지를 이 부분에서 포착할 수 있다. 그 욕망은 '키큰해
바라기/네잎토끼풀', '바람바다반딧불'로 표상되는 사물과 '모발'로
표상되는 인간이 대립하지 않고 조화롭게 공존하는 원초적 동일성의
공간이다. 그러나 어머니의 자궁 속 같은 아늑한 공간에 있던 어린아
이는 자라면서 사회적 상징체계에 진입하고 그 언어를 배우면서 동일
성의 상태가 깨어짐('가느다란갈라짐')을 느낀다.

  잊어다오.
  어제는 노을이 죽고
  오늘은 애기메꽃이 핀다.
  잊어다오. 늪에 빠진
  그대의 蛾眉,
  휘파램새의 짧은 휘파람,
          *

  [……]

지렁이가 울고
네가래풀이 운다.
개밥 순채,
물달개비가 운다.
하늘가재가 하늘에서 운다.
개인 날에도 울고 흐린 날에도 운다.

　　　　　　　　　　　　　　　—「들리는 소리」에서

'노을', '애기메꽃', '그대의 蛾眉', '휘파람새' 등이 공존하는 동일
성의 공간은 어린이가 사회적 상징체계에 진입하면서 사라진다. '늪에
빠진다.' 그것을 깨닫는 순간 어린아이는 성장발육을 중지한다. 사회
적 상징체계의 언어를 거부한다. 말더듬이 어린아이 상태로 퇴화한다.
일어문과 일문이 그것을 예증한다. 그리곤 동일성의 공간의 상실감으
로 '운다'. 울음은 주술적 리듬을 타고 사회적 상징체계의 언술을 파괴
하면서 상실된 동일성의 공간에 대한 지향을 강하게 드러낸다. 그 울
음은 말더듬이 어린이의 울음이면서, 또한 동일성의 공간을 그리워하
는 모든 사물들의 울음이며, 그 울음은 '개인 날에도 울고 흐린 날에도
운다'로 지속성을 띤다.

序詩

울고 간 새와
울지 않는 새가
만나고 있다.
구름 위 어디선가 만나고 있다.
기쁜 노래 부르던

눈물 한 방울,

모든 새의 혓바닥을 적시고 있다.

　　　　　　　　　　　　　　　　　　—「들리는 소리」에서

　'울고 간 새'는 말더듬이 어린이고, '울지 않는 새'는 말을 배우기 이전의 어머니의 자궁 속의 어린이다. 그 새들이 '구름'(어머니의 자궁) 위에서 만남으로써 원초적인 동일성의 세계에 대한 지속적인 탐구 의지를 표출한다. 나아가 그런 탐구('눈물')가 '모든 새'(모든 인간)의 혓바닥을 적실 정도로 가치있는 것임을 암시하고 있다.

　「처용단장」제2부에 나타나는 말을 배우기 이전의 어린아이의 발화태인 주술적 리듬은 타령조와 서술적 이미지보다 훨씬 더 무의식의 언술에 진입해 있다. 이 무의식의 주술적 리듬을 통하여 김춘수가 궁극적으로 지향하는 것은 원초적인 동일성의 공간이다. 그곳은 처용이 폭력을 당하기 이전의 평화로운 저 깊은 바다 속의 공간이며, 시인의 무의식 속에 각인되어 있는, 말을 배우기 이전에 공유하던 아늑하고 평화로운 공간이며, 또한 인류가 궁극적으로 지향해야 할, 인간과 사물이 조화롭게 공존하는 공간이다. 이후 김춘수는 말더듬이 어린아이의 발화단계를 넘어 언어 이전의 단계인 동물의 언어로「처용단장」연작을 밀고 들어가는바, 이는 그가 무의미시를 통해 지향하는 원초적 동일성의 공간에 대한 치열한 천착에서 빚어지는 필연적인 결과이다.

4. 동물의 언어와 무의미시의 극한 탐구:
　　1980년대부터 지금까지

　김춘수는 1975년『한국문학』3월호에 시「이중섭」을 발표하면서, 이후「이중섭」연작을 계속 발표한다. 이들을 묶어 시집『南天』(근역서재)을 1977년 10월에 상재하였고, 그보다 앞서 6월에 시선집『꽃의 소묘』(삼중당)를 상재한다. 시집『남천』에 실린「이중섭」연작은「처용단장」제 1, 2부에 나타난 원초적 동일성의 공간에 대한 지향이 지속되고 있음을 보여주고 있다. 1979년 시론집『시의 표정』(문학과 지성사)과 수상집『오지않는 저녁』(근역서재)을 간행하면서 그는 경북대학교를 떠나 영남대학교 문리과대학 국어국문학과 교수로 자리를 옮겨 1981년까지 재직한다. 1980년 1월에 수상집『시인이 되어 나귀를 타고』(문장사)를 상재하고, 11월에 시집『비에 젖은 달』(근역서재)을 상재한 후, 그는 오랫동안의 대학교수 생활을 마감하고 정계로 나간다.

1980년대에는 김춘수의 시적 편력에 있어서 예외적인 시기이다. 집요하게 추구해오던 무의미시에 대한 탐구를 잠시 멈춘 채 그는 외도를 한다. 김춘수는 81년 4월 국회의원이 되어 거처를 서울 잠원동 대림아파트로 옮긴 후, 국회 문공위원으로 4년간 활동하는 한편 예술원 회원이 된다. 정치를 '역사=이데올로기=폭력' 이라고 신랄히 비판하던 그가 폭력을 휘두르고 정권을 잡은 정부의 국회위원이 되었다는 사실은 아이러니가 아닐 수 없다. "처용이 신라왕에게 사로잡혀 그의 신하가 되어 벼슬"[36]을 한 격인 이 일을 두고 시인 스스로, "별 반성 없이 정치에 관련하게 된 것은 역사를 가볍게 생각했기 때문"(대담)이라고 했지만, 아무튼 국회위원의 경력은 그 역시 드러내고 싶지 않은 대목이라는 것을 대담에서 느낄 수 있었다. 추측건데, 역사허무주의자로서 탈역사적인 공간을 추구해온 김춘수에게 있어서의 역사감각의 결여가 정계입문의 가장 큰 원인이 아닐까? 그 문제야 어쨌든 정계입문으로 인해 무의미시에 대한 탐구는 80년대말까지 제자리 걸음을 한다.

김춘수는 1982년 2월에 경북대학교에서 명예문학박사 학위를 받고,

36) 2권 575쪽.

그 해 4월에 시선집 『처용이후』(민음사)를, 8월에는 회갑 기념으로 『김춘수 전집』 3권(문장사)을 상재한다. 1985년 12월에는 『현대문학』에 연재한 글을 묶은 수상집 『하느님의 아들, 사람의 아들』을 상재한다. 1986년 7월에는 『김춘수 전집』(서문당)을 간행하고, 그 해 방송심의위원회 위원장으로 취임한 뒤 1988년까지 재임한다. 1988년에 해외 기행시가 주축을 이룬 시집인 『라틴 점묘·기타』(탑출판사)를 간행하고, 1989년에는 『시론』을 증보한 시 이론서 『시의 이해와 작법』(고려원)을 간행한다.

이윽고 1990년대가 되면서 김춘수는 다시 본격적으로 무의미시를 탐구해 들어간다. 1990년에 시선집 『샤갈의 마을에 내리는 눈』을 간행하고, 1991년 3월에는 『현대시학』에 연재한 글을 모아 시론집 『시의 위상』(둥지)을 상재하고, 그 해 10월에는 고희 기념으로 박의상, 이승훈, 오세영 등의 주선에 의해 연작 장시 『처용단장』(미학사)을 상재하면서 한국방송공사 이사로 취임한다. 1992년 3월에 시선집 『돌의 볼에 볼을 대고』(탑출판사)를 간행한 후, 그 해 10월에는 은관문화훈장을 받는다.

『처용단장』에 실린 「처용단장」 연작시 중 제3, 4부는 『현대문학』에 90년 4월호부터 91년 1월호까지 연재한 총 50편의 연작시인 「처용단장」 제3부와, 다시 『현대문학』에 91년 2월호부터 91년 6월호까지 연재한 총 21편의 연작시인 「처용단장」 제4부를 묶은 것이다. 제3, 4부에 이르러 그의 무의미시는 동물의 언어로 심화된다.

언어는 해체되고 의미는 단순한 소리로 분해된다. 음절 단위의 언어로, 즉 동물의 언어로 퇴화한다. 아니 원상 복귀한다.

ㅜㅉㅣ ㅅㅏ ㄹㄲㅗ 바보야.

ㅣ ㅂ ㅏ ㅂ ㅗ ㅑ,
역사가 ㅕ ㄱ ㅅ ㅏ ㄱ ㅏ 하면서
ㅣ ㅂ ㅏ ㅂ ㅗ ㅑ,

제 3부의 39의 일부다. 이 상태는 일종의 악보다.[37]

동물의 언어란 무엇인가? 「처용단장」 연작시가 궁극적으로 추구하
는 것이 인간과 사물이 공존하는 원초적인 동일성의 공간임에 주목하
자. 그 공간은 현실에 부재한다. 그러면서 현존한다. 현존하는 부재로
서의 그 공간은 이성적 사고가 지배하는 현실의 표면 속에 내재해 있
는 심층이다. 그것은 이성적이고 의식적인 언술의 세계가 아니라, 비
이성적이고 무의식적인 언술의 세계이다. 심층에 있는 무의식의 언술
을 표층의 의식상의 언술에 분출시킴으로써 부재하는 동일성의 공간
을 현현시킬 수 있다. 김춘수는 지금 그것을 시도하고 있다. 그는 사회
적 상징체계의 언어가 아닌 그 이전 단계의 언어, 곧 인간과 사물, 인
간과 동물이 교감할 수 있는 무의식의 언술로 '원상복귀' 함으로써 기
존의 시적 담론체계를 완전히 파괴하고, 그럼으로써 상실된 동일성의
공간을 원상복귀시키려 한다. 그것이 동물의 언어이다. 그 언어는 사
회적 상징체계에서 볼 때에는 동물의 언어이지만, 그 체계의 언어를
거부한 말더듬이 어린이가 볼 때에는 그가 애초에 공유했던, 인간과
사물이 동일성을 누리던 때의 본래적인 언어이다. 김춘수의 무의미시
는 이 동물의 언어에 이르러 무의식의 욕망을 가장 과격하고도 극단적
으로 표출한다. 이 자리를 넘어설 때 시는 더 이상 쓰여질 수 없을지도
모른다.
　타령조와 언롱, 서술적 이미지, 그리고 말을 배우기 이전의 어린이의

---

37) 『김춘수 시전집』, 앞의 책, 526쪽.

발화태인 주술적 리듬을 거쳐 동물의 언어로까지 밀고 들어간 이후는
불립문자의 단계일진데, 이 단계에서 김춘수는 숨을 돌리면서 산문시
를 쓴다. 1993년에 4월에 산문시집『서서 잠자는 숲』(민음사)을 간행하
고, 1994년 11월에는『김춘수 시전집』(민음사)을 간행한 그는 서울 강
동구 명일동 우성 아파트 9동 505호에서 여전히 창작에 몰두하고 있
다. 1995년으로 74세를 맞이하는 김춘수는 요즈음 수필형식에 단상을
합친 자전소설을 구상중이다.

5. 고독한 무의미 시인이 낳은 빛나는 처용

「처용단장」 연작시를 통해 김춘수는 무의미시를 극단으로 밀고 들어
가고 있다. 타령조와 언롱→대상과의 거리가 없어진 서술적 이미지→
말을 배우기 이전의 어린이의 발화태인 주술적 리듬→동물의 언어로
이어지는 김춘수의 무의미시의 시사적 의의는 무엇인가?

그의 무의미시는 우리 시사를 이끌어온 몇 개의 계열체 중에서 모더
니즘 계열체의 최정점에 서 있다. 30년대 이상이라는 거대한 봉우리
이후 모더니즘 계열체는 김춘수의 무의미시라는 봉우리를 가진다. 이
봉우리에 의해 모더니즘 계열체는 그 질적 깊이를 한층 심화한다. 그
의 무의미시는 60년대『현대시』동인들에게도 지대한 영향을 미쳤고,
90년대의 해체시에도 지속적인 영향을 미치고 있다. 그의 무의미시가
궁극적으로 지향하는, 인간과 사물이 평화롭게 공존하는 원초적인 동
일성의 공간은 모든 문학이 지향해야 할, 인류의 상실된, 그러나 반드
시 회복되어야 할 시원(始原)의 공간이다. 유년기에 체득된 그 동일성
의 공간을 '처용'을 통해 인류의 시원의 공간으로 질적으로 심화시킨
그의 무의미시를 두고, 시가 난해하다고 외면하여 그의 작업을 고독하

게 만드는 것은 시의 깊이와 한국시의 흐름에 대한 무지를 드러내는 것일 뿐이다. 시작 활동 50여 년에 걸쳐, 존재론적 시를 거쳐 무의미시를 고독하게 추구해온 시인이 낳은 '처용'은 모더니즘 계열체에서 휘황찬란하게 빛나고 있지 않은가? '처용'을 빼고서는 우리 시사에서 모더니즘 계열체에 대한 완전한 논의가 불가능하다는 점에서 그 빛의 강렬성을 짐작할 수 있을 것이다. 이제 동물의 언어단계에까지 진입한 김춘수의 무의미시는 어쩌면 더 이상 시로는 쓰여질 수 없을는지도 모른다. 그렇지만 그는 이 벽을 뚫고 또 다른 무의미시의 양태를 우리에게 보여줄 것이라 믿는다.

밀핵시론과 나사시론

성찬경 시론

1. 머리말

성찬경(1930~)은 1956년 『문학예술』지에 조지훈의 추천으로 문단
에 첫선을 보인 후, 『火刑遁走曲』(1966), 『벌레소리頌』(1970), 『時間
吟』(1982), 『반투명』(1984), 『황홀한 초록빛』(1989) 등의 시집을 상재
하였다.

그의 시세계에 대한 평가는 양면적이다. 우리 시사에서 부족한 모습
을 보이고 있는 존재론적, 형이상학적, 철학적인 측면을 보강하고 있
다는 점에서 긍정적인 평가를 받는 반면, 서구편향적이거나 관념적인
것으로 부정적인 평가를 받기도 한다. 그러나 이러한 평가들이 그의
시세계의 일면에만 치중되어 있다는 점은 지적되어야 할 것이다. 무엇
보다 그의 시세계에 대한 올바른 평가는 그 총체적인 관점에서, 그리
고 그것이 한국 시사 전체에서 갖는 의미망이라는 거시적인 관점에서
검토될 때, 가능할 것이다. 특히 그의 시론에 대한 검토는 그 작업을

위한 결정적인 준거틀을 제공할 것으로 여겨진다.

그는 자신의 시론을 내세우는 몇 안 되는 시인들 중의 한 사람인데, 그것이 바로 밀핵시론이다. '한 줄의 시구에 온 우주를 담은 시' 혹은 '최대한의 밀도를 담은 시'로 규정되는 밀핵시론은 나사시론을 거쳐 최근의 우주율 시론으로 이어지는 그의 시작 과정 전체를 관통하는 핵심항목이다. 따라서 그의 시세계를 이해하기 위해서는 이 밀핵시론에 대한 점검이 필수적으로 요청된다.

시론의 입장에서 볼 때, 그의 시세계는 시론과 시의 불일치를 드러내는 것으로 판단된다. 이러한 불일치는 대체로 시론을 수입한 경우가 대부분이다. 밀핵시론 역시 서구시론의 영향권 내에 있지만, 어떤 한 유파 또는 한 시인의 이미 완성된 시론을 일방적으로 모방한 것은 아니다. 그의 시론은 최고의 시를 쓰겠다는 그의 의지의 결정체로서 동서고금의 훌륭한 시론의 장점이 융합되어 있는 대단히 독창적인 것이라 할 수 있다. 독창적 이론이 정합성을 획득하기 위해서는 여러 번의 시행착오를 거치기 마련이다. 따라서 그에게서 시론과 시의 불일치는 시론의 방법론적 측면에 대한 정밀한 검토를 필요로 한다. 이 검토를 통해 그의 시론의 특질 및 문제점을 밝힐 수 있을 것이고, 나아가 그의 시세계의 전반적인 특질을 살펴볼 수 있을 것이다. 이 글에서는 이러한 관점에서 성찬경의 시론을 살펴보고자 한다.

2. 지성에 의한 감성의 통합과 추상에의 지향

밀핵시론을 규명하기 위해서는 먼저 시와 시인과의 관계에 대한 그의 입장을 검토할 필요가 있다. 그는 시와 시인의 분리를 주장하는데, 이러한 입장이야말로 근대시의 기본항목일 것이다. 시와 시인이 일체가 되어 시인의 주관적인 감정 토로를 노출하는 시는 전근대적이 시이다. 그는 시와 시인의 분리를 통하여, 양자의 객관적 거리를 강조한다. 그리하여, 시는 그 자체의 생리를 가지게 되며, 그것은 고정되어 있는 것이 아니라, 시간이 흐름에 따라 변화한다. 시인은 자신의 존재와 개성을 통해 그러한 변화를 새로운 것으로 만듦으로써, 그것을 진화시킬 수 있어야 한다. 그럴 때, 그 시는 독창적이며 또한 미래지향적인 시가 된다. 이 입장에서, 그는 한국 현대시의 전개과정에서 자신의 독창적이며 미래지향적인 시론을 밀핵시론이라 명명한다.

나의 시의 중요한 주제는 나의 삶과 나의 주변의 세계와의 충돌에서 나오는 불꽃들은 탄생, 죽음, 인간의 비참, 기쁨과 슬픔, 생명의 신비, 신, 시 자체 따위이다. 나는 이러한 것들에게 나의 시대인 이십세기의 육체를 주려고 한다. 나는 가능하다면 한 줄의 싯귀에 이 우주의 온 의미를 싣고 싶다. 이 우주의 온 무게와 비길 수 있는 무게를 지닌 싯귀를 쓰고 싶다. 〔……〕 한 편의 시 안에, 그 시어 하나 하나, 그 이미쥐 하나 하나에 최대한의 밀도와 내용을 그 시가 폭발하지 않을 한도까지 집어 넣으려는 것을 의미한다. 그런 고로 해서 나는 시의 과정에서 뭇이고 시의 요소가 되는 것의 상실을 꺼려한다. 감각적인 기쁨—음악성은 물론이고—, 삶의 형이상학적 의미, 타는 정열과 빙결하는 지성과의 조화와 균형, 생생한 사실 밑에 깔려 있는 삶의 신비, 언어미, 휴모어와 기지, 등 어느 하나이건 말이다. 이렇게 해서 쓰인 시를 일종의 절대시라 할 수 있는 것에 속할 것이다.

—「밀핵시 서설」에서

이 글에서 우리는 그의 밀핵시론의 특징을 한마디로 규정짓기가 대단히 어려움을 알 수 있다. 그 스스로 언급하였듯이, 그의 시세계의 근간을 이루고 있는 것은 서구의 그것들이며, 그러면서도 특정 어느 유파의 이론만을 중추로 삼지 않는다. 그는 17세기 형이상학파 시인 존 단에서부터 상징주의자 발레리, 신고전주의자 엘리어트, 신낭만주의자 딜런 토머스 등의 영향을 받았고, 나아가 예술 분야에 있어서 추상 예술가 파울 클레, 조각가 헨리 무어, 음악가 바하, 모짜르트 등의 영향을 받았다. 한마디로 고전주의, 낭만주의, 상징주의, 모더니즘 등이 두루 그의 시세계에 영향을 준 것이라 할 수 있다.

그러나, 크게 보아 그의 시론은 모더니즘 계열의 추상예술로 분류될 수 있을 것이다. 그것은 '탄생, 죽음, 인간의 비참, 기쁨과 슬픔, 생명의 신비, 신, 시 자체'라는 그의 시의 주제와, '이십세기의 육체'라는 방법론을 통해 알 수 있다(그는 시의 내용을 정신에, 기법을 육체에 비유한다:「시와 기법—하나의 서설」).

먼저, 이십세기의 육체라는 방법론이다. 여기서 '이십세기'는 시의 현대적 측면을 의미한다. 그에 따르면, 현대시란 "기계문명이 초래한 갖가지 괴물적인 현상의 인식, 주정적 환상을 견제하는 예리한 지성, 거기에 따르는 정밀한 분석과, 그 분석을 다시 종합하려는 곤란한 시도, 이러한 의식이 근저에 깔려 있는 시"(「원리와 과제」)이다. 그리고 '육체'는 그러한 시의 방법론에 해당되는데, 구체적으로 그것은 "타는 정열과 빙결하는 지성의 균형과 조화"이다.

결국 나는 시에 있어서의 뭇사물의 치열한 조화를 강조한다. 강조란 평형을 뜻한다. 평형은 지성에서 온다. 나는 '타는 정열과 빙결하는 지성과의 조화와 균형'이라고 말했다. 이 중 나는 '지성' 쪽에 다소 치우쳐져 있음을 자인할 수가 있다.

—「밀핵시 서설」에서

여기서 '정열'이 무엇인지 명확히 언급되어 있지 않지만, 그의 글들을 종합해볼 때, 그것은 지성의 대립개념인 감성이나 정서 혹은 감정을 의미함을 알 수 있다. 그러니까 그의 방법론은 지성을 중심항으로 하여 정열을 재조직함으로써 양자의 균형과 조화를 꾀하는 것이다. 일반적으로 시에 있어서 감정, 정열, 정서와 관련되는 '감성'과 이지적이며 과학적 사고를 중시하는 '지성'으로 대표되는 두 축을 하나의 작품에 통합하기는 대단히 어려운 작업이다. 감각을 중시하다 보면 지적인 측면이 약화되고, 지적인 측면이 강조되다 보면 감각적인 측면이 약화되기 마련이다.

　그런데, 그는 지성을 통하여 이 양자의 균형을 꾀하려 한다. 이 시도의 밑바탕에는 바우하우스의 교수이자 추상예술가인 폴 클레(Paul Klee)의 방법론이 자리잡고 있다. 추상예술이란 것이 지성을 인식 도구로 삼아, 현실의 구체적 사물에서 출발하여 그것의 단순화와 요약의 과정을 거쳐 추상의 세계에 도달하는 것이라 할 때, 클레의 예술세계는 이 범주에 속하면서도 또 그 특질을 달리한다. 그는 구체에서 추상이라는 변증법적 요약의 과정을 밟지 않고 본능적인 충동에 의한 직접적인 추상의 길로 들어선다. 그것이 바로 클레 예술의 기본인 선으로 나타난다. 그의 선은 대상을 설명하는 선이 아니라 요약하는 선이자 본능적·직관적·개념적인 기술의 결과이다. 그의 선은 자유롭게 시적이며, 정감적이고 본능적으로 선 그 자체를 추구하며 공간 속에서 스스로 자신의 위치를 설정하고 움직임을 결정하며 정착하는 존재이다. 마치 거미가 뽑아내는 줄이 공간 속에 부유하면서 그 자체의 존재의 질서를 형성해 나가듯이 그의 선은 공간 속에 발전되면서 하나의 선의 건축, 선의 조형을 이룩해놓는다. 그러나 이 선은 초현실주의자들의 자동기술의 그것이 아니라 지적이며 구조적인 성향을 띤다. 공간 속의 면으로 발전되어 갈 때, 이미 그 선은 시적 건축물로서의 모습을 띤다. 이처럼 서정적, 본능적, 정감적 요소와 이지적, 구조적 요소를 동시에 포괄하는 그의 예술세계는 '식물적 광물적 완성도'라는 개념으로 설명되기도 한다.

성찬경의 밀핵시론의 방법은 모더니즘 계열의 추상예술의 방법론에 직접 닿아 있다. 앞에서 인용된 글에서 "감각적인 기쁨, 삶의 형이상학적 의미, 삶의 생생한 사실 밑에 깔려 있는 삶의 신비, 언어미, 휴우머와 기지" 등은 바로 이 추상예술의 방법론이라 할 수 있다. 그가 '형이상학'이라는 말을 쓸 때, 그것은 인식론적 의미도 포함하겠지만, 클레의 추상예술의 의미를 보다 많이 내포하고 있다. 이것은 그가 클레를 가장 형이상학적인 예술가로 평하고, 그가 추구한 추상예술의 세계를 우주라는 용어로 포괄하고 있는 점을 통해 알 수 있다(「문명과 세련의 시인 앤섬 할로」).

그는 시에서 이 방법론을 가장 성실히 수행할 수 있는 장치로서 이미지, 그 중에서 메타포를 들고 있다.

메타포란 이를테면 처음과 끝의 연결, 천국과 지옥의 결혼, 정신과 육체의 교환, 구상과 추상, 안과 밖의 관통이리라. 이 때에 이러한 결합이 주어와 술어의 관계처럼 형식논리학 공식에 맞춘 사물의 단계적인 부연이 아니다. 한 사항에서 딴 사항으로 비약하는 과정에서 반드시 감성과 오성 상호간의 불가사의 한 교류와 전환이 이룩되므로써 한 '계시적인 것'을 나타내야 한다.

—「시어로서의 우리말 서설」에서

이러한 방법론에 의해, 대상에 대한 "폭넓은 관심, 정확한 지성, 섬세한 감정이 종합적으로 작용"함으로써, "민감한 레이더처럼 펼쳐져 있는 감성의 범위 내에 포착되는 것이면 뭣이고 시의 주제"가 된다. 곧 삶과 주변세계와의 충돌을 통해 탄생, 죽음, 인간의 비참, 기쁨과 슬

품, 생명의 신비, 신, 시 자체 등 모든 것이 시의 주제가 된다. 그 주제
는 추상세계의 그것이며, 또한 형이상학과 우주세계의 그것이다.

결국, 그의 밀핵시론을 넓게 정의해본다면, 그것은 이십세기의 육체
라는 방법론에 의해 우주의 온 의미를 주제로 삼는 시론이라 할 수 있
다. 그러한 시론에 충실한 시는 "동서고금의 모든 시들 가운데서 영원
성에 참여한 훌륭한 시, 뭣인가 영원한 절대치를 지는 시", 곧 명품에
해당하는 시이기도 하다.

3. 감성과 상징

모더니즘 계열의 추상예술에 바탕을 둔 그의 밀핵시론은 시와 시인
의 분리, 지성에 의한 감성의 통합, 그것을 통한 추상세계(형이상학적
세계나 우주의 세계)의 탐구를 기본항목으로 한다. 그런데, 그의 이러한
시론과 그 시론에 기초한 시작품 사이에 불일치가 일어나고 있다는 점
에 주목할 필요가 있다.

    지나가는 것은 모두가
    상징일수 밖에 없다면
    지나가는 우리 삶 또한
    상징이리.
    상징이 뜻이라면
    우리 삶도 뜻이리니
    있음이란 바친다는 뜻.
    슬프고 황홀한 우리 삶 또한
    바치기 위함이로다.

우리 삶을 내려다보는
큰 눈동자가 있으리라.
티끌 하나 셀 수 없는
하늘의 눈동자가 있으리라.
사람의 슬기.
아무리 우러러 눈 부빈들
아무리 희한한 은유를 끌어댄들
그 눈동자를
어찌 붙들 수 있으리오.
나타낼 수 있으리오.

—「상징과 기림」에서

이 시에서 우리는 어떤 형태적 미학보다는 시인이 제시하고자 하는
내용에 먼저 주목하여야 한다. 우리의 삶은 상징이며, 그 상징이 뜻이
라면 삶 또한 뜻이라는 것, 그러니까 우리의 삶은 상징에 의해 좌우된
다는 의미이다. 일반적으로 시학에서 상징이란 원관념이 숨겨진 다의
적 의미의 보조관념이다. 그러나, 여기서 우리는 그 상징의 원관념을
대번에 알아차릴 수 있다. 그것은 띠끌 하나 없는 하늘의 눈동자이다.
그 눈동자는 사람의 슬기, 곧 지성이나 그 지성의 시학적 장치인 은유,
나아가 아무리 희한한 은유를 동원하더라도 그것을 붙들 수 없다. 그
것을 붙들 수 있는 것은 상징이며, 따라서 상징이 뜻이 있다 함은 곧
하늘의 눈동자가 뜻이 있다는 의미요, 있음은 바친다는 뜻이니까, 우
리의 삶은 상징을 통해 그 눈동자에 바쳐진다는 의미이다.

모더니즘적 지성을 통하여 감성과 지성을 균형 있게 통일하고, 이를
통하여 추상의 세계로 나아가고자 하는 밀핵시론의 이상은 이 시에서
나타나지 않는다. 다만, 추상세계가 알 수 없는 신비로운 세계로 전환

되어 그것이 지성의 대립적 의미인 상징에 의해 제시되고 있음을 볼 수 있다. 이 전환 이유의 검토야말로 밀핵시론의 특질 및 한계, 그리고 시론과 시의 불일치의 원인을 밝히는 작업에 직결될 것이다.

메타포에서 상징, 지성에서 감성으로의 전환이 일어나는 가장 핵심 이유는 그의 밀핵시론의 방법론에 있어서 중심항인 지성의 특질에 기인한다. 그는 추상세계로 나아가는 통로가 클레류의 모더니즘적 지성임을 일단 감지하고 있다. 그런데, 문제는 그가 20세기의 예술운동인 모더니즘의 지성을 17세기의 형이상학파 시인인 죤단의 지성과 동일시하고, 그것으로 대체해버린다는 점에 있다.

나는 또 죤단을 위시한 17세기 영국의 소위 '형이상학파 시'에 흥미와 공감을 느껴왔다. 이 시파의 특징을 나 나름대로 정의해 보자면, 이들의 시의 방법은, 인간의 정서, 감정 따위를 예리한 지성의 조작을 통한 '지적 조직'으로 재편성함으로써, 그러한 정서와 감정을 보다 높고 미묘한 차원으로 끌어 올리려는 시도라고 할 수 있을 것이다.

—「밀핵시 서설」에서

죤단의 지성은 추상예술의 지성과는 그 질적인 측면에서 다르다. 두 개의 풍경화를 예를 들어보자. 하나는 원근법을 통해 눈에 보이는 그대로 그린 그림이며, 다른 하나는 다원시점을 통하여 눈에 보이는 그러한 모습을 입체화하고 다시 그것을 추상화한 그림이다. 전자에서 선은 감각적인 대상을 무기질의 것으로 대체한 분석적, 기계적, 실증적인 선임에 반해, 후자의 선은 선 그 자체가 대상과 독립하여 있는 추상적, 개념적, 유기적인 선이다. 죤단의 지성은 전자의 것이며, 추상예술의 지성은 후자의 것이다. 곧 전자는 근대의 합리적, 분석적, 실증적인 지성으로, 그 지성은 대상을 추상화할 수 있는 능력이 없다. 다만 있는 그대로의 대상을 실증적이고 기계적으로 조작할 수 있을 뿐이다. 반면, 모더니즘의 지성은 대상을 요약하여 그것을 개념적으로 종합함으로써 추상화로 나아갈 수 있는 지성이다. 요컨대, 쫀단의 지성은 지상에서 감정을 추방하고 모든 것을 과학적 사고로 재단하는 근대적인 것이라면, 추상예술의 지성은 지상의 근대과학적 사고를 비판하고 천국이라는 추상의 세계로 올라갈 수 있는 사다리인 지성, 곧 근대비판적 지성이라 할 수 있다.

두 가지 지성의 질적 차이에 대한 인식결여는 밀핵시론 전체에 중대한 결함을 야기하게 된다. 먼저, 지성을 중심항으로 하여 정열과 지성의 균형과 조화라는 방법을 불가능하게 만든다. 쫀단이 두 연인의 사이를 감정적으로 읊지 않고 그것을 콤파스의 두 다리로 비유한 자리에는 감성이 자리잡을 수 없으며, 다만 딱딱한, 무미건조한 과학적 지성의 번득임만이 시를 조직할 뿐이다. 그것은 감성의 지양이 아닌, 감성의 전면적 배제와 관련된다. 감성을 배제한 자리에서 감성과 지성의 균형은 있을 수 없다.

현대의 한국시에는 아직도 투철하고 치밀한 지적인 요소가 부족한 것 같다. 물론 지적 요소로써만 시가 되는 것은 아니고 오히려 지성이 표면에 나서는 것을 배제하면서 역으로 요술적인 효과를 내는 시도 있을 수 있는 일이다. 〔……〕 시에서 지성이 부족할 때 그것은 어느 모로 보나 다행한 경우가 될 수는 없다. 뿐만아니라, 지성이 떳떳하게 표면에 나서는 경우라도 그것이 불멸의 작품이 될 수 있다는 것은 형이상학파시인들에 의해서 이미 드러나 있는 터다. 〔……〕 현대의 우리의 시에 있어서는 〔……〕 지적 조작에 의한 시의 시도는 매우 중요한 일익을 담당하고 있는 것으로 믿고 있다.

—「밀핵시 서설」에서

추상예술의 지성이라면 이러한 지적은 우리 시사에서 의미를 띨 것이다. 그러나 그것이 형이상학파의 지성이라면 그것은 별로 새로운 것이 아니다. 감각을 배제한 지적 조작은 이미 30년대 모더니즘 문학에서도 많이 찾을 수 있기 때문이다. 나아가 이러한 관점은 감성적인 시를 요술적인 효과를 드러내는 시이자 전통적인 시로 보는 반면에, 지적 조작이 행해진 시를 서구적이자 근대적인 시로 보게 만든다. 이 상태에서 감성과 지성의 균형을 이루고자 할 때, 다음과 같은 이미지의 대립이 놓인다. 그것은 한 사항의 다음 사항으로의 변증법적 비약이 아니라, 전통과 근대의 이미지가 형식논리학적으로 결합된 것에 불과한 것이다.

　　　신라와 현대의 우정은 황홀하다.
　　　토기와 탱자의 밀어는 신비롭다.
　　　삶과 죽음의 비밀이 풀릴듯 풀릴듯
　　　점점 심각해진다.
　　　토기를 두드리면 이상스런 소리가 난다.
　　　이 소리엔 이천년의 넌륜이 메아리친다.
　　　그 소리를 탱자가 빨아들인다.
　　　영겁과 순간이
　　　서로 연애하듯 비쳐주고 있다.

　　　　　　　　　　　　　　　—「신라 토기에 담긴 탱자」에서

둘째, 추상세계에 이르는 통로가 차단됨으로써, 우주라는 형이상학적 세계는 현실과는 동떨어진 신비롭고 알 수 없는 세계, 불가사의한 관념의 세계가 된다. 이 세계는 지성과는 거리가 먼 초자연적이며 신적인 어떤 공간이다. 지성으로는 불가사의한 관념의 세계에 현실적으로 도달할 수 없다. 다만, 그것은 관념에 의해서만 상상적으로 꿈꿀 수 있을 뿐이다. 이 자리에서 지성은 관념과 동일시된다.

이러한 관념은 시어의 선택에 영향을 미친다. 그는 시어로서의 우리 말은 감각에 관계되는 형용사나 부사는 발달되어 있으나, 관념을 나타 내는 어휘는 태부족하다고 본다. 관념어가 부족할 경우,

시에 관념을 용해시킬 수가 없으며, 따라서 시에 지성을 담을 수가 없게 된다. 관념이 곧 지성은 아니겠지만 관념을 알뜰히 제거해 버린 지성도 생 각할 수 없는 일이다. 한자의 도움을 조금도 받지 않은 순 우리말만 가지고 서 쓰는 시를 생각해 볼 때에, 순 우리말이 갖는 낱말의 특징있는 분포상태 때문에 필연적으로 정감편중의 시가 나올 수 밖엔 없다.

—「시어로서의 우리말 서설」에서

라고 그는 생각하다. 그리하여 관념을 보충하기 위해 순 우리 말에 전 래하는 원시적 관념과 그 보다 역사가 얕은 한자어를 한 문장 속에서 상호진폭을 일으킬 수 있는 낙차의 범위 내에서 겹쳐놓을 것을 주장한 다.

지성의 관념으로의 전화는 또한 지성 자체의 말살을 가져온다. 지성 대신에 신비와 꿈이, 이미지 대신에 상징이 그 자리를 대신하게 된다. 지성이 우주라는 추상세계에 도달할 수 있는 사다리가 되지 못할 때, 그러면서도 계속 우주를 추구할 때, 그리고 그 우주가 알 수 없는 신비 로운 공간으로 변질될 때, 그 우주에 도달할 수 있는 통로는 지성이 아 닌 감성이며, 그 시적 장치인 상징일 뿐이다.

예술운동의 관점에서 볼 때, 상징이란 상징주의의 중요 항목이며, 그 상징주의는 실증주의 철학과 자연과학의 파산을 존립근거로 삼는다. 기계적, 합리적, 실증적 사고를 넘어선 신비, 꿈, 상징이 그들이 추구

하는 항목이다. 세계는 지상계(물질, 감각, 순간, 가시적 세계)와 천상계(정신, 영원, 불가시의 세계)로 양분되어 있다. 그 양자의 중간에 선 시인에게 있어서 우주만상은 상형문자이며, 시인만이 그 뜻을 해독할 수 있다. 그 해독은 지성의 영역이 아니라 감성을 바탕으로 하기에, 그것은 합리적 사고를 초월한 정신상태이다. 그것은 감각적 현실이나 물질계가 아닌 비물질계, 곧 사물의 상징을 출발점으로 삼는다. 이 상징이 시인으로 하여금 천상계와의 교감을 가능하게 하고 또 그것으로 상승하게 하는 매개체가 된다.

이 장의 모두에 인용된 시는 이로써 어느 정도 해명될 수 있을 것이다. 동일 제목의 다음 부분도 역시 같은 맥락에서 이해될 수 있다.

> 바닷가에 반짝이는 모래알 하나
> 해바라기와 이슬.
> 거품과 銀河.
> 永遠이여.
> 뭇 象徵이 帆船처럼 떠도는
> 꿈의 바다여
> 그리움의 故鄉.
> 아아, 永遠. 永遠. 永遠. 永遠.
>
> —「상징과 기림」에서

4. 오브제로서의 나사

모더니즘 계열의 추상예술에 닿아 있는 밀핵시론이 감성과 상징이라는 일종의 상징주의시로 전화되는 이유를 그의 지성의 특질을 통해 살펴보았다. 근대문명 비판이라는 현대시로서의 임무, 그리고 지성을 중심항으로 하여 감성과 지성을 지양할 수 있는 방법론의 획득, 그것을 통한 우주라는 추상공간 내지 형이상학적 공간의 본래적인 모습 획득은 나사라는 오브제의 발견에 의해서 수행된다.

나사에게 내가 부여할 수 있는 최대의 의미 중의 하나가 나사를 오브제로서 부활시키는 일이다. [……] 오브제란 내가 알기로는 마르세르 듀샹과 같은 다다이즘 계열의 당시 전형 미술가들에 의해서 빚어진 개념이다.

—「나사시의 사연」에서

다다이즘에서 오브제가 갖는 기능은, 세계의 부조리성과 그 속의 삶의 애매한 의미에 대한 비판, 그리고 그러한 기존사회에서의 예술이란 더 이상 무의미하다는 것, 부패한 사회의 예술보다는 우연이 더 많은 의미를 띤다는 것에 기초하고 있다. 그리하여 일상 생활용품을 예술의 대상으로 삼아 그 물체(오브제), 예를 들어 변기를 선택할 때에, 이 변기는 주목받지 못한 무기력한 사물계에서 이탈되어 주목받을 만한 예술작품의 세계(변기에서 샘으로)로 이전된다. 말하자면, 물체계(오브제들의 세계)에 대한 주관적 접근을 통하여 그런 세계를 주관화하는 것, 그럼으로써 기계적이고 획일적인 객관적 질서, 기만적인 현시대를 부정하는 것이 오브제의 기능이다. 성찬경의 오브제로서의 나사도 바로 이 범주에 놓인다.

내가 쓰는 나사시의 공간은 다양하게 될 수밖에 없다. 나사의 질 자체에 대해서 노래한 때에 그것은 무기적인 공간이 된다. 나사를 촉매로 해서 인간의 삶 일반을 노래할 때, 그것은 생명력이 충만해 있는 유기적인 공간이 될 것이다. [……] 말하자면 나사가 속해 있는 공간은 '절대 자유의 공간' 이

라고 말할 수 있을 것이다. 뒷으로도 변모할 수 있는 공간이다. 나사가 속해
있는 시 또한 이와같은 척도에서 유추될 수 있을 것이다. 허나 공간이건 시
간이건 그것이 지상적인 범위를 넘어서는 어떤 우주적인 척도에서 생각되
어야 한다는 점은 서로 공통된다. 어떤 '우주적인 시공' 절대 자유의 시공
이러한 말도 생각해 보고 싶다.

—「나사시의 사연」에서

기계적이고 기만적인 현실세계에서 나사는 기계의 일 부속품의 의미
만 띨 뿐이다. 그러나 그것이 오브제라는 촉매물로 사용되어 시인에
의해 주관적인 의미가 부여될 때, 그것은 살아 있는 예술작품의 세계
에서 주목받게 된다. 이전의 구속된 상태에서 그것은 이제 우연이 지
배하는 절대자유의 공간에 놓이게 된다. 오브제로서의 나사는 그에게
세 가지 의미를 띤다. 첫째는 현대의 기계문명의 상징이며, 둘째는 기
계적인 메커니즘에 예속돼가는 현대사회의 구성원 각자를 상징하며,
셋째는 '單純幽玄의 결합의 원리', 곧 성의 원리를 상징한다. 그리하여
그의 나사시 연작은, 그의 말대로, 밀핵시론의 원리에 잘 부합되는 작
품이라 할 수 있다.

斷片을 이어 文明을 쌓은 나사.
너 終止符. 너를 또 잇는 나사는 없구나.
세발 자전거도 '바이킹 1호'도
너로 하여 한 단위가 된다.
單純 幽玄한 결합의 원리.
이제 길에 버려진
고아 나사여.
흘러간 黨籍 번호 cp 1038.

螺線 홈이 문드러진

파쇠의 파편.

네게 오늘 轉身을 주마.

너를 오브제로 부활시키마.

너는 이제 정신의 무리에 들라.

너는 이제 왕자.

너로 하여 쌓인 文明을

너를 쓰다 버린 文明을

싸늘히 비웃어라.

나사여.

나의 금붙이여.

—「나사」 전문

5. 맺음말

나사시 연작은 밀핵시론과 일치되는 작품들로 우리 시사에서 시인 성찬경의 의의를 최대로 증폭시키는 역할을 한다. 그러나 그의 나사시 연작도 한계를 띠고 있다. 그 이유 역시 지성과 관련된다.

나사가 나에게 많은 상상의 자양을 준다. 이때에 어쩐지 나는 상상을 한다기보다 차라리 환상을 더듬는다고 하는 쪽이 더 들어맞을 것 같다…… '환상' 쪽이 논리적인(어떠한 종류의 논리이건 간에) 속박에 덜 얽매어 있을 것이라 할 수 있을 것이다.

—「나사시의 사연」에서

나사가 오브제로서 근대문명 비판의 기능을 계속 수행하기 위해서는 오브제에 대한 시인의 접근이 지성에 기초해야 한다. 이 점은 뒤샹에게서 입증된다. 그가 오브제를 통해 다다이즘 예술운동을 전개할 때, 그의 목적은 정교한 지성과 과학적인 유희 속에서 불가사의한 것을 모색하기 위한 것이었다. 따라서 그의 예술의 밑바탕에는 감각적인 경험보다는 지성적인 경험이 깔려 있다고 볼 수 있다. 오브제를 통한 기만적인 현대문명에 대한 비판은 지성에 의한 인식에 기초할 때만 가능하다. 그 지성이 사라지고 감성이 자리잡게 될 때, 오브제는 오브제로서의 본래적 기능을 상실하게 된다. 단지 그것은 시인의 상상과 환상을 펼칠 수 있는 하나의 대상일 뿐이다.

　　〔······〕
　　넘쳐 흐르는 무슨 소리 무슨 빛깔
　　무슨 骨格보다도
　　나의 心性을 두드리는
　　十二打 藝術家.
　　音樂器여.
　　奏者여.
　　타는 손 부는 허파가 보이지 않는
　　벌레 소리처럼
　　다만 맑고 가늘고
　　모질고 둥근
　　순수의 무게여.
　　〔······〕

　　　　　　　　　　　　　　　　　　　　　—「나사 3」에서

나사가 음악기와 동일시되고, 다시 그것이 벌레 소리를 거쳐 순수의 무게와 등치될 때, 그럴 때 나사는 이제 더 이상 우주라는 형이상학의 공간에 도달하는 '상승하는 인형계단'이 될 수 없다. 더불어 그의 우주 공간도 또 다시 밀핵시론에서의 그 본래적 기능과는 거리가 멀어지게 된다. 이를 두고 오세영은 '기계의 몽상가'라는 이름을 붙이는데, 이 지적은 적절한 것이라 할 수 있다. 이후 성찬경은 감성을 강조함으로써 우주율이라는 리듬의 영역으로 진입하게 된다. 이 우주율의 세계는 시인이 시론을 파괴하면서까지 상징과 신비로운 우주세계를 추구했던 초기의 시적 상상력을 끝까지 밀고나아간 자리라 할 수 있을 것이다.

비록, 성찬경의 시세계가 시론과 시의 불일치를 드러내고 있지만, 그럼에도 불구하고 우리 시사에서 관념과 철학적 주제를 다룬 작품들이 미진하다는 점에서, 그리고 오브제로서의 나사시의 연작이라는 독창성에서 볼 때, 그의 시의 위상을 우리는 미루어 짐작해볼 수 있을 것이다. 특히, 명품에 대한 집착에서 비롯된 그의 밀핵시론은 열악한 우리 시론의 입장에서 볼 때, 대단히 중요한 한 요소가 될 것이다.

존재의 본질에 대한 갈망

정한모 시론

1. 머리말

일모(一茅) 정한모(1923~1991)는 첫 시집 『카오스의 사족』(1958)을 상재한 이후, 『여백을 위한 서정』(1959), 『아가의 방』(1970), 『새벽』(1975), 『아가의 방 별사』(1983), 『원점에 서서』(1989) 등 6권의 시집과 『나비의 여행』(1983), 『사랑 시편』(1983) 등의 시선집, 그리고 『현대시론』, 『한국현대시문학사』, 『한국 현대시의 정수』 등 다수의 학술서적을 남긴 시인이자 학자이다.

지금까지 그의 시세계에 대한 연구[1]는 오세영, 김시태, 김준오, 김재홍, 이승훈, 유태수, 장사선 등에 의해 행해졌으며, 이들은 공통적으로 그의 시적 전환점을 시집 『아가의 방』으로 잡고 있다. 곧 『아가의 방』을 전후해서 그의 시세계는 "현실 부정에서 모태 회귀를 거쳐 현실 긍정"[2]으로, 또는 "부정적 현실 인식에서 미래지향적 역사 의식과 균형

1) 이들 연구들은 『정한모의 문학과 인간』(시와 시학사, 1992)에 수록되어 있다.

잡힌 휴머니즘"[3]으로, "파괴적인 측면에서 창조적 측면"[4]으로 전환된
다는 것이다.

그런데, 그의 시세계에 대한 연구는 어느 정도 본 궤도에 올라 있지
만, 아직까지 그의 시론에 대한 연구는 거의 전무한 형편이다. 물론 이
것은 일모 스스로 "나는 내 시에 대한 해명을 본격적으로 해본 일이 없
다. 그러한 일을 즐기지도 않으며 원치도 않는다."(『원점에 서서』의 「自
序」)라는 발언에서도 알 수 있듯이, 그 스스로 그의 시론이라 내세운
글이 거의 없다는 점에 연유한다. 그러나 얼마 안되지만, 그의 시론과
관계되는 글이나 또는 평론 및 시사연구 업적 등을 통해 우리는 어느
정도 그의 시론의 틀을 구성해낼 수 있고, 이를 통해 일모 시의 세계를
보다 풍부하고 깊이 있게 논할 수 있는 기초를 마련할 수 있을 것이다.

흔히 일모 시에 있어서 핵심적 이미지로 강조되는 '아가'나 '어머
니' 혹은 '새벽' 등의 이미지는 그의 시적 특질을 대변하는 휴머니즘
이라는 이름으로 포괄된다. 물론 그의 시적 세계가 휴머니즘적인 특질
을 지님은 분명하나, 그러나 그러한 명명이 한국 문학사 내지 시사에
서 그의 시적 세계를 변별해주는 용어가 될 수는 없다. 우리 시사에서
많은 시편들이 휴머니즘이라는 용어로 포괄될 수 있는바, 따라서 일모
시의 특질을 해명하기 위해서는 그만의 시세계를 명명할 수 있는 특수
용어를 찾아야 할 것이다. 그의 시론으로 보이는 몇 편의 글들은 이 작
업에 중요한 기초를 제공할 것으로 판단된다.

---

2) 오세영, 「자아와 세계의 화해」, 위의 책, 75쪽.
3) 김재홍, 「아가 사랑 또는 어머니 지향성」, 위의 책, 29~56쪽.
4) 김시태, 「정한모와 휴머니즘」, 위의 책, 7~21쪽.

2. 신의 부재와 시원의 언어

일모의 시적 전개과정에서 하나의 큰 전환점을 이루는 『아가의 방』 이라는 시집은 과연 어떤 특질을 가지는 것일까? 이 해명은 일모의 시 세계 및 그의 시론을 밝히는 데 있어서 중요한 항목에 해당된다. 그 해 답을 찾기 위해 먼저 시인 자신의 다음 발언에 주목하여 보자.

이 시는 흔히, 소박한 사랑의 시나 아가의 애정같은 시로 보일지 모르지 만, 나로서는 상당히 역사적인 의식이라든지 내 속에서 충분히 여과해서 나 온 시로『아가의 방』은 인류의 마지막 순간까지 그것이 어떤 초연 내지 인간 의 가치성을 위험으로부터 끝까지 지켜야 할 성질로 나타내고자 했습니다. 이 시에서 나타내고자 한 '아가' 의 이미지는 인류의 마지막 보루같은 그것 입니다.

—「나의 문학 나의 시작법」에서

'아가' 의 이미지가 인류의 마지막 보루라 할 때, 무엇에 대한 보루인 가를 묻지 않을 수 없다. 그 해답을 다음 인용문에서 파악할 수 있다.

현대 사회 속에서 어떻게 개인의 소중한 생명을 유지하고 지켜나가는가 하는 데 커다란 문제가 놓여 있다. 시인은 직관적으로, 인간이 그러한 현대 문명 사회 속에서 있는 위태로운 개인이라는 사실을 의식하는 사람이다. 인 간성에 침투해 온 기계주의, 집단주의의 소용돌이 속에서 인간으로서의 고 귀한 개성을 지키고 유일한 창조자, 또는 존재하는 자의 경험적 직관으로 이 현실을 받아들이고 극복하고자 하는 것이 현대에 살고 있는 시인들의 자 각이라는 생각이다.

—「현대시의 개념」에서

여기서 그의 "보루"가 "인간성에 침투해 온 기계주의, 집단주의의 소용돌이 속에서 인간으로서의 고귀한 개성"을 지키는 것임을 알 수 있다. 곧 "무너진 벽을 지나, 무너진 포대 어두운 묘지를 지나서, 골목을 돌고 도시의 지붕을 넘어"(시「내 가슴 위에」) 존재하는 최후의 보루가 '아가'의 세계인바, 그것은 '포대'로 상징되는 한국전쟁과 '도시의 지붕'으로 상징되는 현대물질문명과 집단이기주의에 대한, 인간성의 최후의 보루에 해당되는 것이라 상정할 수 있다. 이러한 상정은 시집『카오스의 사족』,『여백을 위한 서정』을 통해 입증된다.

그에게서 한국전쟁은 "현대의 과학 무기에 의한 철저한 파괴 전쟁"이자 "이데올로기의 대립으로 말미암은 국토 분단과 그 결과로 나타난 동족 상잔이란 비극적인 전쟁"(「전쟁과 좌절과 죽음의 이미지」)이며, 이것은 "걷잡을 수 없는 혼돈"(「나의 문학 나의 시작법」)의 상태인 '카오스'의 세계에 해당된다.

〔……〕

遺棄된 역사처럼 낡은 헝겊 조각들이

전쟁과 함께 피곤히 범람하는 지붕 위에

오늘도 또 한 장 목마른 아우성이 떠올랐다

그 아래 욕구도 갈망도 없이 흘러가는

어깨 늘어진 그림자들에 끼여

古典 같은 내 그림자가 기어간다.

〔……〕

—「프랑카아드」에서

첫 시집『카오스의 혼돈』과『여백을 위한 서정』은 바로 이러한 전쟁이라는 카오스적 세계에 대한 체험과 관련이 있다. 전쟁의 폐허더미 속에서 생의 욕구도, 그 갈망도 모두 상실한 모습은 비단 그만의 모습이 아닐 것이다. 그것은 전후 시인들의 공통적인 특성에 해당된다. 그러나 그들은 전쟁이라는 상황에 공통적으로 절망하면서도 그 대응방식에서는 각각의 특징을 드러낸다. 그 중, 일부는 절망에 빠져 미래에의 비전이 결여된 채 허무주의에 빠지거나, 혹은 자신의 관념적이며 비현실적 내면세계로 응축되기도 한다. 또는 절망적 현실을 개혁하기 위해 훤소한 목소리를 드높이거나 현실에 직접 참여하기도 한다. 일모의 위치는 전자에 속하면서도 또한 그들과는 다른 자리에 위치한다.

　나의 생활을 출입시킬 門도
　나의 思念을 호흡시킬 窓도
　나는 가지고 있지 않다

　안에서 일어나는 온갖 나의 表象은
　그리하여 내 굳은 肉體 속에
　참참히 쌓여 결이 되었다

　周圍엔 언제나 공허만이 남아도
　生命은 외롭지 않게 충만하고

　욕망은 한번도
　내 限界 밖을 향한 일 없이
　스스로의 다스림 속에 커나온 忍耐는
　위대한 決意처럼 조용히 자리잡는다

하늘과 바람은 내게 이르러
하나의 輪廓이 되고
모든 운동은 여기에 와서 머문다

새들의 울음도 진달래 향기도
八月의 태양도 새벽 별빛도
모두 다 작은 얼굴 위에 떠도는
그늘같은 움직임에 지나지 않았다

거느리는 바람과 하늘의 寂寥 속
그러나 나도 모를
緩慢한 磨滅을 거쳐
먼 훗날

나의 解體가
골목길 어느 少女의
보드라운 손아귀에 쥐어지는
한개 공깃돌일 그날에도
이 침묵의 姿勢는
끝내 나의 것이다

—「바위의 意匠」전문

1, 2연에서 화자의 외부상황은 완전히 단절되어 있다. 이 폐쇄적 상황에서 화자는 "인내"와 "위대한 결의"를 통해 "욕망"을 다스리면서 자기 내면의 세계를 구축한다. 그 세계는 "하늘"과 "바람"으로 이루어져 있으면서 "모든 운동"이 머무는 "하나의 윤곽"이며, 그곳에서 "생명

은 외롭지 않게 충만"한다. 이 세계에서 화자는 외부대상의 움직임들이 한갓 "그늘같은 움직임"에 불과하다는 인식을 통해, 카오스적인 외부상황을 나름으로 초극하면서 조용히 "침묵"하는 자세를 취한다. 이러한 인내와 결의를 통한 침묵의 세계가 그가 선택한 카오스적 현실에 대한 대응방식이다. 말하자면, 현실의 혼돈상태에 절망하면서도, 생명이 흐르는 내면의 세계를 통해 그 현실을 초극하려는 의지가 시집『카오스의 사족』과『여백을 위한 서정』의 주된 테마이다. 이 세계에서 시인은 그의 꿈을 키우게 되는데, 그것이 곧 '아가'의 세계이다.

> 추위가 가난처럼 설레이는 이 방에
> 아직 네 울음 소리 들은 일 없고
> 네 얼굴 위에 웃어볼 수 없어도
> 아가
> 자라나는 나의 커다란 꿈아
> 너를 기다리다 못해 이렇게
> 부른다
> 아가—
> [……]
>
> —「胎動」에서

현실과 차단된 이러한 꿈의 세계로서의 '아가'의 세계는, 그러나 단순한 관념으로의 도피나 또는 동심이라는 과거로의 지향이 아니다. 그것은 현대기계문명의 극단적 병폐인 전쟁이라는 역사적 과거에 대한 체험에 기초를 두되, 그 모순된 현실을 초극하여 희망찬 미래를 향해 비상하려는 존재가 뿌리 내리고 있는 세계이다.

아가는 밤마다 길을 떠난다
하늘하늘 밤의 어둠을 흔들면서
睡眠의 강을 건너
빛 뿌리는 기억의 들판을
출렁이는 내일의 바다를 날으다가
깜깜한 절벽헤어날 수 없는 미로에 부딪히곤
까무러쳐 돌아온다

한 장 검은 표지를 열고 들어서면
아비규환하는 화약 냄새 소용돌이
전쟁은 언제나 거기서 그냥 타고
연자색 안개의 베일 속
파란 공포의 강물은 발길을 끊어버리고
사랑은 날아가는 파랑새
해후는 언제나 엇갈리는 초조
그리움은 꿈에서도 잡히지 않는다

꿈길에서 지금 막 돌아와
꿈의 이슬에 촉촉히 젖은 나래를
내 팔 안에서 기진맥진 접는
아가야
오늘은 어느 사나운 골짜기에서
공포의 독수리를 만나
소스라쳐 돌아왔느냐

—「나비의 旅行」 전문

"아비규환하는 화약 냄새"가 진동하는 전쟁에 대한 기억과 그 극복, 그것을 통하여 "출렁이는 내일의 바다"를 추구하는 '아가=나비'는 꿈속의 존재가 아니라 현실의 존재이다. 그러기에 '아가'는 아름다운 동심의 세계에서 살아가는 존재가 아니라, 항상 "깜깜한 절벽"과 "공포의 독수리"를 만나 "까무러치고" "소스라치면서"도 끝없이 미래를 향해 비상하는 존재인 것이다. 여기서, 시적 자아의 주관과 객관적 현실이 '아가'라는 매개체를 통하여 대결하는 방식, 그것이 일모가 택한 절망적 현실에 대한 대응방식임을 알 수 있다.

현실에서의 자기 자신의 위치를 인식하는 심도에 따라서 시인의 현실에 대한 태도는 크게 둘로 구별된다. 그 하나는 현실의 가장 상징적인 새로운 제재에 대하여 적극적으로 맞서서 거기에 가로놓인 문제를 극복하기 위하여 자신이 에너지를 경주하는 태도이며, 다른 하나는 현실에서의 자기의 위치를 분리시켜 초시대적인 입장에서 인간성의 영원한 면을 노래하는 태도이다. 후자의 경우 주로 자신의 내부 세계를 제시하는 데 의의가 있지만 그 자신이 원하든 원치 않든 간에 그를 둘러싸고 있는 현실의 기류를 吾不關하거나 거부할 수 없는 일이며, 또한 그 반사를 회피한다면 현대시라고 할 수도 없을 것이다. 이러한 시가 현대성을 지니기 위해서는 소극적인 도피가 아니라 비인간적 지향으로 발진해 가고 있는 현대 문명 속에서 더욱 인간적인 것을 수호하기 위한 적극적인 의식이 필요한 것이다.

　　　　　　　　　　　　　　　　　　　　—「한국 현대시에의 희구」에서

이 진술은 일모의 시세계의 특질을 압축적으로 잘 나타내고 있다. "현실에서의 자기 위치를 분리시켜 초시대적인 인간성의 영원한 면을 추구"하되, 그 현실을 무시할 수 없는 것, 따라서 비인간적인 현실의 현대문명과 부딪치면서 인간적인 것을 수호하고자 하는 것이 바로 그의 시세계이다.

시인이 소극적인 자기 실현의 맴을 돌고 있으면서 자조가 촉촉히 배어 있는 자아 영상이 생겨난 것이다. 자아 영상이란 일종의 착각 상태로서 스스로 생각하는 對象我(me)를 말한다. [……] 시인의 아나크로니즘에 빠진 자아 영상이 시의 효용을 잘못된 방향으로 이끈 그 장본인의 하나다. 원래 시인은 그 기질로 보아 객체아(me)보다 주체아(I)가 강한 인간형이다. 그러나 객체아를 기만하고 위장하는 주체아는 건강할 수가 없다. 최소한도의 신뢰라도 주기 위해서는 주체아가 늘 객체아를 지평으로 삼아야 할 것이다.

—「시 효용론의 배경」에서

객체아란 객관적 현실과 관련을 맺는 자아의 또 다른 측면이다. 시인은 기질상 주체아 중심이지만, 그것은 객체아를 지평으로 삼을 때만이 그 신뢰성을 지니게 된다. 객체아만의 시나, 객체아를 무시한 주체아만의 시가 아닌, 객체아를 지평으로 한 주체아의 시를 일모는 강조한다.

① 시인은 먼저 현대 속에 살고 있는 자기 자신의 정체를 구명하고 파악하는 일이 선행되어야 한다. [……] 자기 자신의 생에 대한 발전, 자기의 주체적인 사고와 행동의 발전 속에서 새로운 시에 대한 욕망은 채워질 것이다.

② 그러나 서정의 관성에 젖어버려서는 안 된다. 이러한 자기의 목소리와 시선의 방향을 안정과 원숙의 경지로 착각하는 나태는 더욱 타기되어야 할 것이다

③ 대변자로서의 관념적인 저항이어서도 안 될 것이며 양분된 목소리나 경화된 절규여서도 시와는 거리가 있는 것이다. 자신에 대한 모럴리티의 결

여와 확고한 파악없이 시대와 사회의 벅찬 과제를 감당할 수는 없을 것이
다.

―「한국 현대시에 대한 회구」에서

객관적 현실에 기초한 주체적 자아의 정립을 강조(①)하면서, 그 중
어느 한쪽이 결여된 순수시(②)나 참여시(③)를 그는 부정하고 있다.
그는 하이데거의 말을 빌어 비인간적인 현대문명하에서 시인이 해야
할 임무를 강조하고 있다. 곧 그는 비인간적인 현대문명을 '신이 숨어
버린 시대'로 규정하고, 시인은 이 '신의 부재'를 두려워하지 말고 이
'부재하는 신에 부단없이 접근함으로써 드높은 존재자의 명칭을 말하
는 始原의 언어가 생겨나는 것'이라 본다. 이 시원의 언어야말로,

　구원없는·저 밑바닥으로부터 들려 나오는 적극적인 소리일 것이다. 이 적
극적인 소리를 얻기 위하여 시인이라는 은폐된 존재에 끊임없이 도전할 때
시의 본질 탐구의 발판은 비로소 마련되는 것이다. 어느 때보다도 인간의
본질이 붕괴되고 매몰된 현대에 있어서 시는 '신의 부재' 가까이에서부터
우러나오는 일종의 용기, 다시 말해 니힐리즘의 밑바닥에, 잠긴 정열로써
쓰여져야 할 것이며, 시가 단지 정서나 지성의 표현으로서만이 아니라 인간
을 근원으로부터 떠 받치는 힘으로서 작용하여야 할 것이다. [……] 시는
이처럼 '존재의 본질'에 대한 동경에서부터 출발한 것이기 때문에 '영원히
변질하지 않는 본질 세계'와의 생생한 접촉을 위해 끊임없이 노력하는 것이
바로 시인의 임무이다.

―「현대시의 자각과 반성」에서

신(인간성)이 부재하는 현대문명하에서, 그것에 치열하게 부딪치면
서 인내와 의지로 참고 견딘 결과로서 도달한 세계, 곧 "존재의 본질"

이 바로 '아가'의 세계이다.

    [……]
    깊어가는 이 밤에도
    내 핏줄 타고 고요히 숨쉬고 있는
    아가
    꽃봉오리 같은 조고만한 네 존재에
    내 마음 이렇게도 엄숙하고
    네가 있어 나는 내일이 아름답구나

    —오 움직이는 어린 생명이여
    [……]

                          —「胎動」에서

   시집 『아가의 방』에 대하여 앞에서 일모 스스로 "역사적 의식이라든지 내 속에 충분히 여과해서 나온 시"라 할 때, 그것은 비인간적인 현대문명에 대한 역사적 인식, 그러한 신이 부재하는 시대에 '존재의 본질'이자 '인류의 마지막 보루'에 해당하는 '아가'의 세계에 대한 갈망, 그리고 그러한 본질의 세계를 전달해주는 매개체로서의 시인의 역할에 대한 자각을 의미한다.

   일모의 시적 변모과정에서 이 '아가'의 이미지는 시집 『카오스의 사족』에서는 일상적, 개인적 측면을 취한다. 곧 아직 존재의 본질이라는 영역에까지는 진입하지 않는다. 그러다가 현실로부터의 절망 속에서 인내와 의지로서 그것을 극복하고자 하는 역동적인 행위를 통하여 비로소 존재의 본질로서의 '아가'의 세계로 나아가게 되는바, 그것이 시집 『아가의 방』의 세계이다. 따라서 『아가의 방』 이전의 시세계가 일상

생활의 시임에 반해, 이것은 시의식이 정립되고 뚜렷한 테마를 가지게 되는 세계, 이른바 그의 시가 예술성을 취득하게 되는 세계인 것이다.

『아가의 방』은 내 개인의 생활이나 시 예술 자체만 쓰고 싶은, 즉 일상으로부터 독립되어 추구하고자 했습니다. 연작시를 쓰기 시작한 것은 그러한 시의식의 정립이랄까 테마를 가진 시를 써야겠다는 데서 비롯된 것입니다. 이 작품에는 내 일상생활의 시가 덜 들어가 있지요.

—「나의 문학 나의 시작법」에서

3. 존재의 본질로서의 '아가'의 세계

'인류의 마지막 보루'이자 '존재의 본질'인 '아가'의 세계는 일모의 시세계를 관통하는 핵심항목이다. 이러한 '아가'의 이미지는 '우리들의 미소', '아름다운 사랑의 화음', '살아 있는 우리의 생명', '밝음', '빛', 순수한 자연물 등과 결합되면서 그 특성을 구체화한다. 또한 이것은 '어머니'의 이미지와 결합되는데, '어머니'는 '아가'에게서 과거의 역사적 체험의 원형질을 이루면서, 또한 존재의 본질에 대한 갈망을 지속시켜주는 원동력이다.

어머니
지금은 피골만이신
당신의 젖가슴
그러나 내가 물고 자란 젖꼭지만은
지금도 생명의 샘꼭지처럼
소담하고 눈부십니다

〔……〕

그러나 八十年 긴 歷程

강철의 다리로 걸어오시고

아직도 우리집 기둥으로 튼튼히 서 계십니다

어머니!

—「어머니·1」에서

『아가의 방』에서부터 일모의 시세계는 '아가' 의 세계를 중심으로 하여 전개된다. 존재의 본질로서의 '아가' 의 세계를 통해 시인은 그 본질의 언어를 통해 본질의 소리를 전달하게 된다.

〔……〕

멘델스존, 아니면 브라암스

나직한 베이스의 볼륨

사이사이에 우아하게 跳躍하는

아가의 언어

후두둑 멀어지는 새벽 가을비

잠을 깨서 꿈꾸는

아가의 방

—「그저 댓間쯤」에서

'아가(존재의 본질)' 의 방에서 '아가' 의 눈을 통해 비인간적인 현실을 인식하고, 그리곤 '아가' 의 세계를 '아가' 의 언어로 제시하는 것, 그것이 일모의 시세계이다. 비로소 그는 『아가의 방』에 이르러 그의 시세계를 구축하게 되고, 자신의 목소리를 가지게 된다.

이제는 나도
내 목청대로 소리내며
살아야 하겠습니다
[……]

내 소리와 내 빛깔 아닌
내 것 같던 모든 것을
말끔히 씻어가 주십시오

빈 나뭇가지나 그 끝에 앉아 있는
한마리 새
그런 나만이 남을지라도
그것이 바로 내 것일 바에야

바람을 견디면서 하늘을 떠받치고
내 모습대로 살아야 하겠습니다

—「한마리 새」에서

　내 소리와 내 빛깔, 내 모습은 바로 '아가'의 그것들이다 그의 '아
가'는 향수에 젖은 유년기의 '아가'도, 정신분석학에서 말하는 오이디
푸스 콤플렉스에 걸린 '아가'도 아니다. 그것은 상실된 신(인간성)의
존재이며, 현실을 비판하고 초극하는 존재의 본질이다. 일모는 이 '아
가'의 세계를 끝까지 추구한다. 시집 『새벽』은 바로 '아가'의 본질적
의미로 향하는 첫걸음에 해당된다.

　『새벽』은 현실의 긍정으로 생각지 않습니다. 『새벽』은 새벽을 노래한 것

이 아닙니다. 어두운 밤에 새벽을 꿈꾸는 것, 새벽이 오기 전의 그 어두움, 지루함, 괴로움, 기다려지는 새벽을 말하는 것입니다. 어둠 속의 몸부림이 아니라 어둠 속에 무엇을 우리가 찾아야 하는, 전망이랄까, 바라보는 눈 같은 것이 새벽을 찾는 것입니다. 우리가 흔히 말하는 데까당, 그런 어떤 절망 속의 절망, 그 몸짓은 나는 쉽다고 생각합니다. 시인은 좀더 앞을 내다보고 몸부림치는 대중을 이끌어갈 사명이 있어야 한다고 생각하지요.

—「나의 문학 나의 시작법」에서

시인에게서 현실은 여전히 비인간적인, 신이 부재하는 어두운 현실이다. 그 어두운 현실에서 시인은 나아갈 좌표를 잃고 몸부리치는 것이 아니다. 그가 설정한 존재의 본질인 아가의 세계를 통해, 어두운 현실 속에서도 본질적인 것, 곧 다가올 새벽, 신의 현현을 추구하는 것이다. 따라서 새벽은 아무나 추구할 수 있는 것이 아니다. 신이 부재하는 시대에 존재의 본질을 알아차린 시인만이 어두운 현실 속에서도 그것을 추구할 수 있는 것이다. 그러기에,

[……]
새벽을 예감하는 눈에겐
새벽은 어둠 속에서도 빛이 되고
소리나기 이전의 생명이 되어
혼돈의 숲을 갈라
한 줄기 길을 열고
두꺼운 암흑의 벽에
섬광을 모아
빛의 구멍을 뚫는다

그리하여
새벽을 예감하는 눈만이
빛이 된다 새벽이 된다
스스로 빛을 내뿜어
어둠을 몰아내는
光源이 된다.

—「새벽·1」에서

　새벽을 예감하는 눈이야말로 미래에의 전망을 가지고 어두운 현실을 타파할 수 있다. 따라서 그러한 시인이야말로 신이 부재하는 시대에 신의 목소리를 전달하는 자이며, 대중을 이끌어갈 사명이 있는 자인 것이다.

　시인은 나와 사물과의 신선한 관계, 즉 새로운 본래적 질서를 창조하는 자이다. 현대의 시인들에게 요구되는 것 가운데의 하나는 나와 실재와의 사이를 차단하는 무감각, 무교감의 닫힌 장막을 찢어버리는 일이다. 즉 실재를 덮고 있는 인습적인 인식을 파괴하고 새로운 생명의 핵심을 이끌어 내는 것이다.

—「현대시의 자각과 반성」에서

　새벽을 추구하는 것은 바로 인습적인 인식을 파괴하고 새로운 본질적 질서를 창조하는 것이다. 그것은 현대기계문명처럼 인간과 사물이 대립되는 세계가 아니라, 양자가 합일되는 세계이며, '부강한 지평이자 바다' 이고 미래에의 전망에 해당된다.

　어두운 地熱 속에서 봄이 눈을 뜬다

네 손을 잡으면 우리의 팔은 樹木
나무 그늘 무성한 깊숙한 숲
따스한 햇살 아래 익어갈 果園이여
富強한 地平이여, 바다여

다시 失意할 수 없는
우리는 이렇게 다시 未來 앞에 선다
                    ─「우리는 다시 미래 앞에 선다」에서

일모는 '아가'의 세계를 통해 부정적인 현대문명을 비판하고 인간과
사물이 합일되는 세계를 추구한다. 이것은 그의 마지막 시집인 『원점
에 서서』까지 이어진다. 현실에 대한 비판, 그 대안으로서의 존재의 본
질에 대한 갈망. 시인은 끝까지 일관되게 '아가'의 세계를 추구한다.
그것은 시인의 가열찬 정신이 도달할 절대 영역이며, 최정점이다.

그 맑은 정신의 첨탑 위
바늘끝 같은 제일 높은 정점 쯤에서
햇살에 눈부시게 반짝이고 있는 저것은 무엇일까?
                    ─「밀라노 두우노 광장에서」에서

시인이 정신의 최정점에서 도달한 존재의 본질, 곧 '아가'의 세계는
무엇일까? 그것은 다름아닌 "아들의 육십년 역사를/손바닥 안에/말아
쥐고 계시는/구십의 어머니"(「일용일」)의 세계, 즉 모태라는 원점으로
의 회귀인 것이다.

〔……〕

시간은 물 위 떠서
흘러가는 것이 아니었다
시간은 크게 원을 그리며
둥글게 둥글게 돌아가는 것이었다
원주를 돌아가는 시간의 궤도를 타고
나는 이제 원점으로 귀환한다
육십년만에 회귀하는 원점에서
시간은 귀 속에서 소리를 내고 있다
시간은 눈시울 안에서 피었다간 지곤 한다

―「서장」에서

다음 진술은 일모 스스로 그의 일관된 시세계를 요약 제시하는 것에
해당된다.

나는 지금까지 생명 내지 생명적인 것에 대한 사랑을 집요하게 추구해 왔
다. 그것은 자연과 인간에 대한 관심으로 나타났다. 갈수록 생명적인 것에
대한 저해요인이 늘어나기만 하는 현대의 상황에서 나의 지향은 더욱더 일
관된 지향이 될 수밖에 없다. 비자연화, 비인간화의 추세가 가속화될수록
내 시의 지향은 더욱더 원초적인 것에 대한 그리움과 갈망으로 치달을 수밖
에 없다.
원초적 생명에 대한 그리움과 갈망은 이를 저해하는 요인에 대한 민감한
부정적 반응으로 나타난다. 따라서 내 시작의 모티브는 관념에서부터가 아
니라 현실에서부터 얻어진다. 내 시의 대부분이 내 신변의 소재, 아니면 현
재의 시간과 생활에서 얻어지는 이유도 이런 데 있다.

―『원점에 서서』의 「자서」에서

4. 맺음말

지금까지 일모의 글과 그의 시집을 중심으로 하여 '존재의 본질에 대한 갈망'이라는 측면에서 그의 시론을 살펴보았다. 그는 현대기계문명을 비인간화와 비자연화로 규정하고, 그것에 반대하여 원초적인 생명에 대한 그리움과 사랑을 그의 시세계의 주된 테마로 삼는다. 그에게서 기계문명의 시대는 인간성이 상실된 시대, 곧 신이 부재하는 시대이다. 따라서 그러한 시대에 있어서 시인의 임무는 신의 부재를 인식하고, 그 부재하는 신에게 부단히 접근하여 신의 존재를 알려주는 유일한 창조자가 되는 것이다. 시인이 이러한 자리에 설 때, 그 시어는 "사물을 존재의 빛 속으로 나타내 주는 것"(「현대시와 감각 세계」)이 된다. 그리고 그러한 시는 현실에 절망하는 것으로 그치는 것이 아니라, 그러한 절망 속에서도 미래에의 긍정적 비전을 가지는 시, 곧 어둠 속에서 새벽을 인식하는 시이다.

이러한 존재의 본질에 대한 갈망이 바로 일모 시의 심층세계를 이루고 있다. 이것은 일종의 존재에 대한 현상학적 접근, 곧 그 스스로 표현한 것처럼 하이데거류의 실존철학과 관련이 있다. 그러나 그의 시는 서구편향적이지도 아니며, 형이상학적인 언어가 범람하는 국적불명의 시도 아니다. 그 이유는 '아가'라는 이미지 때문이다.

> 아가의 마음같이
> 태어나 이레 안 된 아가의 눈동자
> 하나님 깃든 이
> 그분의 눈빛으로
> 세상을 투시하는
> 아가의 마음같이

—「맑은 물같이」에서

　'존재의 본질' 탐구라는 철학적 과제를 맑고 투명한 이미지와 고운 우리말과 리듬으로 변용시켜주는 매개체가 '아가'의 이미지이다. 말하자면 '아가'로 상징되는 그의 시적 세계는 어떤 서구적 이론의 도입이나 관념적인 테마가 아니라는 것이다. 그의 '아가'의 이미지는 한국적 특수성에 뿌리내린 이미지이면서, 그 상황에 대한 시인의 치열한 인식의 결과로 도출된 자생적인 것이다.

　그의 시 표면에 나타나는 이러한 측면은 항상 그 심층에 내재된 현대 문명에 대한 시인의 깊은 인식론적 과제와 연결되어 검토되어야 한다. 그의 시를 유아기적인 세계 내지 기독교적인 시로 평가할 때도 이 점은 강조되어야 한다. 흔히 말하는 일모의 휴머니즘도 이러한 '존재의 본질'에 대한 갈망과 그리움을 염두에 둘 때, 우리 시사에서 변별성을 획득할 수 있을 것이다.

　우리 시사의 흐름을 크게 모더니즘 계열과 전통적인 계열, 그리고 순수와 참여의 계열로 양분한다면 그의 시세계는 그 어디에도 속하지 않는 독특한 것이다. 현대문명을 비판한다는 점에서 그것은 모더니즘 계열과 상통하지만, 그 비판방법이 '존재의 본질'을 탐구하는 점에서 그것은 궤를 달리한다. 그러면서 현대문명을 거부하고 자연과 전통으로 나아간 전통적인 유파와도 그 자리를 달리한다. 이에 따라, 그는 모더니즘 계열의 무국적성과 난해성을 비판하고, 다른 한편 과거의 유산을 단순히 답습하는 것도 비판한다. 그는 전통에 바탕을 둔 현대적인 것의 비판적 수용, 그것을 통하여 "역사적 발전을 도모하는 것"(「현대시의 전통」)이야말로 시의 역사이자 전통이라 본다.

　다음, "객체아를 지평으로 한 주체아"에 의한 시를 강조하는 일모의 시세계는 객관적 현실을 배제하고 순수내면의 세계만을 응시하는 순수시와도 구별되며, 또한 객관적 현실을 강조하는 참여시와도 구별된다. 그의 '아가의 방'은 현실도피처이거나 관념의 세계가 아니다. 시인의 인식은 항상 객관적 현실 세계로 열려 있고, 그것을 그의 내면세계와 부딪치게 하면서 시적 공간을 마련한다는 점에서, 그의 시가 "관념에서부터가 아니라 현실에서부터 얻어진 것"이라는 앞서의 그의 발언이 단순한 변명이 아님을 알 수 있다.

인간존재의 원초적 본질에 대한 갈망을 기조로 하여 현대물질문명을 비판하고, 인간과 인간, 인간과 자연의 합일을 강조하는 그의 시세계는 '아가'라는 이미지를 통하여 일관되게 추구되었다. 그 과정에서 산출된 것이 맑고 투명한 이미지, 아름다운 모국어와 유장한 '운율이 어우러진 그의 시이다. '카오스'에서 '아가'를 거쳐 '새벽'으로, 그리고 다시 '원점'으로 전개되는 일모의 시적 전개과정을 염두에 둘 때, 다음과 같은 그의 발언은 지향점을 잃고 방황하는 오늘 우리에게 많은 시사점을 던져주고 있다.

본질 세계에 대한 끊임없는 동경과 그와의 접촉을 위한 시적 실천은 현대인의 생활 의식, 사유 방식과도 밀접하게 결부되어 있다. 인간 본연의 존재에 대한 향수는 시인은 물론이고 모든 사람들의 영원한 추구 내용이며 탐구과제이다. 우리가 얼마나 성실하게 이 시대를 살아가는가, 또 얼마나 열렬하게 삶과 언어와 정면 대결하는가에 따라서 우리의 시도 또한 충실한 내용을 담게 될 것이다.

　　　　　　　　　　　　　　　　　　—「현대시의 자각과 반성」에서